G000026765

La nuit s'éveille

Mary Higgins Clark

présente
avec The Mystery Writers of America

La nuit s'éveille

10 nouvelles de suspense inédites

Traduit de l'anglais
par Pierre Girard et Dorothée Zumstein

Albin Michel

Titre original :

THE NIGHT AWAKENS

© The Mystery Writers of America, Inc. 2000
suite © p. 351

Traduction française :

© Éditions Albin Michel S.A., 2000
22, rue Huyghens, 75014 Paris

www.albin-michel.fr

ISBN : 2-226-11396-7

Sommaire

Introduction

MARY HIGGINS CLARK

On m'a souvent demandé pourquoi l'amour est présent, de façon discrète ou envahissante, dans presque toutes ces nouvelles.

On peut répondre simplement : les histoires criminelles à suspense font partie de l'expérience humaine depuis Adam et Ève. Voyez vous-même : ils sont les deux seuls êtres vivants sur la terre et elle le pousse à commettre un crime contre l'Éternel. Ils ont deux fils, et l'un des deux assassine l'autre. Le sort en est jeté, pour nous tous qui viendrons ensuite.

Quant à la dimension amoureuse, je la crois nécessaire pour faire vibrer le lecteur aussi bien que les personnages de fiction qui se sont donné bien du mal, en vérité, pour parvenir à leurs fins : identifier et démasquer le coupable — lequel a souvent le sourire aux lèvres et du sang sur les mains.

La dimension amoureuse a d'autres raisons d'être. Elle incite à la trahison, à la jalousie, à la haine et au désir de vengeance. Il arrive que l'assaillant s'en tire, nous arrachant de francs applaudissements ou un sourire désabusé. Parfois, parce que nous comprenons ses motivations, nous nous glissons dans la peau du personnage en nous disant qu'il a agi par amour, ou par manque d'amour, ce qui est tout aussi compréhensible.

J'ai lu il y a quelques années que Catherine Drinker Bowen, romancière de grand talent, avait affiché dans son bureau cette simple phrase : « Le lecteur tournera-t-il cette page ? » Je crois que c'est la question essentielle et qui résume tout. Nous voulons vous amener, vous lecteur, à tourner chaque page de ce livre, et je me réjouis à l'idée que c'est bien ce qui va vous arriver.

Quand vous aurez lu l'histoire de cet amoureux jaloux écrite par Sally Gunning, vous réfléchirez à deux fois avant d'accepter une invitation dans une cabane au fond des bois.

Comme le gardien de chevaux, détective à ses heures, imaginé par Joseph Hansen, vous voudrez absolument savoir pourquoi le cadavre de cet aimable veuf, qui ne se connaissait pas d'ennemi, s'est retrouvé un beau matin la face contre terre dans un coin perdu des collines.

Vous aurez peur dans le noir, enfermé avec un mort au fond d'un souterrain, comme la jeune journaliste dont Nancy Pickard raconte la terrifiante aventure.

Vous suivrez avec Eleanor Taylor Bland la quête d'une femme pour retrouver une petite Vietnamienne disparue, qui est aussi l'enfant de l'homme qu'elle aime.

Vous serez surpris, avec Brendan Dubois, quand vous saurez comment finit par se résoudre la rivalité entre un frère et une sœur qui s'aiment, mais qu'opposent deux conceptions radicalement différentes de ce qui est licite et de ce qui ne l'est pas.

Introduction

Une société littéraire n'est pas toujours le rassemblement de beaux esprits qu'elle prétend être. C'est ce que nous découvrirons avec Les Amis de Haggard d'Edward D. Hoch.

Une jeune mariée a parfois intérêt à en savoir plus sur son nouvel époux que ce qu'il veut bien lui dire, surtout quand les activités de celui-ci mettent sa vie en danger, comme dans la nouvelle de Leon D. Estelman.

Avec Angela Zeman, nous suivrons les déboires d'un employé arrivé au bout du rouleau et décidé à changer de vie mais qui, pour s'en donner les moyens, fait le plus malencontreux des choix...

Et Noreen Ayres nous emmènera à Houston, dans le Delta, sur les traces d'un détective au cœur tendre, décidé à venger le meurtre du jeune frère de sa bien-aimée.

Je suis persuadée que vous prendrez à lire ces nouvelles tout le plaisir que j'y ai pris moi-même. Et je peux assurer sans risque de me tromper, cher lecteur, que vous tournerez la page...

Très cordialement vôtre,

Mary Higgins Clark

La cabane au fond des bois

SALLY GUNNING

D EUX minutes après, je n'étais pas certaine que ce fût vraiment arrivé. Je voyais par terre les éclats du sous-verre brisé, je sentais la douleur lancinante de mon crâne à l'endroit où il avait sèchement heurté le mur, mais je voyais et je sentais également Jeffrey, ses traits déformés par la stupeur, sa main tremblante effleurant mon visage.

— Mon Dieu, Hannah, regarde-nous ! Tu vois ce que tu as fait ? C'est ce que tu voulais ?

Je repoussai sa main en m'efforçant de reprendre mes esprits. Qu'avais-je fait ? Je m'étais avancée dans l'appartement plongé dans l'obscurité. Mon appartement. J'avais entendu la voix de Jeffrey. *Où es-tu ?* J'avais tendu la main pour éclairer, mais quelque chose m'en avait empêchée. Des mains. Vigoureuses. Furieuses. M'avaient-elles agrippée ? Poussée ? J'étais tombée, le dos contre le mur. C'était tout ce que je savais. J'étais tombée en arrière contre le mur, et la pièce s'était éclairée et Jeffrey était là.

Jeffrey. Dans mon appartement. Une semaine après que je lui eus dit que j'avais besoin de rester seule pendant quelque temps.

— Pardonne-moi, dit Jeffrey. (Je voyais sa poitrine se soulever sous sa chemise tandis qu'il luttait pour reprendre son calme.) Je t'ai fait peur, n'est-ce pas ? Je voulais qu'on discute. Je suis entré. Mais tu m'affoles, Hannah. Je ne voulais pas... (Il s'interrompit, se passa une main sur le visage.) Comment te sens-tu ?

Je portai la main à ma tête, avec une grimace.

— Ça ne va pas. Là. Assieds-toi.

Il me conduisit jusqu'au canapé, s'assit à côté de moi. Des doigts tâtèrent mon cuir chevelu, adroitement, gentiment. C'était l'une des premières choses que j'avais aimées chez Jeffrey. D'abord le sourire facile, éclatant, mais tout de suite après ces mains habiles, rassurantes. Non, ça ne pouvait pas être ses mains qui avaient fait cela.

Jeffrey cessa de tâter pour lisser mes cheveux en arrière.

— Pas même une bosse. Mais tu vois ce qui peut arriver. Je suis désolé d'être entré ainsi et de t'avoir fait peur. Je ne suis pas moi-même ce soir. Toi non plus, tu n'es pas toi-même. Ça ne te ressemble pas, de traîner de cette façon.

— Je ne traînais pas. J'étais avec Ellen et Paul au...

— Inutile de mêler Ellen à tout ça, Hannah. Nous savons qu'Ellen n'était pas là, n'est-ce pas ? Il y avait Paul et toi. Mais Ellen fait partie du problème, aussi, n'est-ce pas ? Elle n'aime pas, ta sœur, que nous soyons tout le temps ensemble, n'est-ce pas ? Je ne sais pas pourquoi tu l'écoutes. C'est bien là qu'est le problème. *Tu* n'as pas besoin d'être seule. *Nous* avons besoin d'être seuls. Rien que nous

14

deux, sans ce parasitage. Je sais ce que nous allons faire, nous allons aller à la cabane.

— Jeffrey...

— Chut. (Jeffrey s'est laissé retomber en arrière, en m'attirant à lui jusqu'à ce que ma joue repose sur sa poitrine plate et dure.) Tu sais bien que j'ai raison, Hannah. On ne résout pas les problèmes par la fuite. On partira samedi, pour un long week-end à la cabane, loin de la ville. On sera seuls. On discutera. On tirera tout ça au clair.

Tandis qu'il parlait, ses mains, ces mains, caressaient mes cheveux, mon cou, mon visage.

Je savais que j'aurais dû m'écarter, me lever, lui dire de s'en aller. Pourquoi cela semblait-il soudain si dur, si vain, si... stupide ? Et si Jeffrey avait raison ? Peut-être que si nous étions seuls, sans une tierce personne pour le contrarier, si je ne le contrariais pas... Qu'avait-il fait, après tout ? Il s'était montré jaloux. C'était flatteur, en réalité.

Les mains de Jeffrey se sont refermées sur mes épaules et m'ont doucement repoussée de côté.

— Écoute, tu as raison. Tu as besoin d'avoir un peu de temps à toi. Je le vois bien. Je vais m'en aller, maintenant. Je viendrai te chercher samedi.

Quand il est venu me chercher le samedi et que j'ai vu ses cheveux qu'il venait de faire couper, ses joues rasées de près, la veste que j'aimais tout particulièrement et qui le faisait paraître si large d'épaules, j'ai pensé au Harry's. C'était là que nous nous étions rencontrés au Harry's Tap. Jeffrey portait cette veste. Tout était tout nouveau, tout beau, au Harry's. Jeffrey m'avait rencontrée, m'avait désirée, m'avait fait la cour.

— C'est un départ matinal, a dit Jeffrey. (Il me

15

souriait, assis au volant, de ce sourire que j'avais vu pour la première fois au Harry's.) Devrais-je dire un nouveau départ ?

Un nouveau départ. Pour que tout redevienne comme avant, comme au Harry's. Ce week-end s'annonçait, soudain, sous des couleurs éclatantes.

Le rêve se dissipa quand Jeffrey se mit à parler pour me raconter l'histoire de cette cabane. Elle appartenait à son père qui l'avait reçue en partage après un divorce au couteau. C'était une merveille, quelque chose d'unique, disait Jeffrey, au cœur d'une réserve naturelle de mille hectares pratiquement déserte. Elle restait inoccupée pendant la plus grande partie de l'année, attendant que le père de Jeffrey se rappelle qu'elle lui appartenait et se lance à tombeau ouvert sur l'autoroute pour y passer un week-end loin de toute civilisation avec des gens dont on aurait pensé qu'il chercherait plutôt à les éviter. Il amenait là des partenaires en affaires, des politiciens, des amis, des relations, tout ce qu'il pouvait trouver, disait Jeffrey.

Sauf Jeffrey.

Mais il ne semblait pas en vouloir à son père, pas autant qu'il l'aurait pu, pensais-je, du peu d'intérêt que celui-ci lui témoignait. Il m'expliqua calmement comment, devenu adulte, il avait négocié un arrangement avec lui. Juillet et août étaient réservés à son père, et Jeffrey disposait de la cabane le reste de l'année. Habituellement, en raison du risque de gel, il vidangeait les conduites d'eau et fermait la cabane au dernier week-end de septembre. Seule, cette année, la douceur exceptionnelle de ce mois d'octobre — un véritable été indien — l'avait incité à s'y rendre.

J'écoutai d'abord avec attention Jeffrey parler de la cabane — il y avait une quantité de cerfs et de biches, de renards, de truites. Pas de téléphone, pas d'électricité, pas de voisins... Mais la voix de Jeffrey semblait se rapprocher et s'éloigner par intermittence, le soleil chauffait à travers le pare-brise, les pneus de la voiture chantaient doucement sur l'asphalte, et je sentis bientôt le sommeil me gagner. Je fermai les yeux.

La première ornière de la piste de terre me réveilla.

— Tu viens de rater Fairnham, me dit Jeffrey.

— Fairnham ?

— Notre dernier îlot de civilisation. Si on peut dire. Un bureau de poste, une laverie automatique et la mairie.

Je regardai autour de moi. D'un côté comme de l'autre s'étendait une nature sauvage — des forêts profondes, obscures, inviolées. D'immenses pins empêchaient la lumière d'y pénétrer, et le sol disparaissait sous les arbustes, les ronces et les souches mortes.

Nous parcourûmes encore une bonne vingtaine de kilomètres en cahotant entre les ornières puis Jeffrey donna un violent coup de volant à gauche et nous nous enfonçâmes sous les arbres.

Je retenais ma respiration.

Jeffrey se mit à rire.

— On y est presque !

Quand je repris enfin mes esprits, je vis que nous n'étions pas en train d'ouvrir une nouvelle piste à travers la forêt comme je l'avais cru d'abord, mais que nous suivions un sentier à peine visible sous les feuilles mortes et les aiguilles de pin. Il semblait

17

courir à l'infini entre les arbres qui se rappro-
chaient de plus en plus de chaque côté. Enfin, au
moment où je me disais que j'allais étouffer si je
ne voyais pas un peu de ciel, d'air ou de lumière,
j'aperçus un reflet d'eau entre les troncs.

La voiture s'arrêta quelques mètres plus loin.

— Ça te plaît ? demanda Jeffrey.

Je ne répondis pas tout de suite. Je n'étais pas
certaine que ça me plaisait. En regardant droit
devant moi, je ne voyais plus cette forêt sinistre,
comme si elle avait disparu sur un coup de baguette
magique, mais une grande trouée ensoleillée et la
surface brillante de l'étang.

Une étroite jetée faite de planches grossièrement
ajustées courait entre la zone ensoleillée et la
cabane, mais je vis en me retournant pour regarder
la cabane que ni le soleil ni l'eau ne pouvaient l'atteindre. Elle était nichée dans un renfoncement si
obscur qu'il semblait y faire nuit, et les bardeaux
décolorés qui formaient un auvent plongeaient ce
qui paraissait être la porte et les fenêtres dans une
pénombre encore plus épaisse.

Je sentis que Jeffrey m'observait toujours.

— Alors, Hannah ?

— Je... oui. C'est... l'étang... est très beau.

Il sourit.

— Attends de voir à l'intérieur.

Il me tira par la main pour me faire franchir les
trois marches de pierre menant à la cabane. Quand
je mis le pied sur le porche le plancher s'enfonça
un peu sous moi. Jeffrey sortit une clé rouillée de
la poche de sa veste, la fit tourner dans la serrure,
et la porte s'ouvrit en gémissant. Il resta en arrière,
et j'entrai.

Ça sentait le moisi. Un faible rayon de lumière verdâtre pénétrant par une fente des volets traversa le plancher en tremblant, pour éclairer ce que les précédents occupants nous avaient laissé — de la bourre de laine échappée d'un matelas éventré, des sachets de graines vides, des crottes de souris. Mes yeux se posèrent sur le mur du fond.

Une paire d'yeux luisants me renvoya mon regard.

Je poussai un cri perçant.

En deux enjambées, Jeffrey traversa la pièce. Il arracha quelque chose du mur pour le présenter à la lumière. Les yeux de verre d'un renard empaillé me regardèrent fixement. Jeffrey éclata de rire. Il posa le renard et m'invita à poursuivre la visite de la cabane.

La pièce dans laquelle nous nous trouvions semblait en constituer l'essentiel — un coin living à gauche avec un poêle à bois, une banquette en fer en guise de canapé et une caisse servant de table basse. Il y avait aussi une table en bois, deux chaises aux barreaux cassés, une petite glacière, un évier complété par une pompe rouillée, une armoire métallique. Et une collection de cannes à pêche accrochées aux chevrons.

Jeffrey me fit entrer dans la chambre. Le lit semblait l'occuper tout entière, et il ne restait guère plus d'une trentaine de centimètres pour circuler autour. Je cherchai les toilettes et finis par les trouver en regardant à travers une fente des volets — une boîte grande comme une cabine téléphonique à une dizaine de mètres sous les pins. Je restai sans doute un long moment devant ce volet fendu à scruter au-dehors.

19

Jeffrey parla derrière moi :

— Qui y a-t-il, là-dehors ?

— Personne. Il n'y a pas du tout de voisins ?

— Il n'y en a plus. Comme je te l'ai dit, nous ne sommes qu'un point minuscule au centre d'une zone protégée. Il n'y avait que notre cabane et celle des Blake sur la plage avant que la zone ne soit classée réserve naturelle. La loi nous accorde un droit de jouissance à vie dans ces cabanes, mais Blake a laissé la sienne à l'abandon depuis deux ans. Viens. Tu vas faire un peu de ménage pendant que j'ouvre. Le balai est derrière la glacière.

Jeffrey sortit et j'entendis presque aussitôt les grincements du bois tandis qu'il repoussait les volets. La lumière qui filtrait à travers les arbres n'éclairait pas beaucoup ces pièces obscures. Je trouvai le balai et fis disparaître les crottes de souris. Je déballai nos draps pour faire le lit. Quand j'eus achevé de ranger nos provisions dans le placard de la cuisine, Jeffrey n'était plus là.

Je sortis sur le porche. Pas de Jeffrey. Le soleil était haut dans le ciel, au-dessus de la cime des arbres, mais je voyais l'endroit où il disparaîtrait derrière celles-ci, et j'eus un moment de panique. Je ne voulais pas voir cet endroit sans le soleil. Je m'avançai sur la petite jetée pour regarder la plage. J'aperçus une deuxième cabane délabrée à une bonne centaine de mètres sur la gauche, mais pas le moindre signe de vie. Jeffrey l'avait bien dit. Notre unique voisin était parti.

Je rebroussai chemin et appelai, dans l'espoir de surmonter mon affolement.

— Jeffrey !

— Par ici ! (La voix venait de quelque part sous

la cabane.) Les tuyaux sont en bon état. Essaie la pompe, tu veux bien ?

Je rentrai dans la cabane et actionnai la pompe. Un dépôt de rouille brunâtre gicla dans l'évier.

— Continue à pomper, dit Jeffrey derrière moi. Ça va s'éclaircir.

Il disparut à nouveau, pour revenir avec une brassée de bois au moment où l'eau coulait, enfin claire.

— Il faudra encore en couper. Les nuits sont fraîches, par ici.

Les nuits.

J'éprouvai une envie soudaine de respirer à l'air libre.

— Si on allait faire un tour ?

Jeffrey me suivit dehors. Je m'arrêtai sur la jetée pour regarder vers la gauche puis vers la droite. Le choix s'imposait. À l'est, la plage de sable blanc disparaissait sous les roseaux et la végétation du sous-bois à trente mètres de notre jetée, mais à l'ouest elle s'étirait gracieusement en croissant jusqu'à l'embarcadère du voisin absent et au-delà. Nous descendîmes de la jetée pour marcher vers l'ouest.

Soleil ou pas, je me surpris à chercher la main de Jeffrey. Comme nous approchions de la cabane de Blake, je sentis ses doigts se crisper.

— Qu'y a-t-il ?

— Un fauteuil sous le porche.

— Ah. Tu crois qu'il est là ?

— Non. Voilà des années qu'il ne vient plus. Et il n'y a pas de voiture. Mais je n'avais jamais vu ce fauteuil.

Jeffrey scrutait tout de même la cabane et je l'imitai, intriguée. Elle ressemblait beaucoup à la nôtre, en plus petite, pour autant que ce fût possible, avec le même auvent sombre et les mêmes fenêtres minuscules, mais l'amas de feuilles et de branches sur le toit et la déchirure dans le grillage de la porte-moustiquaire lui donnaient un air encore plus solitaire et abandonné.

Jeffrey, apparemment, partageait cette impression. Il nous fit faire demi-tour.

— Viens, retournons chez nous. Il y a du travail.

Il me chargea des corvées habituelles — laver la vaisselle, préparer le ragoût. Quand j'eus compris comment me débrouiller dans cette cuisine rudimentaire et mis la marmite à chauffer doucement sur le poêle, je ressortis et constatai à ma grande surprise qu'il ne faisait presque plus jour.

Le soleil effleurait la cime des arbres. J'entendais les coups de hache de Jeffrey dans la forêt, quelque part derrière moi. Je m'avançai sur la jetée et m'assis, les pieds ballants au ras de l'eau, pour regarder le soleil disparaître.

Soudain, l'un des grands poteaux de la jetée du voisin se mit à bouger. Quelque chose jaillit hors de l'eau, frétilla dans les airs, retomba dans l'eau. Puis je distinguai la canne à pêche qui dessinait un arc entre la haute silhouette sombre de l'homme sur la jetée et le poisson. J'observai, fascinée, la canne qui fléchissait et se redressait, et l'homme qui l'accompagnait de son balancement, jusqu'au moment où le poisson creva à nouveau la surface. Il se tordit en donnant une dernière, longue saccade, lança un éclair argenté et on eut soudain l'impression qu'il avait des ailes. La canne se redressa sèchement et le poisson, au terme d'une courbe gracieuse, replongea dans l'étang. Libre.

J'avais applaudi sans le vouloir. Le bruit, amplifié par l'écho, courut à la surface de l'eau comme une petite salve au canon. La silhouette sombre, sur l'embarcadère, se retourna dans ma direction. Je sentis les planches trembler, et Jeffrey parla derrière moi :

— Il est ici, donc.

Je me retournai, surprise par cette voix sifflante. Je posai la main sur son bras.

— Oui, il est ici. Quelle importance ?

— Quelle importance ? Bien sûr que ça a de l'importance ! Justement. Bon sang de bon sang ! Je voulais qu'on soit seuls, tous les deux.

Je me mis à rire, avec un geste de ma main tremblante vers les kilomètres et les kilomètres de forêt envahis par l'obscurité.

— Il me semble que ce n'est pas la place qui manque.

Jeffrey baissa les yeux sur moi. Son sourire effaça la crispation bizarre de sa mâchoire. Il passa un bras autour de ma taille et nous repartîmes vers la cabane.

Au moment de franchir le seuil, je me retournai vers le pêcheur, mais il n'était plus là.

La lanterne, c'était bien utile. Tout comme le poêle à bois. Et le repas qui cuisait doucement dans la marmite. Et Jeffrey, le Jeffrey d'avant, le Jeffrey du Harry's Tap, qui parlait et qui riait et qui tendait la main pour prendre la mienne par-dessus la table bancale.

Le repas achevé, la vaisselle faite, les verres de vin remplis, il se leva et m'entraîna vers la banquette. Après avoir calé les coussins derrière lui, il m'attira contre son épaule.

— Bon, dit-il, je t'écoute. Qu'est-ce qui ne va pas ? Qu'est-ce qui nous arrive, Hannah ? Ou devrais-je dire plutôt, qu'est-ce qui t'arrive ? Moi, je ressens toujours la même chose. Et vois-tu, je crois que toi aussi, tout au fond, là où ça compte vraiment.

— Jeffrey... dis-je, et je n'allai pas plus loin.

C'était peut-être le vin. Mon esprit semblait soudain au point mort.

— Et voilà. N'est-ce pas que j'avais raison ? Ce n'est pas nous, ça ! Quand nous ne sommes plus que tous les deux, loin de tout, seuls, il n'y a plus de problèmes. Tu m'appartiens, Hannah, tu ne vois pas que tu m'appartiens ?

— Je... oui... parfois...

Le bras qui m'entourait se raidit. Était-il en colère ? Je ne voulais pas que Jeffrey se mette en colère. Et maintenant, à cet instant précis, il me semblait bien que ma place était ici avec lui. Le bois crépitait agréablement dans le poêle, l'éclat de la lanterne réchauffait les murs sombres, les mains de Jeffrey réchauffaient ma peau, et tous les doutes que j'avais pu nourrir à son sujet semblaient s'estomper comme la pénombre des bois.

Je dormis tout de même mal cette nuit-là, trop attentive aux bruits de la forêt, aux odeurs de la cabane et aux fantômes que je croyais apercevoir. Au lever du jour, les choses s'arrangèrent un peu, et j'étais encore dans un demi-sommeil, à neuf heures, quand Jeffrey m'effleura la joue de ses lèvres.

— Il faut que j'aille en ville chercher de la glace. Ne bouge pas. Le café est sur le feu.

Les mots ne parvinrent pas vraiment à mon esprit. Ce fut seulement en entendant vrombir le moteur de la voiture que je me dressai d'un coup, complètement réveillée. « Jeffrey ! » J'attrapai mon peignoir et me précipitai sur le seuil, trop tard, à quelques secondes près. Les feux arrière clignotèrent entre les arbres, puis disparurent.

Mais le soleil était là. Tel un gros ballon jaune citron, resplendissant, suspendu au-dessus des arbres, il chassait déjà les ombres et réchauffait l'atmosphère. Je rentrai dans la cabane pour me servir un café que je rapportai sur l'embarcadère. Je tâtai l'eau de mes orteils. Elle était étonnamment tiède. Mon café bu, je retournai à l'intérieur pour enfiler un maillot de bain, puis je courus jusqu'à l'extrémité de la jetée et piquai une tête.

C'était plus froid en profondeur. Je respirai un grand coup en refaisant surface et me mis à nager de mon crawl un peu raide, parallèlement au rivage. Comme je ne pratiquais plus la natation de façon sérieuse depuis un certain temps, je fus très vite fatiguée. J'étais à une trentaine de mètres de la cabane de notre voisin quand je m'arrêtai, à bout de forces. Je décidai de rejoindre directement le rivage pour rentrer à pied. Je me dirigeai donc vers la plage et pris pied sur le sable en frissonnant. Comme je me penchais en avant pour essorer mes cheveux, une voix s'éleva derrière moi :

— C'est un coup de couteau que vous avez reçu dans le dos ?

Mon cœur bondit dans ma poitrine. Je me retournai. Les mains sur les hanches, solidement campé sur ses pieds nus, l'homme ne souriait pas. Le pêcheur. Ce ne pouvait être que le pêcheur. Mais la haute silhouette noire aperçue la veille à la tombée de la nuit semblait maintenant tout en or. Le soleil s'accrochait dans ses cheveux et dans les poils de son torse, de ses jambes, de ses bras. Même son short kaki prenait un reflet doré.

— Un coup de couteau ?

Il pointa le doigt vers mon dos.

— Cette blessure, là.

Je reculai maladroitement en bafouillant :

— Non. Non. Ce n'est pas ça. C'était du verre. Un cadre. Un éclat de verre. Je suis tombée contre le mur et le cadre s'est cassé et m'a blessée. C'était un accident. Un stupide accident. Je...

Le temps que je me rende compte qu'il souriait, il ne souriait déjà plus. J'eus l'impression qu'il me regardait bizarrement.

— Je plaisantais. Inutile d'expliquer. Mais si j'en ai parlé, c'est que ce n'est pas très joli d'aspect, il faudrait vous en occuper. Vous ne pouvez pas le voir, mais ça semble infecté.

— Je... Oh.

Je restais stupide, le souffle court.

L'homme continuait à me regarder avec cette expression bizarre. Puis il tendit la main.

— Peter. Peter Blake.

Je pris sa main.

— Hannah Templeton. Je suis là-bas.

Je montrai la cabane de Jeffrey.

— C'est ce que je pensais. La fille qui applaudit. Ça vous plaît donc, de voir les hommes mourir de faim ?

— Je... mourir de faim ?

— Ce poisson, hier soir, c'était mon dîner. Je ne les fais pas souffrir par plaisir. (Il eut un demi-sourire.) Mais *c'est* tout de même un plaisir. Surtout quand ils se défendent aussi bien.

Il se tut. Il avait l'air d'attendre quelque chose. Des excuses ?

— Désolée, dis-je. J'ai applaudi malgré moi. C'était si beau à voir, et il s'était débattu avec une telle énergie. C'était...

À nouveau, ce demi-sourire.

— Je sais. Il méritait de gagner. Vous êtes ici pour quelque temps ?

— Une semaine. (Je me tus, embarrassée.) Nous avons été surpris de vous voir en arrivant.

— Surpris ?

— Enfin, je devrais dire, plutôt, que Jeffrey a été surpris. Il m'avait dit que vous ne veniez plus jamais. Vous connaissez Jeffrey ? Jeffrey Holtz ? La cabane appartient à son père.

Il ne souriait plus du tout.

— Je connais Jeff. C'est vrai que je n'étais plus venu depuis deux ans. La dernière fois, ça n'a pas été très... agréable.

— Aujourd'hui, en tout cas, c'est agréable.

Peter Blake ne semblait pas de cet avis. En tout cas, il ne répondit pas. Peut-être avait-il trouvé moins agréable mon irruption sur ce qu'il considérait sans doute comme son territoire.

— Je suis désolée, répétai-je platement. Je suppose que je n'aurais pas dû passer par là. Mais si je n'étais pas sortie de l'eau, j'aurais échoué ici, noyée. Vous n'auriez pas trouvé ça très agréable, non plus.

Quelque chose changea dans son visage. Qu'était-ce ? Il ne chercha pas à répondre à mon stupide bavardage, qui ne le méritait certes pas, mais quelque chose dans son regard me fit comprendre que le mieux était de me taire et de m'en aller.

— Il faut que j'y aille, dis-je. Bonne chance pour le dîner de ce soir ! Je vous promets d'applaudir si vous gagnez !

Et je le plantai là. Immense, doré, silencieux dans le soleil.

Jeffrey m'attendait sur la jetée.

— Qu'est-ce que ça signifie ?

— C'est Peter Blake. Le...

— Je sais qui il est. Je te demande ce que tu faisais !

J'avais déjà un pied sur l'embarcadère. Je le reposai dans le sable. Pas Jeffrey en colère. Surtout pas.

— Je m'étais trop éloignée en nageant et j'ai préféré rentrer à pied. Il est arrivé et il s'est présenté. C'est tout.

— Tu as sauté dans l'eau sans te demander une seconde ce qui pouvait arriver, c'est ça ?

— Non, j'ai...

— Je me demande pourquoi toutes les idioties que tu peux faire m'étonnent encore, Hannah. Je devrais y être habitué, depuis le temps. N'empêche, ça t'intéressera peut-être de savoir qu'il y a un haut-fond par là-bas. Tu n'as pas pensé qu'en te fatiguant de cette façon tu risquais une crampe ? Tu ne sais pas comme on a vite fait de couler ? Et ne compte pas sur Peter Blake pour te secourir. Il n'a pas levé le petit doigt quand sa femme s'est noyée.

Il tourna les talons et rentra dans la cabane.

Je le suivis.

— Sa femme s'est noyée ?

Il était penché au-dessus du poêle, et ne se retourna pas.

— Il y a deux ans. Ici même.

— Ça, alors...

— Elle ne l'avait pas volé. Elle s'est conduite comme une idiote. Elle avait bu quelques verres, elle a sorti le bateau et elle est partie vers l'autre rive. Elle est passée par-dessus bord et elle s'est noyée.

— Et il n'a pas pu la secourir ?

— Il n'a pas pu ou il n'a pas voulu. Il a dit qu'il n'était pas là. Mais même s'il avait été là, je doute qu'il s'en serait donné la peine. C'était une coureuse.

— Jeffrey !

Il s'était redressé en parlant. Le regard qu'il me jeta était presque amusé.

— D'après sa version, ils étaient en pleine tentative de réconciliation. Il a dit qu'ils avaient prévu de se retrouver ici pour discuter de leurs problèmes, mais qu'à son arrivée elle était déjà morte. C'est lui qui a retrouvé son corps échoué sur la plage, là-bas.

— Oh, non !

Jeffrey se retourna.

— Pour l'amour du ciel, Hannah, calme-toi. Je voulais te mettre en garde, c'est tout. Il ne t'arrivera rien si tu es prudente.

— Ce n'est pas ça... J'ai dit quelque chose d'affreux. À Peter Blake. Je lui ai dit que j'avais failli me noyer et échouer sur sa plage. Il m'a regardée d'un drôle d'air. Je ne pouvais pas deviner...

Je n'achevai pas ma phrase. Jeffrey riait aux éclats, la tête renversée en arrière.

Nous ne parlâmes pratiquement pas pendant le déjeuner. J'étais obsédée par le souvenir de ma conversation avec Peter Blake. Je me sentais rougir de honte et je sentais que Jeffrey m'observait, mais j'évitais son regard. S'il se remettait à rire...

J'eus un court répit après le déjeuner quand Jeffrey partit creuser dans la forêt pour trouver des vers. À son retour, il prit l'une des cannes à pêche et alla chercher un vieux canot en aluminium tout cabossé sous la cabane où il était rangé.

— Tu veux venir ?

Je secouai la tête.

Jeffrey poussa le canot à l'eau et disparut en pagayant derrière une avancée de la berge. Je le regardais par la fenêtre de la cuisine tout en faisant la vaisselle. Quand ce fut terminé, je pris une couverture dans la chambre sur une étagère, descendis jusqu'à la plage et l'étalai sur le sable tiède. Mais je ne m'y assis pas. Impossible, je n'avais que Peter Blake à l'esprit. Que devait-il penser de moi ? Il se disait forcément que je n'ignorais rien de son histoire et que je lui avais délibérément décoché cette allusion cruelle. Je rassemblai le peu de courage que j'avais jamais eu, et je partis le long de la plage jusqu'à sa cabane.

Il était sur le porche, en train de réparer la porte-moustiquaire déchirée, toujours torse nu, et je vis les muscles s'étirer et se tendre sous la peau dorée de son dos lorsqu'il m'entendit, puis se retourna. Je ne lui laissai pas le temps de parler.

— Je suis venue vous présenter mes excuses pour ce qui a dû vous paraître une allusion aussi méchante que gratuite. Je vous jure que je ne savais absolument rien de ce qui s'était passé avant que

Jeffrey ne m'en parle, il y a une heure. Je n'aurais jamais dit... Je ne me serais jamais permis... Je ne pouvais pas me douter... J'espère que vous voudrez bien comprendre...

Son sourire, cette fois, était un vrai sourire, mais sa voix me parut plus chaleureuse que je ne le méritais.

— Je l'ai compris deux minutes après votre départ. Il était clair que vous n'étiez pas du genre à faire des plaisanteries cruelles. Vous n'avez pas à vous excuser. Je suis seulement désolé de pas avoir réagi assez vite pour vous mettre à l'aise.

— Ah, je vous en prie, ne vous excusez pas ! C'était entièrement de ma faute. Jeffrey dit toujours que je jacasse comme une idiote quand je suis intimidée. Merci de prendre ça aussi gentiment et d'écouter une seconde fois mes bredouillages. Au revoir.

Je tournai les talons et repartis. J'avais déjà redescendu les trois marches pour m'élancer sur la plage quand je l'entendis dire :

— Au revoir.

Je retournai à ma couverture et me laissai choir sur le dos, épuisée, mais la conscience plus légère. Je crois que je m'assoupis, mais je ne dormis pas longtemps. En me réveillant, je me dressai sur mon séant pour regarder autour de moi. Jeffrey n'était toujours pas visible, et pour une fois j'en fus contente. Je me rendais compte, avec du retard, qu'il y avait d'autres choses à regarder.

En roulant à travers la forêt, à notre arrivée, je n'avais vu que des pins et des chênes. Il semblait pourtant y avoir de l'autre côté de l'étang un joli bois de hêtres et d'érables des marais, reconnaissables aux touches de rouge et de jaune qui se détachaient sur un fond vert clair et vert bronze. L'étang brillait au soleil d'un éclat argenté, le ciel avait cette couleur turquoise qui semble réservée au mois d'octobre et, dans cet air juste assez vif, le soleil valait son pesant d'or.

L'or. Était-ce ce mot qui me fit penser à Peter Blake et regarder dans sa direction, ou quelque mystérieuse intuition ? Toujours est-il qu'à la seconde où je tournai les yeux vers l'extrémité de la plage, il sortit de sa cabane pour se diriger vers moi. Parvenu au bord de la couverture, il tendit la main.

— Pour cette blessure.

Je tendis la main à mon tour et pris le tube. C'était une pommade antibiotique, comme me l'apprit l'étiquette.

— Merci, mais ce n'est pas si grave. Franchement.

Je voulus lui rendre le tube mais son regard solennel m'arrêta. Il avait les yeux verts, et clairs comme l'eau de l'étang sur le sable.

— Je voudrais que vous en mettiez. J'ai déjà vu des plaies comme celle-ci tourner très mal.

— D'accord.

Je posai le tube à côté de moi sur la couverture.

— Je la nettoierai d'abord. À l'eau chaude.

Il se mit à rire.

— Pas facile de trouver de l'eau chaude dans ces parages.

Sur ses lèvres, à nouveau, cette ébauche de sourire. Je comprenais maintenant, bien sûr, pourquoi il ne souriait jamais vraiment. Et à l'observer de plus près je me rendais compte que cette teinte dorée lui venait de son hâle. Je tournai les yeux vers l'étang pour ne pas le regarder avec insistance, et vis que le canot de Jeffrey venait enfin de réapparaître.

— Comment fait-on, au juste, pour tomber contre un mur ?

Je sursautai, décontenancée.

— Je vous demande pardon ?

— Vous m'avez dit que vous étiez tombée contre un mur. Comment avez-vous fait, exactement ?

Je voyais Jeffrey en face de nous, dressé sur son siège, aux aguets. Je me relevai.

— J'ai l'impression que le temps a fraîchi depuis ce matin. Je crois que je ferais mieux de rentrer.

— Il fera encore plus froid à l'intérieur. Écoutez, je sais que ceci ne me regarde pas, mais...

Il se tut.

Je ne quittai pas l'étang des yeux. Jeffrey ramait vigoureusement dans notre direction. Je ramassai ma couverture et le tube de pommade.

— Il faut que j'y aille. Merci pour ceci. Je penserai à vous le rendre avant de repartir.

— Je n'en ai pas besoin. Écoutez..., reprit-il.

Je me tournai vers lui. Plus la moindre trace de sourire, cette fois. Il me regardait fixement et semblait incapable de détourner les yeux.

Et je restai immobile, prisonnière de ce regard, jusqu'au moment où le canot vint s'affaler en raclant le sable tandis que Jeffrey bondissait sur la plage pour nous rejoindre.

J'avais été stupide d'avoir aussi peur. Jeffrey tendait la main, avec un sourire éclatant, en s'approchant de l'autre homme.

— Blake ! Quel plaisir de vous voir ! Ça faisait longtemps.

Nous n'étions pas tirés d'affaire pour autant. C'était Peter Blake, cette fois, et non Jeffrey, dont les traits s'étaient durcis, et on eut, un instant, l'impression qu'il allait ignorer la main tendue. Je crois que je fermai les yeux. *Prends-la. Pour l'amour du ciel, prends cette main.* Quand je regardai à nouveau, la grande main blanche et la grande main brune s'étaient rejointes.

Je respirai.

Les yeux verts croisèrent brièvement les miens, puis revinrent se poser sur Jeffrey, et Peter Blake retira sa main.

— Vous venez tard, cette année.

— Oui, dit Jeffrey. J'ai parié qu'il ne gèlerait pas. Ça en valait la peine, vous ne trouvez pas ?

Il me sourit, et je lui rendis son sourire. Il tendit le bras vers moi, et je me rapprochai pour lui permettre de le passer autour de mes épaules. L'habitude.

Peter Blake observait.

— J'ai apporté à votre amie quelque chose à mettre sur cette blessure qu'elle a dans le dos. Je l'ai remarquée ce matin. Je crains qu'elle ne soit obligée de voir un médecin.

— Je surveille ça de près, dit Jeffrey. Merci. Hannah, tu as l'air transie. Je vais te ramener. Combien de temps comptez-vous rester ici, Blake ?

— Quelques jours. La cabane a besoin de réparations.

— Dans ce cas, nous nous reverrons certainement, dit Jeffrey.

— Certainement.

Je saluai. Peter Blake répondit d'un hochement de tête. Jeffrey me raccompagna à la cabane, sans relâcher l'étreinte de son bras autour de mes épaules.

Aujourd'hui encore, je ne m'explique pas pourquoi. Je ne sais toujours pas si ce fut à cause de la question de Peter Blake, ou de la façon dont il nous avait regardés tous les deux, mais je crois que ce fut là, sur la plage, que je vis pour la première fois Jeffrey, le véritable Jeffrey, l'homme qui se cachait derrière ce sourire, derrière ces mains. En tout cas, au moment où je quittai la plage ensoleillée pour entrer dans la pénombre de la cabane, je savais.

Que je n'étais pas tombée toute seule contre ce mur.

Et que je n'appartenais pas à Jeffrey.

Ma première pensée en franchissant avec lui le seuil de la cabane fut que j'allais lui parler tout de suite. Pour lui dire que je ne voulais plus le voir, que nous allions faire nos bagages et repartir, et que je reprendrais une vie normale. *Normale.* Il avait fallu cette conversation idiote sur une plage loin de toute civilisation pour que je comprenne à quel point ma vie était devenue anormale. Je ne voyais plus mes amis, mes parents, je ne voyais plus personne sauf Jeffrey. Et que se passait-il dès que je tentais de rétablir un contact avec quelques-uns de ceux que j'avais aussi grossièrement laissés tomber ? Jeffrey se hâtait de me mettre hors d'atteinte.

C'est aussi à ce moment, je crois, que je vis à quel point j'avais peur. Et je compris, soudain, quelle folie ce serait d'annoncer ma décision à Jeffrey alors que nous étions seuls ici. Il valait mieux lui laisser croire que tout allait bien en attendant le retour à la civilisation. Tel était donc, désormais, mon objectif — retourner le plus vite possible à la civilisation. Au prix d'un terrible effort, je glissai ma main autour de sa taille et lui souris.

— Alors, cette pêche ?

— Je n'ai rien pris. Je n'espérais pas mieux. Ils ne remontent pas à la surface avant la tombée du jour. Si on essayait ? Ça te plairait d'apprendre à pêcher ? Tu semblais très intéressée, hier, par les efforts de ce pauvre Blake.

— J'adorerais ça.

Comment répondre autrement ? Dire le contraire l'aurait persuadé que je trouvais intéressant de regarder Blake pêcher et non lui, Jeffrey. Ah, je le connaissais si bien ! Mieux valait être d'accord là-dessus avec lui, pendant que je me demandais comment obtenir son accord sur quelque chose qui me paraissait infiniment plus important.

— À propos de Peter Blake, il m'a inquiétée avec cette blessure. Elle me fait terriblement souffrir... j'ai des élancements, et je me suis sentie fiévreuse toute la matinée. Je crois vraiment que je devrais rentrer pour la faire examiner.

Jeffrey appliqua la paume de sa main sur mon front.

— Tu n'es pas chaude. Laisse-moi regarder. (Il me fit pivoter, souleva ma chemise.) Ce type t'a

36

effrayée pour rien. Je t'assure qu'il n'y a pas la moindre inflammation.

— Il m'a conseillé de la nettoyer à l'eau chaude. Nous n'avons pas d'eau chaude, ici. Vraiment, Jeffrey, nous ferions peut-être mieux de repartir et...

— C'est idiot. Regarde, j'ai gardé de la braise dans le poêle. En un rien de temps, nous aurons assez d'eau pour te soigner.

Déjà, il ouvrait le poêle, remuait le tas de braises et ajoutait du bois. Il emplit la bouilloire en aluminium à la pompe, retira le couvercle du poêle et posa la bouilloire au-dessus du feu.

Je n'osai pas insister. Quelques minutes plus tard, j'étais à plat ventre sur la banquette en fer, une compresse chaude sous mon sweat-shirt.

— Voilà. Quand elle aura refroidi, retrempe-la dans l'eau. Garde-la une trentaine de minutes. Je serai de retour dans une heure.

Je relevai la tête.

— Où vas-tu ?

— Au village. Ce vieux tube de pommade que Blake t'a donné ne vaut rien du tout. Je vais te chercher quelque chose qui marche.

Il posa un baiser à mi-chemin entre mon oreille gauche et mon sourcil, et sortit, me laissant là.

J'avais donc raté mon coup. Mais Jeffrey, au moins, ne se doutait pas que mes sentiments avaient changé. Je tiendrais bien ainsi une nuit, un jour de plus. Puis je rentrerais chez moi. Le seul danger, me semblait-il, était la présence de Peter Blake. Je devais me garder de l'approcher et de donner à Jeffrey une raison, même fausse, de s'inquiéter. Il ne devait pas être trop difficile d'éviter un homme qui, de toute évidence, était venu ici pour être seul et en finir avec ses propres fantômes. Notre rencontre avait été purement fortuite. Médicale. Si je me cantonnais à mon bout de plage, il n'y avait aucune raison pour que nos chemins se croisent à nouveau.

Et pourquoi, me demandai-je, la perspective de passer encore une nuit et une journée ici me paraissait-elle soudain deux fois plus sinistre ?

Des coups discrets furent frappés à la porte. Je sursautai sur ma banquette et la compresse tomba par terre.

— Qui est là ?

— Peter Blake.

Il n'y avait aucune raison au monde pour que mon cœur se mette à battre ainsi. Je me relevai pour ouvrir. Il avait passé une chemise. Dans l'ombre du porche, il avait une allure des plus banales.

— J'ai vu votre ami s'en aller. Tout va bien ?

— Bien sûr. Pourquoi ça n'irait pas ? (Je brandis la compresse.) Vous voyez, j'ai suivi vos instructions. Jeffrey est allé au village chercher un meilleur médicament, mais il ne tardera pas à revenir.

Entendit-il l'avertissement ? Non. Les rides se creusèrent sur son front hâlé tandis qu'il fronçait les sourcils, mais au lieu de s'en aller, il s'avança d'un pas à l'intérieur.

— Écoutez, je suis venu pour... Dieu seul sait pourquoi je suis venu. Bon. Je sais pourquoi. Vous avez toutes les raisons de penser que je suis cinglé. Mais je ne crois pas l'être. Il y a quelque chose qui cloche, n'est-ce pas ?

Je tentai de rire.

— Qui cloche ? Qu'est-ce qui vous le fait penser ?

— La façon dont vous avez réagi quand je vous

ai interrogée sur cette blessure, pour commencer. Et la façon dont vous le regardiez. Disons que j'ai déjà vu ça. Vous aviez peur de lui.

— Vraiment ?

Je jetai un coup d'œil à ma montre. J'essayais de réfléchir. Je n'avais qu'une idée en tête : il fallait qu'il s'en aille.

— Et vous avez toujours peur, dit Peter Blake.

Pourquoi ? Il n'est pas là. Je l'ai vu partir avec sa voiture.

— Et s'il revient et qu'il vous trouve ici...

Je n'eus pas besoin de finir ma phrase. Je vis les larges traits de son visage s'éclairer.

— Évidemment, dit-il. D'où le problème sur la plage, aussi. Il a remarqué.

Je ne demandai pas : « Remarqué quoi ? » Si je l'avais fait je ne pense pas qu'il m'aurait entendue. Il semblait penser à autre chose.

— Mais ce qui est arrivé à votre dos, ce n'était pas à cause de moi.

Non, pensai-je, ce n'était pas à cause de Peter Blake. C'était à cause de Paul, mon beau-frère. Le pauvre Paul, qui n'avait rien fait de mal, et sa femme, ma sœur, étaient toujours avec nous. Et une semaine auparavant, une semaine seulement, au lieu de prendre pour ce qu'elle était cette jalousie maladive, irraisonnée, je l'avais trouvée flatteuse ! Mais il importait avant tout maintenant, c'était absolument crucial, de ne pas provoquer à nouveau la jalousie de Jeffrey. Il fallait que Peter Blake s'en aille.

Je rassemblai tout mon courage pour affronter son regard.

— Je vous ai dit comment je m'étais blessée dans

le dos. Si vous avez trouvé cela bizarre, c'est parce que je me sentais idiote moi-même.

— Vous étiez sacrément bizarre. Vous l'auriez été moins si vous m'aviez répondu de m'occuper de mes propres affaires. C'est ce que n'importe qui, dans son état normal, aurait dit.

— Merci, répondis-je froidement.

— Écoutez. Je suis navré. Bon sang, je ne manque pas de culot pour vous parler comme ça de ce qui est normal et de ce qui ne l'est pas ! Je ne crois pas avoir dit deux mots de façon normale depuis que vous ai rencontrée. La vérité, dans tout ça, c'est que je ne l'aime pas beaucoup, votre Jeffrey Holtz. J'ai mes raisons. Ou peut-être que non. Je n'en sais rien...

Ce désir d'être franc et cette tension dans sa voix m'allèrent droit au cœur. Comment avais-je pu trouver cet homme « banal » ? Il n'y avait qu'une réponse possible :

— Nous sommes donc deux dans ce cas.

Sur le moment, son expression me parut indéchiffrable. Puis quelque chose qui pouvait passer pour du soulagement se peignit sur ses traits.

— Vous ne devriez pas rester ici. Laissez-moi vous reconduire chez vous.

— Et tomber sur Jeffrey en chemin ? C'est ce que je pourrais faire de pire, croyez-moi. Franchement, ce que vous pouvez faire de mieux, c'est vous en aller d'ici avant son retour.

Il me regarda longuement — une éternité.

Puis il tendit la main.

— Sans doute. Je ne vous embêterai plus. Si vous avez besoin de quoi que ce soit, vous savez où me trouver.

— Merci.

Je lui serrai la main.

Je pensais que je respirerais après son départ, mais je m'aperçus que je n'arrivais pratiquement plus à respirer du tout.

Au retour de Jeffrey j'étais à plat ventre avec une nouvelle compresse. Il examina ma blessure, y passa quelque chose, et entreprit de rassembler notre matériel de pêche, le tout sans dire un mot. Il me tendit de lourdes bottes en caoutchouc, deux paires de chaussettes, un épais sweater de laine.

— J'ai besoin de tout ça ? S'il doit faire aussi froid, ce n'est peut-être pas la peine que j'y aille.

— Il ne fera pas aussi froid.

Je n'ajoutai rien.

Au moment où nous franchissions le seuil, Jeffrey me prit le menton et me sourit.

— Nous n'avions pas besoin de tout le week-end, n'est-ce pas ? Il n'y avait rien de cassé entre nous, n'est-ce pas ?

— Non, rien.

— Les pauvres crétins comme Peter Blake me font pitié. Viens.

Le soleil venait de passer derrière les arbres quand nous rejoignîmes le canot. Je vis du coin de l'œil une lampe s'allumer dans la cabane de Peter Blake. Nous partîmes à la rame dans la même direction que Jeffrey quelques heures auparavant, et je me demandai, bêtement, si Peter était en train de nous observer. Non. Pourquoi l'aurait-il fait ? Et même si c'était le cas, nous fûmes très vite hors de vue, de l'autre côté de la pointe.

41

Jeffrey trouva l'endroit qu'il cherchait. Il accrocha un ver à mon hameçon et lança la ligne pour moi. Nous restâmes un long moment silencieux. Le jour baissait et il faisait de plus en plus froid. Finalement, cette pénombre me donna du courage.

— Jeffrey ? Tu as raison. Nous n'avons pas besoin de prolonger ce week-end. Il n'y avait rien de cassé entre nous. Pourquoi ne pas rentrer dès ce soir ?

Silence.

Je ne bougeais plus, je retenais ma respiration.

— Ne me dis pas que tu es encore inquiète à cause de cette petite coupure de rien du tout !

— Non. Bien sûr que non. Mais j'aimerais rentrer chez moi, c'est tout. (Je m'efforçai de rire. Mon rire sonna faux dans cette semi-obscurité.) Autant le dire franchement, je ne peux pas vivre très longtemps sans mon sèche-cheveux. Et tu reconnaîtras qu'un bon bain chaud serait des plus agréables ?

— Délicieux. Mais ça peut attendre demain.

Je renonçai.

Le silence s'éternisa.

— Nous pourrions peut-être rentrer à la cabane ? dis-je au bout d'un moment. J'ai l'impression que le vent se lève.

— Excellent. Ça va faire remonter les poissons.

— Il fait affreusement froid.

— Nous allons contourner la pointe et nous mettre à l'abri du vent.

Je compris, au bruit, qu'il rembobinait sa ligne. Je fis de même. Il me prit la canne des mains et la rangea au fond du canot. Il me tendit ma rame. Nous étions à environ huit cents mètres du bord et je distinguais à peine les arbres. La houle qui venait de se former claquait durement contre la coque d'aluminium et l'on n'entendait plus le bruit que nous faisions en ramant. Quand nous eûmes contourné la pointe, je constatai que la lampe qui brillait dans la cabane de Peter Blake était maintenant éteinte. Et je constatai aussi que le vent, à cet endroit, soufflait encore plus fort. Il traversait la laine épaisse de mon sweater et faisait dangereusement tanguer le canot.

Je me retournai.

— Jeffrey, rentrons. J'en ai assez, pas toi ?

— Oui, je crois que j'en ai vraiment assez.

Une intonation bizarre dans sa voix ? Je n'en étais pas certaine. Mais soudain, je n'eus plus qu'une envie : partir d'ici. Je me tournai vers l'avant et me mis à ramer furieusement, pour nous ramener vers la cabane, la voiture, le départ. D'abord, les coups de rame de Jeffrey parurent aussi déterminés que les miens, mais quand nous parvînmes à environ trois cents mètres de la plage, je sentis que notre vitesse diminuait.

Quand Jeffrey parla à nouveau ce n'était plus sa voix, mais une claire imitation de la mienne :

— « Rien de cassé entre nous. » Oh, Hannah, tu me prends vraiment pour un imbécile ?

Non. Pas ici. Pas maintenant. Je plongeai ma rame dans l'eau et fonçai vers le bord.

— Je t'ai vue. Je l'ai vu. Je savais qu'il viendrait dès que ma voiture ne serait plus là. Alors, je me suis garé un peu plus loin sur le chemin et je suis revenu à pied. Je dois reconnaître que ça ne lui a pas pris beaucoup de temps. C'est quoi, le plan ? On rentre chez nous, tu me plaques, et vous revenez ici tous les deux ?

Ne panique pas. Tu es déjà passée par là. La meilleure

chose à faire... Mais quelle était la meilleure chose à faire ? Tout ce que j'avais pu dire n'avait jamais entamé la jalousie démentielle de Jeffrey. Toutes les explications étaient restées inutiles. Mais c'était peut-être ça, le problème : mon désir d'expliquer. Je songeai à Peter Blake : *vous auriez eu l'air moins bizarre si vous m'aviez dit de m'occuper de mes propres affaires. C'est ce que n'importe qui, dans son état normal, aurait dit.* Et dans ce cas ? Que dirait une personne dans son état normal ? Je ramenai la rame vers mes genoux et poussai l'eau d'un mouvement circulaire aussi large que je le pus sans faire basculer le canot.

— Si c'est ce que tu penses, Jeffrey, tu *es* un imbécile. Maintenant, il est tard et j'ai froid et je voudrais rentrer.

Je dois admettre que cela parut le calmer un instant. Un court instant.

— Eh bien, eh bien, eh bien, écoutez-moi ça ! On joue les effrontées, maintenant ? Je tiens à te prévenir que ça s'est très mal terminé pour la dernière qui a essayé.

— Je ne sais pas de quoi tu parles et je m'en moque. Je rentre. Maintenant.

Je ramai de plus belle.

— Pas de *quoi*, Hannah, de *qui*. De Rosemary Blake. Tu ne veux pas savoir ce qui lui est réellement arrivé ?

Cette fois, ce fut moi qui m'arrêtai de ramer.

— Rosemary Blake ?

— La femme de Peter Blake. Feu la femme de Peter Blake, devrais-je dire. Et elle serait l'ex-femme de Peter Blake, aujourd'hui, si elle n'avait pas fait l'idiote. Entre elle et moi, ça avait très bien marché pendant un mois ou deux. Beaucoup mieux que ça

44

n'avait jamais marché entre eux. Il n'a jamais su que c'était moi, bien sûr. En tout cas, il ne pouvait pas en être *certain*. Puis il s'est passé quelque chose. Elle a dû recevoir un signe de Dieu le Père. Elle était censée le retrouver ici. Elle est arrivée la première parce qu'elle voulait me voir avant et me dire que tout était fini entre nous.

— Non !

L'exclamation m'avait échappé et je ne m'en rendis compte qu'en entendant Jeffrey me répondre :

— Mais oui, Hannah, mais oui. Tu n'aurais rien trouvé à redire si tu avais assisté à notre rencontre, j'en suis certain. J'ai compris qu'il ne fallait pas espérer la faire changer d'avis, et j'ai accepté sa décision comme un vrai gentleman. Je lui ai offert un verre, et elle était tellement soulagée de me voir réagir ainsi qu'elle l'a sifflé d'un trait. Je n'ai pas eu trop de peine à la convaincre d'en boire un second. Je l'ai raccompagnée chez elle. Ne t'ai-je pas dit, déjà, qu'il était facile de se noyer ? Trente centimètres d'eau suffisent. Je n'ai eu qu'à l'y pousser et à l'y maintenir. Elle n'était pas en état de se défendre. Il ne me restait plus qu'à mettre le bateau de Blake à l'eau avec le sweater de Rosemary à l'intérieur, à supprimer toutes les traces de mon passage, et à rentrer en ville.

Le vent, non, sa voix, me transperçait. Je ne pouvais plus m'arrêter de trembler. Le *non !* qui m'avait échappé n'avait été qu'une misérable dénégation. En réalité, presque avant qu'il ne parle, je savais déjà qu'il allait dire la vérité.

— Et Peter Blake...

— Peter Blake *n'était pas* là, Hannah. Ils ne devaient se retrouver que le lendemain. Il n'était

45

pas là, et il n'est pas là maintenant. Il s'est passé quelque chose d'intéressant tout à l'heure pendant que j'étais au village, aurais-je oublié de te le dire ? Quelqu'un a appelé le commissariat pour dire que la mère de Blake était au plus mal. Comme il n'y a pas de téléphone ici, on a envoyé une voiture pour le prévenir. Les policiers devraient toujours vérifier que ces sortes d'appels ne sont pas des plaisanteries avant de se mettre en route, n'est-ce pas ? Mais ils ne l'ont pas fait. Je les ai vus arriver devant sa cabane au moment où nous passions derrière la pointe. Il doit maintenant être en route pour Hampstead. C'est là qu'habite sa mère. Voyons, c'est à trois heures d'ici, il lui faudra bien une heure ou deux pour tirer l'affaire au clair, et encore trois heures pour revenir. À supposer qu'il revienne.

Ainsi, Peter Blake ne serait pas ici avant une huitaine d'heures. Mais pourquoi Jeffrey avait-il voulu l'éloigner ?

Ce fut soudain comme si quelqu'un avait tourné une clé dans mon esprit et enfoncé l'accélérateur. Jeffrey venait de m'apprendre qu'il avait assassiné Rosemary Blake. Quoi qu'il dise ou qu'il fasse désormais, il fallait qu'il me tue aussi.

Nous étions au beau milieu de l'étang. Non, pas au milieu, mais à trois cents mètres, quatre cents mètres maintenant, de la plage, de la cabane, de la voiture — le chemin le plus rapide pour rentrer chez moi. J'entendais la houle cogner contre le flanc gauche du canot, ce qui signifiait que le vent nous poussait vers la rive opposée. Et qu'y avait-il sur la rive opposée ? Des kilomètres et des kilomètres de forêt obscure et déserte. Et qu'y avait-il dans le canot ? Jeffrey.

Je venais de décider de quel côté j'avais le plus de chances de m'en tirer, à la seconde où il leva sa rame qu'il tenait à deux mains comme une batte de base-ball.

Mais, pour la première fois de mon existence, j'avais un temps d'avance sur lui. Je sautais déjà par-dessus bord quand il acheva son geste, et si l'extrémité de la rame m'atteignit, elle ne fit qu'effleurer la partie la plus dure de ma personne — mon crâne. Il se produisit alors deux choses qui auraient pu sceller mon destin mais, paradoxalement, me sauvèrent la vie. D'abord, je fis basculer le canot en sautant et celui-ci s'emplit d'eau, si bien que Jeffrey, occupé à se maintenir à flot, ne put me regarder. Ensuite, comme je portais — à la demande insistante de Jeffrey — plusieurs couches de vêtements et de grosses bottes en caoutchouc, je ne restai pas à la surface.

À peine avais-je touché l'eau noire et glaciale que je coulai.

Et je coulai.

Il me sembla que je mettais une éternité à refaire surface. Mais quand j'y parvins enfin, à grand-peine, les vagues et l'obscurité me dérobaient à sa vue.

Et c'était pour le moment tout ce que je désirais — échapper à la vue de Jeffrey. J'aspirai l'air à pleins poumons, le plus d'air possible, et plongeai à nouveau, en luttant avec l'énergie du désespoir pour m'éloigner du canot. Quand j'émergeai pour la deuxième fois, Jeffrey s'était remis à ramer, mais

le canot et lui semblaient déjà plus loin. Je replon-
geai et, cette fois, je compris que j'avais bien fait. Je
m'étais éloignée du canot, dans le sens du vent, vers
la rive opposée. Jeffrey avait pensé, logiquement,
que j'essaierais de rejoindre la terre la plus proche.
Il ramait parallèlement à la plage, entre moi et la
jetée de la cabane. L'étang était vaste. Il était forcé
de choisir. Et il avait fait le mauvais choix.

Je m'appliquai à calmer le rythme de ma respiration. Je ne paniquerais pas, je ne pouvais pas me
permettre de paniquer. Je remuais bras et jambes,
juste assez pour flotter et ne pas me laisser envahir
par le froid, attentive à économiser chaque once
d'énergie, en laissant les vagues et le vent travailler
pour moi. J'avais perdu toute conscience du temps
et de l'espace et toute conscience tout court lorsque
mes pieds raclèrent la vase et que, moitié rampant
et moitié trébuchant, je me retrouvai enfin hors de
l'eau sur la rive opposée à la cabane, dans une nuit
d'encre.

J'appris quelque chose à propos de la laine, cette
nuit-là. Même mouillée, elle vous tient encore
chaud. Je ne sais combien de temps je restai ainsi,
écroulée sur un lit de vase, d'herbe et de roseaux,
avant de reprendre haleine et de repartir, poussée
par le froid.

Quand je parvins enfin à me relever, je regardai
autour de moi.

Derrière, ce n'était qu'un enchevêtrement de
végétation où le regard ne pénétrait pas. Je n'eus
pas à scruter longtemps pour comprendre que si je
m'y enfonçais, je disparaîtrais à jamais. Jeffrey avait
parlé de mille hectares de forêt sauvage, inhabitée.
Je pouvais renoncer à tout espoir d'y rencontrer

La cabane au fond des bois

une maison ou une voiture. Je n'avais aucun sens de l'orientation en plein jour et en terrain connu, de nuit, et dans une forêt inconnue, j'étais condamnée à tourner en rond et à mourir de froid et d'épuisement. Il n'y avait qu'une chose à faire : contourner l'étang en m'éloignant le moins possible du bord, en direction de la route qui passait quelque part à l'est de la cabane de Jeffrey. Mais qu'arriverait-il si je manquais cette route et me retrouvais à proximité de la cabane ? Et même si je trouvais cette route sans tomber sur Jeffrey, que ferais-je ensuite ? À quel moment avions-nous bifurqué pour rejoindre la cabane ? Et de quel côté se trouvait le village ? Pour un peu, je me serais mise à rire tout haut. Je me croyais donc capable d'aller jusqu'à ce village, seule, à pied ?

Je ne sais combien de temps je restai là, à grelotter, avant d'apercevoir de la lumière.

Ce ne fut pas mon cerveau, cette fois, qui me fit bondir sur mes pieds et foncer le long de la berge à travers les roseaux mais, dans ce mouvement, ses cellules anesthésiées ne tardèrent pas à se ranimer. Peter Blake était là ! Mais bien sûr ! Il n'avait pas eu besoin d'aller jusqu'à Hampstead pour prendre des nouvelles de sa mère. Il lui suffisait de se rendre à Fairnham, à une quinzaine de kilomètres de là, et de téléphoner. Et, comprenant la ruse dont il avait été victime, il était revenu. Il était revenu parce qu'il avait vu la blessure de mon dos et ma peur, et qu'il connaissait Jeffrey. Peter Blake était là, dans sa cabane et, dès que je l'aurais rejoint, j'y serais aussi bien que chez moi.

Je ne sais combien de temps il me fallut pour me frayer un chemin, en luttant des pieds et des poings, autour de cet étang. Le sweater de laine s'accrochait à chaque branche, les ronces m'égratignaient la figure, je me coupais aux mains en m'agrippant aux roseaux pour avancer à travers les zones marécageuses. Le jean épais me protégeait les jambes, mais comme il était froid et alourdi par l'eau, il me ralentissait. Les grosses bottes de Jeffrey gisaient quelque part au fond de l'étang et je n'avais pas franchi la moitié de la distance que mes chaussettes étaient en lambeaux, je continuai pourtant. Quand j'atteignis le sable doux de la plage, des larmes de soulagement me vinrent aux yeux, et quand je posai le pied sur la première marche de la cabane, je me mis à pleurer pour de bon, mais je ne m'en souciai pas. L'heure n'était pas à l'amour-propre.

Ni à la peur.

Les larmes ruisselant sur mes joues lacérées, j'ouvris à la volée la porte de la cabane et m'avançai dans la lumière de la lanterne.

Et sous les yeux de Jeffrey.

Ses vêtements étaient trempés. Mais il avait ranimé le feu dans le poêle de Peter Blake, rallumé la lanterne de Peter Blake, et s'était affalé dans le fauteuil de Peter Blake, en chaussettes, les jambes allongées face au feu telle une araignée attendant sa mouche.

— Salut, Hannah, dit-il. Tu as l'air surprise. Pourquoi ? Je ne suis pas surpris, moi. Même si tu as mis si longtemps à arriver que j'ai pensé que tu étais peut-être morte, finalement. En fait, je savais que si tu n'étais pas morte, tu te précipiterais vers lui — il suffisait de voir comment vous vous faisiez de l'œil, sur la plage, aujourd'hui. Je devrais peut-être dire, pour être tout à fait juste, comme vous *essayiez* de ne pas vous faire de l'œil. C'était, tout compte fait, un spectacle des plus pitoyables. (Il se leva en repoussant son fauteuil.) Allons, allons, Hannah, ne pleure pas. Tu ne peux pas prétendre que je n'ai pas été loyal avec toi. Je t'ai bien dit qu'il n'était pas là, n'est-ce pas ? Viens ici, à la lumière. Dans quel état tu es ! Que t'est-il arrivé ?

Il me saisit par le bras, m'attira vers lui. Je n'aurais pas pu bouger si j'avais essayé. J'étais sans forces. J'aurais dû m'en douter. N'avais-je donc rien appris ? Me précipiter vers Peter Blake pour qu'il me sauve ! Il n'y avait personne pour me sauver. Il n'y avait que Jeffrey et moi. En me forçant à pivoter devant la lanterne, il sentit probablement à quelle impuissance j'étais réduite. Il se mit à rire doucement en me repoussant en arrière. Je tendis la main pour ne pas perdre l'équilibre et heurtai la lanterne. Elle oscilla en faisant bouger les ombres dans la pièce et sur le visage de Jeffrey qui parut s'animer sous mes yeux.

Jeffrey.

Et moi.

Mes doigts se refermèrent sur la lanterne. Comme il me tirait en avant, je la soulevai et la lui fracassai sur les yeux.

Jeffrey poussa un hurlement et me lâcha, en portant la main à ses yeux. Je tombai par terre. Des flammes coururent à travers la pièce sur la traînée d'huile qui s'était répandue sur le sol et je roulai sur moi-même pour leur échapper, renversant au passage une boîte métallique. La boîte s'ouvrit en tombant. Du matériel de pêche. Jeffrey plaqua un pan de sa chemise sur son visage, me vit, vint sur moi. Je saisis vivement un couteau dans la boîte, et Jeffrey se mit à rire.

— Franchement, Hannah, que comptes-tu faire avec ça ?

Je ne sais pas, franchement, ce que j'aurais fait si Peter Blake n'avait choisi cet instant pour arriver comme un boulet de canon par la porte de la cabane qui se referma avec fracas derrière lui. Jeffrey bondit, mais pas avant que j'aie vu son regard à la seconde où il se jetait sur Peter. Peter était plus grand et plus fort, j'en étais certaine. Mais Jeffrey était fou. Je m'approchai des deux hommes qui se colletaient, aussi près que possible, et plantai le couteau.

Le corps de Jeffrey se raidit, puis s'affaissa. Je vis l'étonnement se peindre sur les traits de Peter.

— Un coup de couteau dans le dos, dis-je d'une voix calme, et je tombai assise par terre, durement.

Nous laissâmes Jeffrey à l'endroit où il était tombé. Je crois que j'avais l'air plus mal en point que je ne l'étais réellement, et Peter semblait avant tout soucieux de m'installer dans sa voiture pour me conduire à l'hôpital. Il s'avéra que Fairnham n'en possédait pas, mais qu'il y en avait un à Pittsville, un peu plus loin. À un certain moment entre l'infirmière et le médecin, Peter s'esquiva. Il donna sans doute quelques coups de téléphone. Les policiers vinrent me trouver à l'hôpital. Il faisait presque jour quand je revis Peter.

Il apparut sur le seuil de ma chambre, l'air fatigué, et je m'étonnai de le voir aussi sale, avant de me rappeler qu'il m'avait à moitié portée jusqu'à sa Jeep et que j'étais couverte de vase.

— Ça va ? demanda-t-il.

— Assez bien. Ils m'ont dit que je pouvais partir.

— Alors laissez-moi vous raccompagner chez vous.

— C'est loin. Je peux appeler quelqu'un. Vous devriez...

Il sourit, un vrai grand sourire, ou presque.

— M'en aller d'ici ? Je ne le pense pas. Pas cette fois.

Traduit par Pierre Girard

La promenade du veuf

JOSEPH HANSEN

LE nouveau garçon d'écurie ne s'est pas réveillé et, comme un adolescent qu'il est encore, ou presque, il risque de dormir jusqu'à midi. Bohannon enfile son Levis, chausse ses bottes, passe une chemise, enjambe l'appui de la fenêtre pour sortir sur la longue véranda du ranch et se dirige vers l'écurie, dont les lignes basses et nettes se détachent sur le fond gris du paysage montagneux qui paraît encore endormi. Les chevaux, impatients, s'agitent, grognent, soufflent des naseaux derrière les portes closes de leurs box. « Buck ? Seashell ? Geranium ? » Il appelle chacun par son nom en passant. Il y a là ses propres chevaux, et ceux que lui laissent en pension des gens de la petite ville de Madrone, au fond de cet étroit canyon proche de l'océan.

Parvenu devant la porte de la sellerie, il frappe du poing les planches de bois délavé. « Kelly ? C'est l'heure ! » Pas de réaction. Il frappe à nouveau. Silence. Il soulève la langue de métal qui sert de loquet, pousse la porte, tend le cou. « Kelly ? Réveille-toi ! » Mais on dirait qu'il n'y a personne dans le lit de camp. Il entre. Personne, en effet. Pourtant les draps entortillés, les couvertures à moitié jetées par terre attestent qu'on y a dormi, et profondément. Il parcourt du regard la pièce que la lumière faiblarde du petit matin, entrant par l'unique fenêtre, éclaire à peine. Aux murs, deux dessins de chevaux de George Stubbs (n'y en avait-il pas trois ?). Pas de bottes sous le petit lit de fer. Il ouvre les tiroirs de la commode en bois brut. Rien. Pas de vêtements dans le placard. Il ferme les yeux et lâche un juron. Encore un qui s'en est allé.

Il retourne sur la galerie couverte qui longe le bâtiment et ouvre au passage la partie supérieure des portes. Il avance sans se retourner, mais il sait que des têtes sortent des box pour le suivre des yeux. Des sabots raclent le sol, d'impatience et d'espoir. À la dernière stalle, il ouvre complètement la porte, saisit la bride de Buck et le fait sortir. Puis il enroule les rênes autour d'un poteau et entre dans le bâtiment pour prendre sa selle.

— Viens, dit-il, en jetant la couverture et la selle sur le dos de Buck. Toi et moi, on va commencer par une balade, aujourd'hui. (Il grogne, en se penchant pour sangler la sous-ventrière. Buck grogne, lui aussi. Bohannon met le pied à l'étrier et se hisse lourdement.) Une grande et belle balade. (Il enfonce les talons dans les larges flancs de Buck et ils se mettent en route sur le gravier, tandis que le vent fait bruire les branches au-dessus d'eux.) Et puis, tiens, peut-être qu'on ne fera rien d'autre que de se balader !

Buck se dirige vers le portail, surmonté d'une arche sur laquelle se lit le nom de BOHANNON en lettres découpées dans le bois.

— Peut-être qu'on ne reviendra jamais !

Il se penche sur sa selle pour dénouer la corde

qui retient le vantail gauche puis, quand ils sont passés, se penche à nouveau et tire pour le refermer. L'habitude. Ce matin, il lui serait bien égal que quelqu'un entre dans la maison pour voler les chevaux et tout le reste. Ce serait un service à lui rendre. Sur la route noire et bombée, semée de trous, il tire sur les rênes pour diriger Buck à gauche, vers le haut du canyon.

Il ne se rappelle pas combien de garçons d'écurie il a perdu depuis Rivera, le tout premier — pour celui-là, il n'avait pas été surpris : Rivera voulait être prêtre et n'avait cessé de s'y préparer. Puis il y a eu George Stubbs, un ancien coureur de rodéos, déjà vieux à son arrivée chez Bohannon, et que son arthrite a finalement envoyé à l'hôpital. Puis une série d'alcooliques, de vagabonds, de gamins paresseux ou inexpérimentés, et une fille, même, qui travaillait dur mais l'avait quitté pour se marier. En embauchant le jeune Kelly, Bohannon s'était promis qu'il serait le dernier. Si Kelly s'en allait à son tour, cela voudrait dire qu'il était temps de laisser tomber et de vendre le ranch à un promoteur immobilier, comme tout le monde semblait le faire dans ces vallées. Ce n'était plus désormais que du travail, et jamais de plaisir. Pourquoi s'entêter dans cette galère ?

Il a maintenant parcouru trois kilomètres en remontant le canyon et quitté la route principale. Buck est plus attentif que lui à ce qui se passe autour d'eux et il bronche. Pas comme un cheval capable de désarçonner le meilleur des cavaliers. Buck, après tout, n'est plus tout jeune. Il accuse quinze ans, au moins. Et il est lourd. Alors, quand il bronche, il désarçonne *presque* Bohannon, sans plus. L'homme doit lutter, une seconde, pour se maintenir en équilibre. C'est un dur à cuire, mais à cinquante-deux ou cinquante-trois ans, ses réflexes ne sont plus ce qu'ils étaient.

— Eh, qu'est-ce que... ?

Les mots ne sont pas sortis de sa bouche que, déjà, il a compris. Un homme est étendu, la face contre terre : moitié sur la piste, moitié sur le talus. « Doucement ! » Bohannon fait tourner la tête à Buck, ils traversent la route, Bohannon saute à terre et attache les rênes à un tronc d'arbre. Il caresse une ou deux fois, pour le rassurer, les flancs palpitants de Buck, et retraverse en direction de l'homme. Il s'agenouille pour le toucher, pose délicatement deux doigts sur la nuque, derrière l'oreille. Nul besoin de chercher le pouls : l'homme est froid. Il est mort depuis des heures.

Bohannon a été longtemps l'assistant du shérif. Il sait ce qu'il faut faire en pareilles circonstances. Toujours accroupi, il regarde autour de lui, d'abord le paysage qui l'entoure, le canyon, les arbres, le lit de la rivière à sec en contrebas et la pente qui s'élève sur sa droite. Ensuite, il examine les abords. Près du corps. Des éclaboussures de sang. Puis encore plus près, autour des semelles de ses bottes — feuilles d'eucalyptus recroquevillées en forme de faucilles, feuilles de chêne mortes, aiguilles de pin, cailloux —, pas de balle, pas de douille. Quant aux semelles de l'homme, rien n'y adhère.

L'homme est bien habillé, non pour la campagne comme ici, mais pour la ville. Complet sombre. Cravate. Chemise blanche. Là où elle n'est pas tachée de sang. On a abattu cet homme. De face. Bohannon reconnaît un point de sortie de balle quand il en voit un, et il en voit un. Juste entre les deux omoplates. Peu de sang. L'homme est mort très vite.

Il ne touche pas le corps une deuxième fois, ni les vêtements. C'était son métier, ça ne l'est plus. Il se lève, secoue la poussière de ses mains et regarde à nouveau vers la droite. Quelque part sur la pente, parmi les arbres, les rochers, les fougères et les taillis, il lui a semblé voir plus tôt un éclat métallique. Il avait bien vu. Il grimpe dans cette direction et les battements de son cœur s'accélèrent quand il comprend qu'il ne s'était pas trompé. C'est le vieux camping-car tout cabossé de Steve Belcher. Belcher est un ancien du Viêt-nam, barbu et chevelu, qui vit dans son camping-car et fiche la paix à tout le monde en espérant que tout le monde lui fichera la paix. Son départ pour les canyons a été ce qui lui est arrivé de mieux depuis quatre ou cinq ans qu'il est dans le coin. Il avait d'abord garé son camping-car en différents endroits de Madrone et les habitants, chaque fois, l'en avaient fait déguerpir. Pour finir, il avait ancré un vieux bateau de pêche prenant l'eau de toutes parts sur Short's Inlet, un plan d'eau dont nul ne se souciait hormis quelques canards migrateurs de temps à autre, mais que tout le monde avait absolument voulu protéger après que Belcher s'y fut installé. Ne polluait-il pas ? Une si belle réserve naturelle de gibier d'eau !

Belcher avait donc renoncé après quelques pénibles scènes en plein conseil municipal — il avait une grande gueule, Belcher — et il était parti dans les canyons avec son camping-car à la carrosserie mangée par la rouille. Il ne venait plus en ville qu'une fois par mois, pour toucher sa pension d'invalidité et faire ses provisions. Le reste du temps, on ne le voyait pas. Sauf la fois où il a prétendu installer son camp sur le site du festival Mozart, où se donnent des concerts à la belle saison. Le Dr Dolores Combs et les autres riches mélomanes de la ville ont failli le faire pendre pour ça. Les bottes de Bohannon écrasent des boîtes de conserve éclatées, de vieux papiers, des emballages en plastique... Les coyotes et les ratons laveurs ont éventré un sac-poubelle pour y chercher leur pitance. Un bruit lui fait lever la tête, et il voit Belcher nu comme un ver à la porte du vieux camping-car, un Browning de calibre 9 à la main.

— C'est moi, dit Bohannon. Ne tire pas !

— C'est tôt, merde ! grogne Belcher. (Il se réveille, la barbe et les cheveux blonds sales, hirsutes.) Qu'est-ce que vous voulez ? Vous avez pourtant pas l'habitude de m'embêter, vous. (Il plisse les paupières, méfiant.) Pas jusqu'ici.

— Il y a quelque chose en bas, sur la piste, dit Bohannon. Quelque chose qui ne devrait pas y être. Habille-toi. Je veux que tu y jettes un coup d'œil.

Belcher penche la tête de côté.

— Ça veut dire quoi, ça, « quelque chose » ?

— Un corps.

Belcher le regarde fixement.

— Un cadavre ?

— Abattu d'une balle dans la poitrine. En pleine nuit. T'as rien entendu ?

— Seigneur. (Belcher se gratte la barbe.) Seigneur.

— Tu vas me répondre ? Tu veux bien me passer ton flingue, pour que je le sente ?

Belcher sursaute, surpris. Il avait oublié le Browning.

— Il est pas à moi. (Il le pose à l'intérieur du camping-car.) Il a pas tiré. (Il a la voix rauque et il blêmit, bien que la peau de son visage soit comme du vieux cuir tanné.) Et j'ai pas entendu de coup de feu.

— Il n'est pas à toi ? C'est pourtant le genre de truc qu'on vous donne à l'armée, Steve.

— Quelqu'un l'a balancé sur le camping-car. En pleine nuit. C'est là que je l'ai trouvé, à côté de la roue avant. (Il enfile son jean déchiré.) Bon Dieu. Pourquoi ici ?

— C'est pas ton jour de chance, dit Bohannon. Viens. Viens le voir.

— Pour quoi faire ? dit Belcher.

— Pour que je voie la tête que tu feras en disant que tu le connais pas. Je t'ai toujours fait confiance. Je veux savoir si je peux continuer.

Belcher pousse un nouveau grognement et descend mollement les petites marches métalliques du camping-car. Il a les pieds sales.

— Je veux plus voir de macchabées. J'en ai eu mon compte. Je vous l'ai déjà dit. Merde, Bohannon, j'en ai assez tué comme ça, des mecs. Trop. J'en rêve, et ça me rend fou, à force. Je tuerai plus jamais.

— Tu as tout de même gardé ton pistolet.

— Je l'aurais gardé s'il avait pu tuer les fantômes. Celui-là, il est pas à moi, Bohannon. Je vous l'ai dit. Je déteste ces saloperies-là.

— Viens. (Bohannon tourne les talons et commence à redescendre la pente.) Tu te doutes bien que le lieutenant Gerard va te mettre ça sur le dos. Tu es un suspect tout désigné. (Il se hâte, la rosée matinale rend le sol glissant, il se rattrape de justesse pour ne pas tomber.) Lui et moi, on faisait équipe, dans le temps, et si je lui dis que ce n'est pas toi, ça pourra peut-être t'aider.

Il jette un coup d'œil derrière lui.

La portière du camping-car claque. Le démarreur gémit.

Bohannon se retourne, perd l'équilibre, tombe à quatre pattes.

— Attends ! Steve, ne fais pas ça !

Le moteur rugit. Belcher passe la tête à la portière.

— Laissez tomber, Bohannon. Vous savez bien ce qu'il va faire, Gerard. Je suis un fou meurtrier. Ça fait des années qu'il attend de le prouver. (Il desserre le frein à main, le camping-car recule de quelques dizaines de centimètres, puis bondit en avant.) Salut !

Les vieux pneus gris projettent de la terre, Belcher s'éloigne à toute vitesse, le camping-car apparaissant et disparaissant entre les arbres.

Bohannon se remet péniblement debout.

— Tu ne fais que rendre les choses plus difficiles ! crie-t-il.

Peut-être que non. C'est peut-être, justement, ce que Belcher ne peut pas faire.

Il s'assoit sur une souche, allume une cigarette, et attend. Il ne peut pas abandonner le corps. S'il était monté avec la camionnette et non avec Buck, il aurait pu appeler le poste du shérif par radio. Le voilà planté ici, et c'est tout. Jusqu'à ce que quelqu'un vienne. Et Rodd Canyon n'est pas réputé pour être un endroit très passant. On ne risque pas d'y voir arriver des chevaux, c'est sûr. Pas tant qu'il ne sera pas rentré chez lui. C'est la seule pension pour chevaux du coin... Il se lève. Quelle histoire. Trois quarts d'heure s'écoulent ainsi (il ne cesse de consulter sa montre) puis il entend un bruit de moteur, de ressorts qui grincent et de tôles brinquebalantes. Le véhicule de la surveillance incendie. C'est une camionnette rouge. Bohannon s'avance sur la piste. Au volant, Sorenson, qu'il connaît depuis des années. Sorenson s'arrête. Il regarde le corps à travers son pare-brise.

— Qu'est-ce que ça veut dire ? demande-t-il à Bohannon.

— Ça veut dire que tu peux brancher ta radio, répond Bohannon, pour prévenir les autres, à Madrone, et qu'ils viennent le chercher. Il a été abattu.

— Monte. (Sorenson tend le bras pour ouvrir la portière du côté passager.) Tu sais t'en servir.

— Fais-le pour moi, dit Bohannon. Tu veux bien dire un petit mensonge ? Explique à Teresa Hodges que c'est toi qui l'as trouvé. Laisse-moi en dehors de cette histoire.

Sorenson, blond et bronzé, et qui fait vingt ans de moins que son âge, fronce les sourcils.

— Pourquoi ? Tu ne veux pas qu'elle sache que tu remontais le canyon à cheval ? Et pourquoi pas ?

— Fais ce que je te demande.

— Dis donc... (Sorenson se penche en avant sur son siège, tend le cou pour regarder vers le haut de la pente.) Où est passé Steve Belcher ? Il avait son camping-car là-haut.

63

— Ah, bon ? fait Bohannon. Il n'est pas là.

— Je me demande pourquoi ? Tu l'as protégé plus d'une fois, Hack. Mais des coups de feu ? Un meurtre ?

— Ne mêle pas Belcher à ça, dit Bohannon. Préviens-les pour le cadavre, et c'est tout — d'accord ?

Sorenson prend le micro de la radio et l'approche de ses lèvres. Il y a des bruits, des craquements, des voix rocailleuses, des mots incompréhensibles. Il les fait taire et parle dans le micro :

— Sorenson, en haut de Rodd Canyon, sur la piste qui part de la route principale à la hauteur des vieux eucalyptus, à gauche. Cadavre d'un homme âgé sur la voie. (Une réponse sur fond de grésillements, et Sorenson ajoute :) Dix heures quatre, et raccroche.

— Merci. Je trouve ça vraiment chic de ta part. (Bohannon est déjà à califourchon sur Buck et repart vers la route principale.) Il faut que je rentre. J'ai encore perdu mon garçon d'écurie. Et il y a du travail pour trois qui m'attend là-bas.

Pour toute réponse, Sorenson donne un petit coup de sirène.

— En tant qu'enquêteur, dit Gerard, tu ne dois pas inciter un suspect à prendre la fuite. Tu ne peux pas aider et encourager...

— La ferme, Phil, le coupe Bohannon en souriant. Je suis chez moi, ici, et je n'ai pas à écouter ton baratin. Pas ici. Assieds-toi. Prends un verre.

Gerard, le visage congestionné, tire une chaise de sous la table de jeu ronde qui trône au centre de la vaste cuisine de Bohannon, et s'y laisse choir. Il pose son casque sur la table, avec fracas.

— Je parle sérieusement, Hack. Tu t'es contenté de le regarder filer. Et tu nous as raconté que tu n'étais même pas là. (Bohannon lui tend un verre d'Old Crow.) Je ne te comprends pas.

— Est-ce que le type a été abattu avec un 9 mm ?

— Une arme de calibre 9 millimètres, oui. (Gerard avale une gorgée et grimace.) Comment peux-tu boire un truc pareil ?

Bohannon rit doucement.

— J'y arrive. Tu as trouvé des papiers sur le corps ?

— Crime crapuleux, dit Gerard. C'est ce que Belcher a voulu qu'on pense en le voyant. Il n'y a pas de portefeuille, d'ailleurs. Mais le costume est de qualité, et les étiquettes y sont encore. Cher, et fait sur mesure si ça se trouve. On contactera le magasin demain.

Bohannon bougonne. Il a ses lunettes sur le nez, et les papiers sont étalés devant lui. Il en fait une pile et fourre le tout dans une enveloppe en kraft. C'était jadis le boulot de George Stubbs. Bohannon ne peut pas boire et faire la paperasse. La paperasse, de toute façon, il a horreur de ça. Et ce n'est pas maintenant que ça changera. Il est las de bouchonner des chevaux, d'extraire des gravillons coincés dans les sabots, de récurer des box, de ratisser, de porter de l'eau, d'étaler du foin, de délivrer des reçus, de répondre à des crétins au téléphone, de courir après des notes impayées, d'arpenter à côté de petits apprentis cavaliers le manège ovale qu'il a construit lui-même à l'époque où Rivera était encore là.

La nuit s'éveille

— Les semelles étaient propres, le type n'était pas un randonneur. Il est arrivé en voiture.

Gerard l'observe.

— Pas de voiture en vue ? Tu crois qu'il est arrivé avec son assassin ? Et que l'assassin est reparti, ensuite ?

Bohannon hoche la tête.

— Ce qui met Steve Belcher hors du coup.

— Comment ça ? Son camping-car était à quelques mètres de la victime. Pourquoi Belcher ne l'aurait-il pas ramenée de la ville jusqu'ici pour une raison quelconque ? Ça s'est mal passé, Belcher s'est énervé et il a descendu le type ! Tu sais bien, Hack, qu'il a un caractère de cochon. Reconnais-le.

— Peut-être, mais il n'est pas complètement fou. Il n'aurait pas laissé le corps ici. Il l'aurait transporté ailleurs. Allons, Phil.

Gerard émet un grognement sceptique, ramasse son casque, et se lève.

— On verra bien ce qu'on va trouver dans ce camping-car.

Bohannon le regarde.

— Tu l'as déjà ?

— Il n'est pas difficile à repérer. Il n'était même pas arrivé à Fresno que la police du comté l'avait déjà arrêté. On avait envoyé un message radio à toutes les patrouilles.

Bohannon allume la lampe placée au centre de la table. Il fait encore jour au-dehors, mais la cuisine n'en profite guère. La lampe est une antique lanterne au kérosène, au pied d'émail rouge, sur laquelle on a adapté une ampoule électrique. Une idée de Linda — sa femme, qui se trouve dans une clinique psychiatrique privée de l'autre côté de la

66

colline, depuis pas mal de temps déjà, et ne semble pas près d'en sortir. Gerard se dirige vers la porte restée ouverte.

— Tu vas retrouver la voiture du mort quelque part dans le canyon, dit Bohannon, s'adressant à son dos. Quoi ? Une Mercedes ? Une BMW ? Une Jaguar ? Abandonnée sur le bas-côté. Et on aura effacé toutes les empreintes.

— Je connais mon métier, répond Gerard en poussant la porte-moustiquaire.

— Ah, et tâche de trouver un gamin du nom de Kelly. Attends une seconde. (Il s'approche du buffet, prend un papier dans un tiroir. Remet ses maudites lunettes et scrute le papier.) Kelly Larkin. Originaire de San Bernardino. Taille jockey, crâne rasé, tatouages. Il doit être à pied, il n'a pas de voiture. C'était mon garçon d'écurie jusqu'à ce matin de très bonne heure. Peut-être à l'heure où le type au costume chic s'est fait descendre.

— On tient l'abruti qui l'a descendu, dit Gerard, et tu le sais bien. Steve Belcher était une catastrophe en puissance, depuis des années. Tu as toujours pris parti pour lui. Ne fais pas cette bêtise, cette fois. Tu t'es déjà mis dans ton tort, ce matin, en le laissant filer.

— Qu'est-ce que tu voulais que je fasse ? Il était armé, et moi pas. Il avait une voiture, et moi pas.

— Exact. Alors pourquoi ne pas avoir reconnu tout de suite que tu étais là ? À la façon dont tu t'y es pris, n'importe qui peut penser n'importe quoi.

— Ce qui ne manquera pas de se produire de toute façon.

Bohannon s'avance jusqu'à la porte, sort, regarde

Gerard s'éloigner le long de la véranda pour rejoindre sa voiture de service. Il lui lance :

— Vous avez retrouvé la balle, là-haut ? Elle lui est passée au travers du corps.

— Pas encore, répond Gerard du même ton, mais on la trouvera. Ne te fais pas d'illusions.

Il met le contact, fait claquer sa portière, et démarre.

Bohannon ne comprend pas. Il descend de sa chambre, traverse l'entrée et entre dans la cuisine en suivant des odeurs de bacon, des odeurs de café. Les cheveux mouillés après sa douche, il est pieds nus, vêtu d'un jean et d'un T-shirt, et la lumière de la lampe le fait cligner des yeux. Le jour n'est pas levé. Au mur, la vieille horloge d'école indique cinq heures dix. Et à côté de l'énorme cuisinière en nickel et en porcelaine se tient Teresa Hodges, mince et brune assistante du shérif et amie très chère de Bohannon. Elle bat des œufs dans un bol en terre décoré de motifs indiens. Elle lui lance un sourire.

— Bonjour !

— Ça, alors. Qu'est-ce qui me vaut... ?

— Le lieutenant m'a dit que Kelly t'avait quitté, dit-elle. Il y a un pichet de jus d'orange sur le comptoir. (Elle en emplit un verre qu'elle lui tend. Il fait quelques pas vers elle et le prend.) Et que tu essayais de tout faire, ici. Le travail de Stubbs, celui de Rivera, et le tien.

Bohannon hoche la tête et avale un peu de jus d'orange.

— C'est vrai, mais...

— Alors, je me suis dit que je pourrais te préparer un petit déjeuner.

— C'est rudement gentil. Mais tu t'es levée bien tôt.

Il pose le jus d'orange sur la table, va chercher la vieille cafetière bleue émaillée à l'arrière de la cuisinière et se sert un grand café. Il lève la cafetière.

— Je t'en verse un peu ?

— Non merci, pas tout de suite. Assieds-toi et profite de celui-là. (Elle examine une poêle en fonte en la faisant tourner à la lumière, la trouve suffisamment propre, la pose sur la cuisinière et y jette un morceau de beurre.) Voici les nouvelles. Le type qui est mort s'appelait Lubowitz, Cedric. Un agent de change. De Beverly Hills. Soixante-cinq ans. Veuf depuis peu.

Bohannon allume une cigarette et fixe T. Hodges par-delà la lampe en plissant les paupières.

— Ils ont su ça comment ?

— On a vu sa photo au journal télévisé, explique-t-elle. Il paraît qu'il passait de temps en temps à l'émission « Une semaine à Wall Street ».

— Il y a des gens qui regardent « Une semaine à Wall Street » dans votre service ?

Elle rit.

— Faut croire !

— Et qu'est-ce qu'il faisait dans Rodd Canyon ? Qu'est-ce qu'il était venu y chercher ? Il n'y a rien là-haut, que du gibier, et c'est pas avec ça qu'on fait des affaires en Bourse.

— D'autant qu'il n'était pas sur le marché des matières premières, plaisante Teresa Hodges.

69

Le café est fort et brûlant. Il l'adoucit avec de la crème.

— Et Belcher ? Est-ce que Belcher le connaissait ?

— Belcher s'intéresse encore moins que Gerard à ce qui se passe à la Bourse, ce qui n'est pas peu dire. (Elle pose devant Bohannon une assiette d'œufs au bacon et de pommes sautées.) Bon appétit.

— Et toi ? demande-t-il.

— J'arrive, dit-elle.

La voici assise en face de lui sur la chaise en aggloméré. Il y a maintenant une pile de toasts sur la table. Elle déplie une serviette en vichy, lève sa fourchette, puis le regarde. L'air très sérieux.

— Hack, tu ne peux pas laisser Gerard faire ça à Steve Belcher. Il n'y a pas au monde de type plus gentil et plus malheureux que lui. Mais tout le monde est prêt à croire le pire, comme tu le sais.

Bohannon étale de la gelée de goyave sur un toast.

— Belcher le sait aussi. Je n'y peux rien. Si seulement il n'avait pas...

— Il n'a pas tué cet homme !

— Je ne le crois pas. Mais je ne suis pas le jury.

— Tu vas laisser faire ça ? Rester ici bien au chaud, et...

— Teresa, dit Bohannon d'une voix douce, tu m'as déjà fait remarquer que je prétendais abattre le travail de trois hommes, ici. C'est comme ça que je gagne ma vie. Je ne peux plus jouer les détectives. Même si j'en avais l'énergie, je n'en aurais pas le temps.

— Je me charge du travail, dit-elle. Tu n'auras

qu'à me dire ce qu'il faut faire, et je le ferai. Kelly...
D'après Gerard, tu penses que c'est peut-être Kelly
qui a fait le coup. Je vais le trouver et le ramener
ici.

— Tu as déjà un travail, ma grande. Huit heures
par jour et quelquefois plus. Et, de toute façon,
Gerard ne tolérerait jamais de te voir jouer contre
lui dans cette affaire. Et dans son dos, qui plus est.
N'y pense plus. (Elle ouvre la bouche pour répondre, et il dit :) Prends ce somptueux petit déjeuner,
ma grande, et écoute ton vieux papa. Il se passe
tous les jours des choses aussi injustes que ce qui
est en train d'arriver à Steve Belcher. Partout dans
le monde. Nous ne pouvons pas les empêcher,
quelle qu'en soit notre envie.

— Ne dis pas n'importe quoi ! Franchement,
Hack — pardon, « vieux papa ». Je répète : tu n'auras qu'à me dire où aller, qui rechercher, à qui
poser des questions, et je le ferai. J'ai un boulot,
d'accord, mais il me laisse du temps, beaucoup de
temps. Sans compter que Gerard est sexiste. Il ne
me confiera jamais une affaire. La chasse aux
enfants égarés, voilà ce que je peux espérer de
mieux. Mais une affaire comme celle-là, c'est un
Travail d'Homme, pas vrai ?

— Il est comme ça, Phil, marmonne Bohannon.
Ces pommes sautées... même Stubbs n'en a jamais
fait d'aussi bonnes. Tu as un truc ?

— Surtout, ne pas les faire bouillir avant. Les
jeter crues dans la poêle. (Elle hausse les épaules,
agacée.) Et ne change pas de sujet, bon sang !
Hack, Fred May dit que c'est foutu, qu'il n'y arrivera
pas sans toi.

May est l'avocat d'office, pour les rares occasions

où il y a quelqu'un à défendre. Affable et replet, il consacre l'essentiel de son temps à sa femme, à ses enfants, et à la défense des baleines, des loups et de la nature. Bohannon lui a souvent servi d'enquêteur.

— Ne me regarde pas comme ça, dit-il. Je ne peux pas faire ce que tu me demandes, Teresa. Je dois m'occuper de mes chevaux. Ils ne sont pas capables de se nourrir et de faire le ménage dans les box tout seuls. Tu le sais bien. Sois raisonnable.

— Ce n'est pas en étant raisonnable qu'on sauvera la peau de Steve Belcher. (Elle a des larmes aux yeux.) Toute la ville attend le moment de se débarrasser de lui. Ça aussi, tu le sais.

— Et je n'y peux rien.

Il se lève, prend son assiette et celle de Teresa — elle n'a pratiquement rien mangé — et les porte jusqu'à l'évier. Il ramène la cafetière et emplit leurs chopes. En se rasseyant, il a une mimique de dégoût.

— Qu'est-ce qu'il venait faire ici, d'ailleurs, ce Cedric Lubowitz ?

— Je me disais bien que tu aurais envie de le savoir, lance une voix aigrelette depuis la porte.

Belle Hesseltine se tient sur le seuil de la cuisine, sa haute silhouette auréolée par le jour qui point. Belle est médecin. Elle n'a jamais autant travaillé que depuis qu'elle est venue s'installer à Madrone pour y prendre sa retraite. Cette femme âgée, maigre et coriace, est pour ceux qu'elle soigne, et ils sont nombreux, la principale source d'espoir et de courage. Pour Bohannon aussi.

— Je suis passée au poste pour voir le lieutenant, mais il n'était pas encore arrivé. (Elle s'avance jusqu'à la table, tire une chaise, s'assoit, regarde Teresa Hodges.) Vous n'étiez pas là, vous non plus. (Elle pose à ses pieds le sac qu'elle porte en bandoulière.) Donc, je me suis dit que si je devais en parler à quelqu'un, c'était à vous, Hack.

— Eh bien, vous vous trompez, dit Bohannon. Mais je suis tout de même content de vous voir. Un café ?

— Je vais le chercher, dit Teresa Hodges, qui se lève d'un bond et s'éloigne dans la partie mal éclairée de la pièce. Faites-lui comprendre qu'il doit absolument s'occuper de ce malheureux Steve Belcher.

Belle Hesseltine regarde Bohannon en fronçant les sourcils.

— Que je lui fasse comprendre ? Qu'est-ce que ça signifie ? Ce n'est pas ce que vous allez faire, Hack ? Ce type est fichu si personne ne s'en mêle ! Il n'a pas la moindre chance de s'en sortir. Il ne peut pas compter sur lui-même. Il est incapable d'aligner deux pensées cohérentes. Il ne saura pas se défendre. Hack, je n'en reviens pas !

— Je suis coincé, Belle. Il n'y a que moi ici pour faire marcher le ranch. Quand j'ai fini ma journée, je ne suis plus bon qu'à dormir.

Belle regarde Teresa Hodges qui pose une tasse devant elle.

— Où est passé mon ange tatoué ?

— Kelly ? Il a déployé ses ailes hier matin et il s'est envolé. Je l'ai dit à Gerard, c'était peut-être à l'heure où Lubowitz s'est fait descendre. Phil ne voit pas le rapport. Tel que je le connais, il ne prendra même pas la peine de faire des vérifications. (C'est risqué et il le sait, mais il allume une cigarette. La vieille femme le foudroie du regard, mais ne l'engueule pas, pour cette fois. Et il demande :) Alors... qu'est-ce qu'il avait à voir, Lubowitz, avec notre petit patelin ?

— Sa belle-sœur, répond Belle, et elle goûte le café. Aah ! (Elle contemple un instant, pleine d'admiration, la tasse qui fume entre ses mains, puis la pose avec un hochement de tête navré.) Pourquoi faut-il que tout ce qui est si bon soit si mauvais pour nous ?

— Sa belle-sœur ? répète Teresa Hodges, surprise.

— Mary Beth Madison. (Belle Hesseltine se penche pour fixer le centre de la table d'un regard intense.) C'est la gelée de goyave de George Stubbs ? Hack, passe-moi un toast et du beurre. Ce vieux bandit faisait des confitures à vous damner un saint...

S'emparant du couteau de Bohannon, elle se jette sur le toast et sur la gelée comme si la terre avait cessé de tourner pour lui plaire. Puis, la bouche pleine et le double râtelier claquant joyeusement, elle se lèche les doigts, siffle une gorgée de café, remarque les mines interdites des deux autres et fait un effort pour parler :

— Une très bonne famille de Pasadena. Cedric Lubowitz avait épousé Rose, la sœur aînée de Mary Beth. L'affaire avait fait scandale, à l'époque, il avait été question un moment de déshériter Rose pour s'être mariée avec un juif, puis ça s'était tassé.

Un sourire en coin tord la bouche de la vieille femme.

— Les Lubowitz étaient des voisins, après tout, et leur maison était aussi somptueuse que celle des parents de Rose. Les filles et le jeune Cedric avaient passé leur enfance ensemble, ils étaient on ne peut plus proches. Je soupçonne aussi les Madison d'avoir reçu des Lubowitz quelques judicieux conseils pour asseoir définitivement leur fortune. À un moment où celle-ci battait de l'aile. Henry Madison III n'avait pas géré très adroitement son héritage. La moindre de ses folies n'étant pas l'acquisition de terres à Madrone et à Settlers Cove. Des terres qui ne valaient pas un sou à l'époque. C'est comme ça que Mary Beth s'y est installée. Et... (elle les regarde l'un après l'autre)... que je m'y suis installée moi-même. Mon père, qui était le médecin de famille des Madison, avait accepté un lot en guise de paiement à un moment où les choses allaient mal pour eux.

— Et c'est comme ça que vous connaissez tous ces histoires croustillantes, intervient T. Hodges, ravie. Mais Miss Mary Beth Madison n'habite-t-elle pas, maintenant, avec Dolores Combs, celle de l'Orchestre symphonique ? Du festival Mozart ? De la Semaine du chant grégorien ?

Belle Hesseltine hoche la tête.

— Et ainsi de suite. Oui, c'est Dolores. On a peine à le croire, n'est-ce pas, quand on sait qu'au départ elle était, pratiquement, une enfant trouvée.

T. Hodges ouvre de grands yeux.

— Vous dites ça sérieusement ?

— Les petites Madison ont fait sa connaissance au jardin public, un jour d'été, et l'ont ramenée chez elles, et depuis ce jour elle n'a pratiquement plus quitté la demeure des Madison. La famille n'a pas été longue à l'adopter. Si elle n'avait ni instruc-

75

tion ni manières, elle compensait tout ça par son talent et son intelligence.

— Et aujourd'hui, c'est quelqu'un qui compte, à Madrone.

Belle Hesseltine sourit.

— Ses parents étaient pauvres, sans la moindre éducation, son père buvait. Ils ne se doutaient pas qu'ils avaient mis au monde un petit génie. Ce sont les Madison qui lui ont acheté un piano, qui lui ont fait donner des leçons, qui l'ont envoyée à l'université.

— Et donc, continue T. Hodges, quand le moment de se marier est venu pour le jeune Cedric, et qu'il a choisi Rose, Dolores Combs et Mary Beth Madison se sont retrouvées seules et sont restées ensemble ?

Bohannon rit.

Elle le regarde en fronçant les sourcils, surprise.

— Qu'y a-t-il de si drôle ?

— Tu ne m'avais jamais avoué que tu aimais tellement les histoires d'amour, dit-il.

— Oh, non, non, proteste-t-elle. Mais il s'agit d'un meurtre, Hack. Tous les manuels te diront que la personne la plus importante dans une affaire de meurtre, c'est la victime. Et le coupable le plus vraisemblable, quelqu'un que la victime connaissait bien. D'accord ?

— On se croirait plutôt dans un roman d'Agatha Christie, dit Bohannon.

— Bon... (Belle Hesseltine déplie sa haute silhouette osseuse, repousse sa chaise, se baisse pour ramasser le sac qu'elle porte en bandoulière.) J'ai des patients à voir.

— Attendez, dit Bohannon. Cedric Lubowitz

était ici pour rendre visite à Mary Beth — c'est ce que vous vouliez dire ?

— Oh, je ne le pense pas, vraiment. Il était propriétaire de l'un de ces lots achetés par son beau-père il y a bien longtemps, explique la vieille doctoresse. Il projetait peut-être d'y construire une maison et de s'y établir pour y couler une retraite paisible. Ah ! J'aurais pu lui donner quelques tuyaux, n'est-ce pas !

Elle ouvre la porte-moustiquaire, s'immobilise pour jeter un regard en arrière. Et c'est à T. Hodges qu'elle s'adresse, en manière de plaisanterie peut-être :

— Par ailleurs, il se pourrait qu'ayant perdu cette chère petite Rose, et se sentant seul, il soit venu pour renouer connaissance avec Mary Beth, qui est tout aussi jolie. Enfin, si vous aimez les histoires d'amour, vous pouvez toujours le penser !

Et de sortir, avec un rire comme un aboiement.

Fatigué comme il l'est, il va voir Stubbs. La route est longue jusqu'à San Luis, mais il n'y est pas allé la veille au soir comme prévu, et ce n'est pas bien. Le vieil homme est terriblement seul. Et de toute façon, il manque à Bohannon. S'ils n'ont rien à se dire, ils jouent aux échecs ou regardent les courses de chevaux et les rodéos à la télévision. Ce soir ils auront un sujet de conversation, avec Steve Belcher et Cedric Lubowitz. Stubbs regarde Bohannon du lit étroit où il se tient assis entre les barres d'acier chromé, sa boîte et son bloc à dessin posés à côté de lui sur le couvre-lit décoloré. Quand la douleur n'est pas trop forte, il peut encore dessiner.

Il dit, d'un ton de reproche :

— Tu ne vas pas l'aider ?

— Mon garçon d'écurie m'a planté là. Pas le temps, George.

— Ah, oui, Kelly, marmonne Stubbs. Oui, je vois. Il est passé de très bonne heure, hier matin. M'a demandé de te le dire. Fallait qu'il rentre chez lui. Sa mère avait besoin de lui. Elle s'est fait virer de son village de caravanes. Après une bagarre avec son copain.

— Il aurait pu me laisser un mot, observe Bohannon.

— Ni papier ni crayon. Rien pour écrire avec, rien pour écrire dessus.

— Sur la table de la cuisine. Il le savait. Il savait où je dormais, aussi. Il aurait pu me réveiller pour me prévenir. Il t'a bien réveillé, toi.

Stubbs agite sa main décharnée.

— Voulait me voir. Avait un dessin de moi. L'avait pris au mur de la sellerie. Voulait le mettre chez lui, dans sa chambre. L'aurait pas volé. M'a proposé cinq dollars. Je lui en ai fait cadeau.

— Comment il s'est débrouillé pour être là d'aussi bonne heure ?

— Faisait bon. (Stubbs montre la fenêtre d'un hochement de tête.) L'est entré par là.

— Il n'a rien dit au sujet du meurtre ?

Stubbs fronce les sourcils.

— Comment il l'aurait su ?

— Je pose la question, c'est tout.

Stubbs le fixe avec attention, l'air étonné.

— Tu crois tout de même pas qu'il aurait tué ce Lubo... je sais pas quoi ? Pourquoi il aurait fait ça ?

— J'aurais aimé le lui demander, dit Bohannon.

78

La promenade du veuf

— Fallait qu'il ait une arme. Où il l'aurait prise ?
— Un Browning automatique. Je n'en sais rien. Mais quelqu'un s'en est procuré un. Et l'a jeté ensuite.
— Et Belcher l'a ramassé ? demande Stubbs.
— C'est ce qu'il dit. Je doute qu'on en retrouve la provenance. Il a probablement été acheté dans la rue. Et la rue, ça le connaît, Kelly, si j'en crois ses tatouages.
— On a déjà l'expertise balistique ? (Les sourcils broussailleux de Stubbs sont relevés en accents circonflexes.) Ils savent si c'est le Browning qui a tiré ?
Bohannon secoue la tête.
— Ils ne retrouvent pas la balle. Mais d'après un test à la paraffine, Belcher avait tiré avec cette arme peu de temps auparavant.
— Ah, merde, dit Stubbs.
— Il a dit à Gerard que c'était pour faire peur à un rôdeur. Mais il m'avait assuré, plus tôt, qu'il ne s'en était pas servi.
— Tu vois pourquoi il va falloir que tu t'en mêles ? Ce crétin n'a pas de pire ennemi que lui-même. Ça a toujours été comme ça.
— Pas toujours, rectifie Bohannon. À une époque, c'était l'Oncle Sam.
— Attends. (Stubbs frotte, pensif, ses poils de barbe blancs et hirsutes.) Et si le rôdeur avait été Kelly ?
Bohannon cligne des yeux, surpris.
— Bon sang, dit-il. C'est assez bien vu ça, George. Pourquoi pas ?

79

Il donne un coup de volant pour entrer dans la cour du ranch et aperçoit un véhicule marron — une voiture de patrouille du shérif. Un gyrophare clignote sur le toit. Deux portières sont ouvertes. Deux personnes luttent à côté. L'une d'elles est T. Hodges, son casque roule au sol. L'autre est Kelly Larkin. Il pousse T. Hodges en arrière et elle tombe. Il se retourne et part en courant, droit sur la camionnette de Bohannon. On voit briller les menottes qui pendent à l'un de ses poignets. Sa chemise déchirée dans le dos glisse de ses épaules, révélant les tatouages. Bohannon freine brutalement, saute à bas du Gemmy en criant et agrippe le garçon au passage. Celui-ci se contorsionne et frappe avec les menottes accrochées à son poignet, faisant voler le chapeau de Bohannon.

— Arrête ! crie Bohannon. Bon Dieu, Kelly, tiens-toi tranquille !

— Lâchez-moi, dit le garçon. J'ai rien fait !

— Calme-toi, alors. Voilà. C'est mieux comme ça. (Bohannon appelle T. Hodges, qu'il voit dans le faisceau de ses phares.) Tu n'as rien ?

— Kelly..., fait-elle, d'une voix menaçante, et elle s'avance vers eux.

— Je m'excuse, dit le garçon, penaud.

— J'espère bien ! (Elle époussette le casque du revers de sa manche.) J'étais en train de lui retirer ses menottes. Je lui ai dit que je pouvais lui faire confiance. Tu vois ce que ça a donné.

— Eh bien, nous allons les lui remettre, dit Bohannon, et il referme les menottes. Voilà. (Il ramasse son chapeau.) Bon. On va aller dans la cuisine, s'asseoir, boire un café, et discuter un peu comme des gens bien élevés — d'accord ?

— J'ai rien à dire, lâche Kelly, qui avance en trébuchant, Bohannon le tenant par le bras. C'est dingue, cette histoire !

Ils parcourent le long passage couvert qui consti-
tue la véranda du ranch. Bohannon regarde la tête
de T. Hodges, qui marche de l'autre côté de Kelly.

— Tu trouves ça dingue, toi ?

— Pas vraiment, dit-elle, quand on sait qu'il ne
s'appelle pas Larkin de son vrai nom.

— Je le pourrais, dit Kelly. C'était le nom de ma
mère.

Bohannon tire la porte de la cuisine, ils entrent,
il accroche son chapeau. La lampe est allumée sur
la table.

— C'est Belcher que tu t'appelles ?

Kelly le regarde fixement.

— Comment vous l'avez su ?

— Assieds-toi.

Bohannon s'approche de la cuisinière qu'on
devine dans la pénombre, soulève la cafetière mouchetée de bleu. Mais T. Hodges le rejoint et la lui
prend des mains.

— Je m'en occupe, dit-elle. Parle-lui, toi.

— Ça va te faire toute une histoire avec Gerard,
dit-il.

— Pour Gerard, on verra plus tard.

Bohannon se laisse choir sur une chaise devant
la table en allumant une cigarette, et regarde attentivement le garçon qui s'est renfrogné.

— Tu n'es pas arrivé chez moi par hasard, en
cherchant du travail. Tu avais découvert que ton
père était ici, et tu voulais le voir, lui parler.

— J'avais quatre ans quand il est parti, dit Kelly.

81

Il nous a abandonnés, ma mère et moi. Il l'a battue, il est parti, et il est jamais revenu.

— Ça lui a brisé le cœur, à ta mère ? demande Bohannon.

— Pas vraiment. Elle en pouvait plus. Il avait perdu la boule à cause de la guerre, de tous ces gens qu'il avait tués, il faisait des cauchemars, il criait, il se cachait... (Des larmes brillent dans les yeux de Kelly, il baisse la tête, renifle bruyamment et s'essuie le nez du dos de ses mains menottées.) C'était pas de sa faute. Je le savais bien. Elle le savait, elle aussi, mais ça changeait rien. Quand on est ancien combattant on a droit à des aides, et il s'était fait soigner avant leur mariage, mais il était heureux à cette époque et ça avait bien marché pendant quelque temps, puis les horreurs lui étaient revenues, vous voyez ce que je veux dire ? Ça avait recommencé comme avant. Il pouvait pas garder un travail, il s'était mis à boire à longueur de journée, il jetait tout, il cassait tout, il la frappait...

La voix du garçon s'étrangle, il secoue la tête et fixe le sol à ses pieds.

— Et tu es venu ici avec l'idée de le ramener chez vous ? demande Bohannon.

Le garçon hoche la tête, lève vers lui son visage brillant de larmes.

— Il y a plusieurs années de ça. Et elle a besoin de lui. Elle a tout le temps de nouveaux types. Et il y en a pas un de valable. Des types qui font la route, des bons à rien. Elle est serveuse, elle travaille dur, et eux ils lui piquent son argent et ils passent leur temps devant la télé.

— Et lui, tu crois qu'il va bien maintenant ? (T. Hodges pose des tasses de café devant les deux

hommes, sous la lumière de la lampe.) Il ne travaille pas lui non plus. Il vit sur sa pension d'invalidité.

— Ouais. (Kelly touche sa chope de café.) Et il
en veut à la terre entière.

— Tu lui as parlé ? demande Bohannon.

Kelly fait une grimace.

— Ça lui a pas fait plaisir de me voir. Je peux pas
dire qu'on a parlé. Ça s'est pas passé comme je
l'avais espéré.

— Comme tu l'avais rêvé, tu veux dire.
(T. Hodges s'assoit avec son propre café dans le
halo de lumière.) C'est comme ça, Kelly. Il y a des
choses, dans la vie, qui ne peuvent pas marcher, et
c'est tout.

Kelly souffle sur son café fumant et poursuit
maladroitement son idée.

— J'allais pas laisser tomber. Je voulais le ramener. Je l'avais promis à ma mère. Je l'aurais ramené
chez nous, et on aurait été une vraie famille comme
avant. On a eu de bons moments. Il allait bien,
avant. Il était calme. Gai, même. C'était un bon
père. Il m'a manqué, vraiment. Vingt ans, c'est
long.

— Pour ça, oui, dit Bohannon. Et alors, tu es
retourné le voir ?

— Trois fois, quatre fois. Il m'a chassé, il m'a crié
de le laisser tranquille.

T. Hodges n'a pas fait ça depuis bien longtemps,
mais elle tend la main vers le paquet de Camel que
Bohannon a laissé sur la table et en allume une.
Dans la fumée qui encercle lentement la lampe, elle
demande :

— Et encore dans la nuit d'avant-hier à hier ?

— J'arrivais pas à dormir. J'arrêtais pas de me disputer avec lui, dans ma tête. Alors je me suis relevé et je suis monté là-haut. (Kelly évite de croiser leurs regards. Sa voix se fait presque inaudible :) Il m'a tiré dessus.

— Tu es certain qu'il t'a vu, qu'il t'a reconnu ?

— Eh, comment vous voulez que je le sache ? Vous croyez que j'ai eu le temps de demander ? Il avait un pistolet. Je me suis cassé vite fait. C'est pas croyable comme on court vite quand quelqu'un vous tire dessus. Il faut que ça vous arrive pour le savoir.

— Hum... Et alors, tu as trébuché. Sur quoi ?

— Quoi ? (Kelly le fixe en ouvrant de grands yeux.) Quoi ?

— Tu courais aussi vite que tu pouvais, tu ne regardais pas où tu allais, et tu as trébuché sur le cadavre de l'homme en arrivant sur la route.

— Merde, comment vous le savez ?

— Tu t'es écorché les mains en tombant sur le goudron, dit Bohannon.

— Et quelque chose me dit, enchaîne T. Hodges, que je sais ce qui t'est passé par la tête à ce moment-là. Tu as pensé que ton père avait tué cet homme, et qu'il avait encore plus changé que tu ne l'imaginais au cours de ces vingt années d'absence, et tu as eu très peur de lui, tout à coup.

— Et tu n'as plus du tout eu envie de le voir, ni de près ni de loin, poursuit Bohannon. Plus jamais. Tu t'es sauvé. Voilà pourquoi tu ne m'as même pas laissé un mot.

— Je me suis arrêté pour voir Stubbs, répond Kelly sur la défensive.

— Cent-vingt kilomètres plus loin, opine Bohannon. Et George m'a bien dit que tu ne t'étais pas éternisé.

— Qu'est-ce qu'on va lui faire, à mon père ? demande Kelly anxieusement.

— Tu l'aimes toujours, malgré tout ? s'étonne T. Hodges.

— Ne t'en fais pas pour lui, dit Bohannon. Je ne crois pas qu'il ait tué cet homme. Mais si je savais qui l'a fait, ça ne serait pas inutile.

T. Hodges pose sa cigarette.

— Tu n'as pas vu quelqu'un, là-haut ? Ou une voiture, une voiture de luxe ?

Kelly se met à rire, mais il n'y a pas de gaieté dans ce rire.

— J'avais tellement la frousse que j'y voyais rien du tout.

Ils le regardent sans rien dire, il se tait, semble réfléchir en clignant des yeux.

— Attendez. Non. Vous avez raison. Il y avait une voiture. De l'autre côté de la route. Une Mercedes. Mal garée.

— Et personne au volant ? demande Bohannon.

— Non. J'ai vu personne, en tout cas. (Kelly pâlit soudain.) L'assassin, vous voulez dire ?

— L'assassin, c'est bien ce que je veux dire, répond Bohannon.

Il a longtemps refusé d'avoir un téléphone près de son lit, mais quand Stubbs en est arrivé au stade du fauteuil roulant il s'y est résigné car c'était plus pratique en cas d'urgence. Et après que Stubbs est entré à la clinique, Bohannon a laissé le téléphone où il était. Et maintenant il sonne. Il est très tôt. Il

a dormi plus que de coutume. Il pousse un grognement, cherche à tâtons, décroche et marmonne :

— Bohannon.

— Le pistolet appartenait à la victime, Cedric
Lubowitz, qui en était très fier, annonce Gerard.
Mais les seules empreintes qu'on y a relevées sont
celles de Steve Belcher.

— Les bonnes nouvelles et les mauvaises, croasse
Bohannon, arrivent donc par le même courrier ?

— Non. La mauvaise nouvelle, c'est que j'ai
appris ce que faisait Teresa hier soir et qu'elle est
en congé jusqu'à ce que cette enquête soit bouclée.
Je garde Kelly pour les prochaines soixante-douze
heures, au moins. Étant donné la provenance de
l'arme, il pourrait être l'assassin. Mobile, le vol. On
n'a pas retrouvé le portefeuille de la victime.

— Kelly avait de l'argent sur lui ?

— Pas beaucoup, concède Gerard. Tu devrais
mieux payer tes employés.

— Je me disais qu'un type comme Lubowitz
devait toujours avoir dans les deux cents dollars sur
lui. (Bohannon repousse les couvertures et s'assoit
au bord du lit.) Si vous n'avez pas retrouvé ce portefeuille, c'est donc qu'il n'était pas non plus dans le
camping-car ? Voilà qui met Steve hors de cause,
de toute façon. (Il tend la main pour prendre une
cigarette dans sa chemise posée sur le dossier d'une
chaise mexicaine rempaillée.) Vous avez vérifié,
bien sûr, que l'assassin ne s'était pas débarrassé de
ce portefeuille en le jetant plus loin dans un fossé ?

— C'est pour faire ce genre de choses que les
citoyens de cette ville me paient, répond Gerard.
Moi, et pas toi, Hack. Tu voudras bien ne plus te
mêler de ça, désormais ?

— J'essaie, je ne fais que ça, répond Bohannon.
Ne t'inquiète pas. Je n'en ai pas le temps. Pas avec
mon garçon d'écurie en prison.
Et il raccroche.

— Il ne t'a pas parlé de la voiture de Lubowitz ?
demande T. Hodges.
Elle est devant la cuisinière, de nouveau occupée
à lui préparer un petit déjeuner. Auparavant, elle a
nettoyé les box, nourri, abreuvé et bouchonné les
chevaux pendant qu'il dormait encore. La voici qui
pose les assiettes sur la table : œufs au jambon et
crêpes.
— On l'a retrouvée au motel Tides, où il était
descendu, près de la plage.
Bohannon hausse les sourcils.
— Il ne dormait pas dans la chambre d'amis de
la somptueuse demeure de sa belle-sœur et de son
amie de toujours, le Dr Combs ? (Il attaque son
petit déjeuner. La bouche pleine, il ajoute :) Adieu
l'histoire d'amour et le mobile passionnel.
T. Hodges verse calmement du sirop sur ses
crêpes.
— Attention aux conclusions hâtives, dit-elle. Le
soir de son arrivée, ils sont allés dîner tous les trois
au restaurant Brambles. Un repas très agréable.
Saumon frais, champagne. Lubowitz a dit qu'il voulait emmener Mary Beth à Paris en Concorde, et on
a beaucoup ri et plaisanté à propos de ce projet
d'enlèvement. Il a réglé l'addition avec sa carte de
crédit.
Bohannon mastique un morceau de jambon.
— Et ensuite ?

— Le serveur du Brambles dit qu'après le repas elles ont emmené Mr. Lubowitz chez elles pour y prendre le dessert et écouter de nouveaux disques de Mozart. À son motel, on se rappelle qu'il est rentré aux alentours de minuit.

— Mozart. Tu te rappelles la fois où Belcher s'est installé pour camper là ou se déroule le festival Mozart ? Ce petit amphithéâtre naturel au milieu des pins de Sills Canyon. Le Dr Combs lui était tombé dessus à bras raccourcis, pour ça !

T. Hodges se met à rire :

— Elle était avec des gens susceptibles de financer grassement son festival Mozart et elle les avait emmenés avec elle pour leur montrer le site dans toute sa beauté naturelle... elle ne s'attendait pas à y trouver ce genre d'hurluberlu. Elle l'aurait tué si elle l'avait pu !

— Tu ne dis pas ça sérieusement, observe Bohannon.

Elle fait un geste de dénégation.

— Façon de parler. Quand les types de chez nous ont examiné la Mercedes de Lubowitz, reprend-elle, elle ne portait pas la moindre empreinte. Ni à l'extérieur ni à l'intérieur.

— Un assassin précautionneux, donc. (Bohannon boit une gorgée de café.) Il avait préparé son coup. Il portait des gants. Je ne vois rien de spontané dans ce meurtre, Teresa. (Il pose la tasse pour allumer une cigarette.) On n'a pas vu, au motel, la personne qui a ramené la Mercedes ?

T. Hodges secoue la tête.

— Ni le réceptionniste de jour ni le veilleur de nuit. Aucun des clients que Vern a pu interroger.

— Bon, fait Bohannon, en regardant au-delà des

fenêtres de la cuisine déjà éclairées par le soleil levant.

Elles sont ouvertes. Une brise légère apporte des parfums de sauge et d'eucalyptus. Le ciel est bleu clair au-dessus des sommets.

— Une affaire habilement montée. Par un esprit organisé, habitué à gérer les individus et les événements.

— Mais cinglé, dit T. Hodges. Cedric Lubowitz était un aimable vieux bonhomme.

— Bien. (Bohannon repousse sa chaise et va se camper sur le seuil pour regarder au-dehors.) Personne ne m'a donné les résultats de l'examen fait par le médecin légiste. Non, ne dis rien. Laisse-moi deviner. On lui a tiré dessus de très près, n'est-ce pas ? Quelques mètres à peine. Et en pleine poitrine. Il faisait face à son assassin. Son assassin était un ami.

— C'est sans doute ce qu'il croyait. (T. Hodges ramasse les assiettes et les porte dans l'évier.) Quelle fin horrible !

— C'est sûr, et il est trop tard pour en apprendre quoi que ce soit.

L'eau coule à flots dans l'évier.

— Vas-y, et tâche de trouver ce que tu cherches, lance T. Hodges. Je m'occupe de tout, ici.

— Par un temps pareil, dit Bohannon, un tas de gens vont vouloir monter à cheval. Tu risques d'être débordée.

— Sois prudent, dit-elle, pour toute réponse.

Il prend son chapeau et s'en va.

Steve Belcher est assis sur la banquette de sa cellule et il enrage. Au-delà des fenêtres se dressent de grands eucalyptus qui grincent sous la brise. Le gros Freddie May est adossé au mur de parpaings. Bohannon s'appuie aux barreaux. Plus loin sur la route, quelqu'un joue de l'harmonica en sourdine. Une chanson amère. « Je reviendrai, si je dois faire dix mille kilomètres... » Impossible à jouer sur cet harmonica de pacotille, mais l'homme s'obstine.

Bohannon répète sa question :

— Tu as dit qu'il y avait un rôdeur et que tu avais tiré pour le mettre en fuite. Il était comment, ce rôdeur, Steve ?

— Comment je le saurais, merde ? C'était minuit. Il faisait nuit noire.

— Grand, petit. Gros, maigre ? Habillé comment ?

— Je l'ai entendu marcher, c'est tout.

May intervient de sa voix douce :

— C'était Kelly, n'est-ce pas ? Ton fils, Kelly ?

— Oh, merde, répond Belcher, et il se passe une main sur le visage. Il est mouillé dans cette histoire, maintenant ?

— Depuis hier soir, dit Bohannon. Il est monté là-haut et tu as tiré avec le pistolet. C'était donc après que Mr. Lubowitz s'est fait descendre, après que l'assassin a jeté l'arme sur ton camping-car.

Mais Belcher secoue sa tête hirsute.

— C'était pas lui. C'était un type plus gros. Plus grand. Plus lourd. Kelly a le crâne rasé. Celui-là avait des cheveux.

— C'est tout ? insiste Bohannon. Et ses vêtements ? Sa voix ? Tu ne vois pas autre chose ?

— Il est arrivé en faisant craquer les branches.

(Belcher sourit. Il a des dents en mauvais état.)
C'était peut-être un ours...

— Tu ne veux pas nous aider à te sortir de ce
pétrin ? Très bien. (Bohannon soupire, se redresse,
scrute à travers les barreaux.) Vern ?

Fred May dit :

— Et Kelly. Tu ne veux pas l'aider ?

Un garde avec un gros pistolet qui lui bat la hanche dans son étui entre et déverrouille la porte de
la cellule. Bohannon sort, May sur ses talons. La
porte se referme. Ils suivent le garde le long du
couloir.

Et Belcher lance :

— Ça aurait pu être une femme !

Bohannon ne ralentit pas l'allure mais il sourit et
fait :

— Ah !

Il gare la camionnette verte en épi face au drugs-
tore. Deux vieux huskies aux yeux clairs le regardent passer devant eux. L'un d'eux vient flairer
ses bottes. Il entre dans la boutique brillamment
éclairée et s'immobilise, cherchant des yeux
Mrs. Vanderhoop. La voici, tout au fond, au comptoir des ordonnances. Il voit en s'approchant
qu'elle est en train de parler avec un petit chauve
qui joue du violoncelle dans les ensembles classi-
ques de la région. Mrs. Vanderhoop, épouse du
pharmacien qui possède le seul et unique drug-
store de Madrone, est elle-même une musicienne
passionnée à ses heures perdues. Piano. Mais
Bohannon croit se souvenir qu'elle chantait jadis.
Elle le voit et lui fait un sourire, s'excuse d'aban-

donner le joueur de violoncelle et vient vers lui — cheveux gris, silhouette mince, avec une prédilection pour les jupes tissées main, les tuniques navajos, les bijoux indiens.

— Mr. Bohannon ? (À voir son expression, elle est sérieusement affectée.) C'est horrible, n'est-ce pas, ce qui est arrivé à ce malheureux... Liebowitz ?

— Lubowitz, corrige Bohannon. Écoutez. Je voudrais savoir si ce qu'on m'a dit est vrai. Qu'il était venu ici pour voir sa belle-sœur, Mary Beth ? Ne l'aurait-il pas rencontrée lors des obsèques de la sœur de Mary Beth, sa propre femme ?

— Oh, non ! (Mrs. Vanderhoop secoue vigoureusement la tête.) Non que Mary Beth n'ait pas aimé sa sœur. Mais Dolores ne l'a pas permis. Elles ont eu une violente dispute à ce sujet. Je suis revenue chercher quelque chose que j'avais oublié après une répétition. Mary Beth était en larmes.

— Je ne comprends pas. (Bohannon repousse son chapeau sur son crâne.) J'ai entendu dire qu'ils étaient tous très proches dans leur jeunesse.

Le sourire de Mrs. Vanderhoop est lugubre.

— Ma foi, pour un certain nombre d'entre nous, la jeunesse relève d'un passé assez lointain. Non, leurs rapports n'avaient rien d'affectueux...

— Pourtant elles ont dîné avec Mr. Lubowitz la veille de son assassinat. Un dîner très amical et plein de gaieté, paraît-il. Ils ont beaucoup ri en évoquant le passé.

— Ah, bon ? Vraiment ? (Mrs. Vanderhoop cligne des yeux et s'abîme un court instant dans ses propres pensées.) Figurez-vous que si ce n'était pas vous qui me l'aviez dit, monsieur Bohannon, je n'en croirais pas un mot. Dolores Combs méprisait

M. Lubowitz. Et quand Rose est tombée malade, elle n'a pas voulu laisser Mary Beth en sa compagnie.

Bohannon fait le tour de la maison, une vaste bâtisse en bois de séquoia dont les fenêtres donnent sur l'océan. Elle est bâtie au sommet de la colline, sur une terre possédée jadis par Henry Madison III. De grands pins la protègent... Personne aux abords. Des voitures ? Les portes du garage sont fermées. Il gare sa camionnette verte, en descend et regarde la route en contrebas. Entre la plage et la chambre de Cedric Lubowitz l'aller-retour, à pied, peut se faire en moins de dix minutes. Il s'avance entre les pins et contourne la maison, jusqu'au moment où il aperçoit le bâtiment qu'il cherchait et vers lequel il se dirige, attentif à la moindre réaction susceptible de lui indiquer que quelqu'un l'a vu. Rien ne se produit. Il y a un portail dans la palissade en planches de séquoia entre lesquelles il vient glisser un œil, mais ce portail n'est pas verrouillé. Il soulève le loquet sans faire de bruit, ouvre, et voit ce qu'il s'attendait à trouver là. De grandes poubelles. Deux d'entre elles sont pleines de débris végétaux et leurs couvercles sont posés à côté, contre la palissade, mais la troisième est fermée. Les battements de son cœur s'accélèrent, il soulève le couvercle. À l'intérieur, un gros sac en plastique vert. Il défait le fil de fer qui le ferme, ouvre le sac, plonge la main à l'intérieur, et une voix s'élève derrière lui :

— Qu'est-ce que tu fiches ici ?

Il se retourne. C'est Gerard. Il n'a pas l'air content.

— Je ramasse des ordures. C'est interdit par la loi ?

— Tu n'as pas de patente pour ramasser les ordures, répond Gerard. Tu es entré ici par effraction pour perquisitionner dans une propriété privée en l'absence de tout mandat.

Bohannon retire du sac un épais sweater et le brandit devant lui. Il est taché de sang. Puis un jean de femme tout neuf, également taché de sang.

— Je te parie à cent contre un, dit-il à Gerard, que ce sang appartient au même groupe que celui de Cedric Lubowitz. Et que l'ADN est aussi le même. (Il extrait maintenant une paire de chaussures de femme à talons plats — faites pour la marche, mais visiblement très coûteuses. Il les retourne pour examiner les semelles.) Voilà ce qu'on trouve sur la route. (Il détache de l'ongle quelques fragments de feuilles de chêne, d'eucalyptus et d'aiguilles de pin.) Il y en avait tout autour du cadavre. (Il lève les yeux vers Gerard, qui lui renvoie un regard parfaitement inexpressif.) Et maintenant, tu vas dire que par mon intervention j'ai rendu ces preuves inexploitables.

— C'est ce qui aurait pu se produire, en effet, répond Gerard, mais quand j'ai appris que tu traînais dans le coin, interrogeant les détenus dans mon dos, examinant les pneus de la voiture de Lubowitz que j'ai fait mettre sous scellés, et fourrant ton nez partout comme toujours, je me suis fait délivrer un mandat. (Et de tirer le papier plié de la poche de sa veste d'uniforme. Écartant Bohannon, il farfouille à son tour dans le sac-poubelle.) Le portefeuille, annonce-t-il, en brandissant l'objet.

— Tu ne trouves pas ça écœurant, de voir que j'ai toujours raison ? demande Bohannon.

Gerard repart déjà.

— Prends ces trucs. On va l'arrêter.

Il presse un bouton de sonnette à côté du porche monumental en rondins de séquoia. D'élégants vitraux encadrent la porte. Leur décoration a pour thème la flore sauvage de Californie. Pavots jaunes, lupins bleus, yuccas blancs. Soudain la porte s'ouvre à la volée et apparaît Dolores Combs, furieuse. C'est une grande femme à la silhouette osseuse, aux cheveux blancs coupés avec élégance. Les femmes qui se piquent d'art à Settlers Cove ont un goût marqué pour les sweat-shirts, mais pas elle. Elle porte un chemisier de shantung marron sur un pantalon moulant. Au cou, un collier de jade. De chez Gump, probablement.

— Je vous ai prévenus..., commence-t-elle. Ah, c'est vous, lieutenant Gerard ! Pardonnez-moi. J'ai cru que c'était encore des journalistes. Ils n'ont pas cessé de nous empoisonner.

— Bonjour, dit Gerard. C'est à propos de la mort de votre ami Cedric Lubowitz. Vous connaissez Hack Bohannon, qui est enquêteur pour l'avocat d'office ?

Elle foudroie Bohannon du regard.

— Vous défendez cet animal de Belcher ?

Bohannon effleure du doigt le rebord de son chapeau.

— Madame...

— Ces objets vous appartiennent-ils ?

Gerard prend le sweater, le jean et les chaussures des mains de Bohannon pour les lui présenter. Elle y jette un coup d'œil et blêmit.

95

— N... non. Absolument pas. Où les avez-vous trouvés ?

— Dans vos poubelles, derrière la maison, dit Bohannon.

Elle prend un air indigné.

— Vous n'aviez pas le droit de...

— Nous avons un mandat de perquisition. (Gerard lui tend le sweater, le jean et les chaussures, et sort à nouveau son papier, qu'il déplie et lève pour lui permettre de le lire.) Il couvre le terrain, la maison et toutes ses dépendances.

Elle regarde le mandat et esquisse un mouvement de recul. Mais elle se reprend dans la seconde.

— Je ne sais pas comment ces vêtements sont arrivés là. Je n'en ai pas la moindre idée. (Elle laisse choir les vêtements et arrache le papier des mains de Gerard, pour le lire attentivement. Elle relève la tête d'un mouvement brusque.) Harold Willard ? Mais enfin... enfin... le juge Willard est un de mes proches amis. Il fournit une contribution importante à... (Elle lance le papier à Gerard.) Pourquoi aurait-il signé un tel mandat ? Quel mensonges lui avez-vous racontés sur moi ?

— On n'aura pas grand mal à prouver que ces vêtements sont les vôtres, tout comme ces chaussures, docteur Combs. Et tout est taché de sang. Nous pouvons remonter jusqu'aux commerçants auxquels vous les avez achetés. Nous pouvons établir que ce sang est celui de Mr. Lubowitz. Et... (montrant l'objet) que ce portefeuille est le sien.

— Dolly ? Que se passe-t-il ? (Une petite femme rose et blanche apparaît derrière la doctoresse musicienne. Vaporeuse, c'est ainsi qu'on peut la décrire.) Qui sont ces hommes ? (Elle les regarde en ouvrant de grands yeux.) Que veulent-ils ? C'est au sujet de ce pauvre, cher Cedric ?

— Va-t'en, Mary Beth. Laisse-moi régler ça.

Mary Beth Madison aperçoit les vêtements. Elle se penche pour ramasser le sweater.

— Mais... où l'as-tu trouvé ? Je l'ai cherché partout ! Voilà plusieurs jours que je voulais le donner à nettoyer. (Elle retient sa respiration.) Mais... regarde ces taches ! Elles n'y étaient pas quand...

Le Dr Combs lui jette un regard qui devrait la pétrifier sur place.

— Vas-tu te taire ? Quand cesseras-tu de jacasser ainsi ?

La petite femme replète est sidérée.

— Mais, Dolly, je ne faisais que...

— Tais-toi, tu veux bien ? (Dolores Combs s'est mise à trembler.) Mary Beth, s'il te plaît, va-t'en, maintenant. Tu ne fais que rendre les choses plus difficiles.

Mais Mary Beth reste là, le sweater entre ses mains, abasourdie.

— C'est le sweater du Dr. Combs ? lui demande Gerard.

— Oh, oui, répond Mary Beth en hochant la tête. Tricoté main. En Irlande. Nous y sommes allées il y a deux ans. (Elle regarde sa grande amie avec adoration.) Dolly donnait un récital de musique d'orgue, à Dublin. Dans une vieille église absolument magnifique. (Ses petites mains caressent le sweater. Elle le regarde à nouveau.) Dolly, d'où viennent ces horribles taches ? Crois-tu qu'elles s'en iront ?

Son amie de toujours pousse une sorte de rugissement et frappe violemment Mary Beth au visage. Celle-ci recule en titubant, atterrée.

97

— Dolly, dit-elle, dans un souffle. Tu m'as frappée... Qu'est-ce qui te prend ?

Gerard s'avance en prenant les menottes accrochées à sa ceinture.

— Dolores Combs, je vous arrête pour le meurtre de Cedric Martin Lubowitz.

Il tend les bras pour la faire pivoter, mais elle veut le frapper à son tour. Il évite le coup tandis qu'elle part en courant à travers un living-room tout en longueur au milieu duquel luit un grand Bosendorfer double queue. Bohannon se lance à sa poursuite. Les tapis orientaux ripent sous ses bottes. Elle a déjà atteint les portes-fenêtres à l'extrémité de la pièce et bataille pour les ouvrir, quand il la rattrape. Elle est forte, lance des coups de poing et des coups de pied, mais il parvient à lui bloquer les bras dans le dos et la fait pivoter vers Gerard, qui lui passe les menottes. Dans le dos toujours, comme à quelque voyou de Los Angeles.

Il lui fait retraverser la pièce jusqu'à la porte d'entrée, tantôt la poussant, tantôt la portant, des grognements ponctuant chacun de ses efforts. Bohannon passe devant pour ramasser les vêtements et les chaussures qui sont restés par terre. Il tend la main vers Mary Beth pour qu'elle lui donne le sweater. Elle s'exécute tout en écoutant les protestations indignées du Dr Combs.

— C'est ridicule ! dit celle-ci. Pourquoi aurais-je tué Cedric Lubowitz ? Ou n'importe qui d'autre ? Aucun jury au monde ne croira que Dolores Combs est une meurtrière ! Et quand le juge Willard va savoir... Aïe ! Lâchez-moi ! Vous me faites mal !

Mary Beth se met à marteler Gerard de ses petits poings.

— Cessez, dit-elle. Cessez de faire du mal à Dolly !

Bohannon la tire en arrière pour l'éloigner du lieutenant. Elle s'accroche à ses bras.

— Où l'emmenez-vous ?

— Au poste du shérif, tout simplement, grogne Gerard, en luttant pour amener la femme qui se débat jusqu'à la porte, puis sur la véranda. Pour une petite conversation.

— Je viens aussi, dit Mary Beth. Dolly, qu'est-ce que je mets ?

— Non, ma chère, dit la femme aux mains menottées. Tu restes pour nourrir les chats.

Et elle sort avec Gerard, descend les marches de bois, s'éloigne dans l'allée. Elle ne résiste plus, elle se laisse conduire mollement, vaincue.

La petite fille rose et blanche de soixante ans la regarde partir. « Quand reviendras-tu, Dolly ? » Sa question se perd entre les pins, dans le lourd silence de midi, et Bohannon songe qu'il n'a jamais rien entendu d'aussi triste.

C'est le couchant. T. Hodges lave Twilight tandis que Mousie attend son tour, ses rênes nouées autour d'un pilier de la longue véranda. Sans même attendre que Bohannon ait serré le frein, Kelly ouvre la portière et saute à bas de la camionnette pour aider l'assistante du shérif. Elle lui sourit, lui tend son éponge, va à la rencontre de Bohannon en écartant d'un geste un peu las la mèche de cheveux qui lui barre le front.

— Ouf, je suis contente de te voir.

Elle le serre dans ses bras, une seconde.

— Et toi, ça va ?

— Je trouve, dit-elle, en lui prenant la main pour se diriger vers la maison, que tu travailles trop pour gagner ta vie.

— Désolé de t'avoir plantée ici. (Ils longent la véranda, poussent la porte-moustiquaire et pénètrent dans la cuisine.) Je ne pensais pas qu'il allait se passer autant de choses et aussi rapidement. Et Gerard a tenu à ce que je reste pour l'interrogatoire.

— C'était Dolores Combs, alors ? (T. Hodges se laisse choir sur une chaise.) Oh, je vais avoir de ces courbatures, demain...

— C'était Dolores Combs. (Bohannon prend la bouteille d'Old Crow, les verres et s'assoit en face d'elle.) Comme elle pensait qu'on ne devinerait jamais, elle n'avait même pas pris la peine de cacher ses vêtements pleins de sang. (Il verse le whisky dans les verres, lui tend le sien.) Elle s'était contentée de les mettre à la poubelle.

— Comment s'y est-elle prise pour qu'il l'emmène en voiture dans le canyon ?

— Elle lui a raconté que Mary Beth était coincée là-haut. Je ne sais pas pourquoi il l'a crue. Mais il l'a crue. Et il avait son pistolet sur lui.

— Bizarre. (T. Hodges fronce les sourcils.) Il n'était pas du genre à avoir une arme.

— Un agent de change qui travaillait dans la même boîte que lui avait été agressé et salement battu peu de temps auparavant. Tout le monde avait été épouvanté par cette histoire, à commencer par Cedric Lubowitz. Une leçon à méditer pour nos concitoyens : laissez les armes à ceux qui sont chargés de faire respecter la loi. Mais nos concitoyens ne sont pas près de l'entendre.

100

Elle boit une gorgée de whisky et tend la main vers le paquet de cigarettes que Bohannon a laissé sur la table.

— Et ce fameux rôdeur sur lequel Belcher a tiré ?

— Dolores Combs. Après être redescendue du canyon, elle s'est demandé s'il avait bien trouvé le pistolet et s'il l'avait pris. Elle a fait demi-tour et elle est revenue sur les lieux. Et nous savons qu'il l'avait pris, n'est-ce pas ? (Il secoue la tête, étonné, en y repensant.) Il s'en est peut-être fallu de quelques secondes pour qu'ils se trouvent nez à nez, Kelly et elle, à courir comme ça dans l'obscurité.

T. Hodges laisse échapper un petit rire, puis redevient sérieuse.

— Nous savons pourquoi elle détestait Steve. Mais Cedric Lubowitz ?

— Le mot que tu cherches, c'est « peur ». Elle était persuadée, comme l'avait été jadis Mrs. Madison mère, que ce juif était une crapule et qu'il n'avait épousé Rose que pour son argent.

— Mais enfin, Hack. Belle Hesseltine dit que les Lubowitz étaient riches ?

— Quand on déteste les juifs parce qu'ils sont des juifs, on ne s'embarrasse pas de logique, ma chère collègue.

T. Hodges soupire.

— Sans doute... Dolores s'est donc persuadée que du moment que Rose était morte et que Cedric venait voir Mary Beth, l'invitait à dîner et lui faisait un brin de cour, c'était pour l'épouser et s'emparer de sa fortune ?

Bohannon opine de la tête.

— En abandonnant Dolores Combs à son triste

sort, solitaire et sans le sou dans cet univers impitoyable. Et il n'était pas question pour elle de renoncer à la belle maison, aux antiquités, aux bijoux, à la Cadillac, aux dîners et aux fêtes. Et, surtout, au pouvoir. L'argent, c'est le pouvoir, chère collègue. On ne te l'avait jamais dit ?

— Et l'amour de Mary Beth, dans tout ça, il ne comptait pour rien du tout ?

Bohannon hausse les épaules, soupire à son tour.

— Qui sait ? Il a compté peut-être, mais c'était il y a longtemps. Dolores avait compris, depuis, combien c'est agréable d'être riche et, soyons francs, elle n'a jamais fait grand-chose de tout ce talent dont elle nous a rebattu les oreilles cet après-midi. (Il prend une voix pointue d'aristocrate snobinarde :) « J'aurais pu être une vedette internationale. Mais j'y ai renoncé pour Mary Beth. Je suis restée dans ce trou perdu... » (Il reprend sa voix normale :) Un trou perdu, tu parles, c'était justement ce qu'il lui fallait. Pour organiser ses petits ensembles, ses festivals, ses concerts. Et s'y pavaner comme une duchesse. Tu l'as vue comme moi.

— Et elle a cru qu'avec Cedric Lubowitz ce serait la fin de tout ça ?

— Assez pour le tuer.

T. Hodges reste silencieuse une longue minute, elle regarde ses mains qui entourent le verre de whisky.

— Et Mary Beth ? Mary Beth la vénérait. Que va-t-elle faire maintenant ?

— L'attendre, dit Bohannon.

Traduit par Pierre Girard

D'amour et d'eau fraîche

SARAH SHANKMAN

C'EST à cause de ma mère que tout est arrivé. Elle ne cessait de me rebattre les oreilles avec ça : *Georgie-Ann, tu as trente-cinq ans. Si tu ne sors pas et que tu ne rencontres pas quelqu'un bientôt, personne ne voudra plus de toi.*

Il fallait que je me retienne pour ne pas lui répliquer qu'elle avait eu assez de maris pour nous deux. La plupart du temps, j'arrivais à conserver mon sang-froid. Mais pas toujours. Toute patience a ses limites.

Car, voyez-vous, j'avais de bonnes raisons d'être prudente, côté histoires de cœur. Après tout, il s'en était fallu de peu pour que les flammes de la passion ne me dévorent totalement. Mais ma mère, qui a la mémoire sélective, a visiblement oublié cette épouvantable journée où, à l'église St. Philip, William m'a brisé le cœur en mille morceaux. Le devant de ma robe de mariée en était tout taché, à croire qu'elle était blanche à pois rouges.

Le jour du jugement dernier, c'est ainsi que je devais qualifier par la suite le resplendissant jour de printemps — cinq ans plus tôt — où je m'étais retrouvée seule devant l'autel. Vous ne pensiez pas que ça

103

puisse arriver pour de bon, un cliché pareil ? Eh bien si, j'en suis la preuve vivante.

J'avais rencontré William de la manière la plus romantique du monde, ici même, à Nashville, l'année de mes trente ans, par une pluvieuse après-midi d'octobre. La veille, Falstaff, mon vieux chat chéri, avait rendu l'âme. J'étais sortie promener mon chagrin, et errais dans les rues du voisinage en sanglotant. Aveuglée par les pleurs, j'avais loupé le trottoir et j'étais tombée ; j'étais par conséquent trempée *et* boiteuse.

William passait par là en voiture, et il me vit renifler et traîner la patte, telle une héroïne de chanson populaire. Il bondit hors de son véhicule et tira de sa poche un mouchoir qu'il me fourra dans la main.

— Je peux faire quelque chose pour vous ? me demanda-t-il. Je ne supporte pas de voir pleurer une belle femme. Ça me fend le cœur.

Toutes les belles femmes ? *N'importe quelle* belle femme ? aurais-je dû répliquer. Mais qui est capable de regarder plus loin que le bout de son nez quand les compliments lui tombent dessus comme une pluie chaude et réconfortante ?

Et puis, William était du genre irrésistible. En plus d'être absolument charmant et exceptionnellement intelligent — et gentil —, il était beau comme il devrait être interdit aux hommes de l'être. Ai-je précisé qu'il était grand ? Je mesure moi-même près d'un mètre quatre-vingts. On aurait pu nous croire frère et sœur, avec nos silhouettes longilignes, nos yeux bleus et nos boucles dorées.

Ce qui me plaisait le plus chez William — qui était architecte — c'est que je me sentais en sécurité auprès de lui. Dès le début, j'eus l'impression d'être chez moi. Et par ces mots je ne fais pas allusion aux éphémères maisons de mon enfance, où j'avais à peine le temps de ranger mes jouets que déjà mon oiseau-mouche de mère faisait nos malles pour un autre perchoir où l'attendait l'époux suivant. William, lui, incarnait à mes yeux le foyer dont j'avais toujours rêvé. Un foyer dont les fenêtres, au crépuscule, encadraient des scènes à la Norman Rockwell baignant dans une lumière dorée : une cuisine chaleureuse avec une soupe qui mijote sur la cuisinière, un livre ouvert posé sur un repose-pied, un homme et une femme assis à table en train de discuter, le bout de leurs doigts se touchant.

J'aurais dû préciser que William dessinait surtout des tours. On peut admirer son travail dans les plus grandes villes d'Amérique : il s'agit de bâtiments phalliques, sans fioritures, fréquentés par des hommes en costume qui manipulent de grosses sommes d'argent.

Le jour de notre mariage avorté, lorsque William appela enfin — deux heures après que nos invités furent partis, gavés de sandwichs et enivrés de champagne, ma mère n'ayant vu aucune raison de les priver d'une fête aussi parfaitement réussie —, il me dit qu'il était navré, affreusement, terriblement navré, mais que...

Est-ce que je me souvenais, me demanda-t-il, de ce magnat des assurances, dont il avait conçu les locaux, à Atlanta ? Eh bien, il se trouvait que l'homme était mort subitement. Pour sa veuve, une femme beaucoup plus jeune que lui et, à vrai dire, tout à fait charmante, ça avait été un choc terrible.

— Tu sais que je ne supporte pas de voir une belle femme pleurer..., ajouta William. Ça me déchire le cœur. Je lui ai donc offert mon mouchoir et...

J'ignorais qu'il fût possible de souffrir à ce point-là. Chaque cellule de mon corps hurlait de désespoir. Mes poumons, ma peau, mes ongles s'associaient à ma douleur. Le chagrin, de jour comme de nuit, ne me laissait pas de répit. Il se tapissait dans les lettres et les photographies, prêt à me sauter à la gorge. Il suffisait d'un seul des cheveux dorés de William, retrouvé sur un pull, pour qu'il me fonde dessus.

Sur toutes les horloges de mon appartement, les aiguilles se figèrent à l'heure de mon abandon. Si elles bougèrent jamais après cela, ce fut en cachette. Chaque heure était un supplice paraissant contenir un siècle de souffrances sans fin. Et pourtant, il m'était impossible de quitter mon lit de douleurs.

— Tu as besoin de te distraire, me répétait ma mère. Il faut que tu sortes.

Mais comment en aurais-je trouvé la force ?

J'avais beau être aveuglée par les larmes, j'entendais encore les murmures : *Pauvre Georgie-Ann. Abandonnée. Devant l'autel. Pitoyable. De quoi mourir de honte.*

Par téléphone, je donnai ma démission.

— Docteur Wilson, déclarai-je d'une voix d'outre-tombe au directeur de la section des études littéraires, je suis au fond du gouffre. Je ne reviendrai pas.

Il protesta, bien entendu, mais en vain. Comment aurais-je pu, désormais, décrypter la symbolique sexuelle des *Peines d'amour perdues* devant une classe d'étudiants boutonneux ? Ou encore explorer le cœur humain dans ses moindres recoins avec Byron, Shelley et Keats, les trois mousquetaires du romantisme ?

C'était au-dessus de mes forces. Pendant un bon bout de temps, la mort me parut l'unique sort envisageable.

Je restais étendue sur mon lit, à considérer le vieux fusil de chasse de mon père. Je l'avais sorti du fond d'un placard et chargé puis m'étais mis à l'armer et à le désarmer. L'espèce de crépitement que cela produisait finit par m'enchanter. Il semblait m'appeler comme le chant d'une sirène. Mais — et en cela je tiens de ma mère — j'étais horrifiée à l'idée d'éclabousser de sang, de cervelle, de dents et d'os mon carrelage d'un blanc immaculé.

Je rêvai de Virginia Woolf et, par un après-midi maussade, je me retrouvai à me balancer pendant des heures au bord du lac de Percy Priest, les poches pleines de cailloux. Alors la vision de mon visage livide, bouffi et grignoté par les perches s'imposa à mon esprit, et j'étais bien trop orgueilleuse pour laisser qui que ce soit me voir dans un pareil état. Je rentrai donc piteusement chez moi et là, me plongeai dans la lecture des étiquettes d'insecticide, d'engrais chimique et d'ammoniaque, et comptai les somnifères pour lesquels le docteur de la famille m'avait griffonné une ordonnance qu'il m'avait fourrée dans la main, sur les marches de l'église St. Philip, le jour du jugement dernier. Il avait encore une miette de sandwich au crabe sur la lèvre.

Et puis, bien sûr, il y avait les jours où ma souffrance devenait de la fureur, dirigée, comme une flèche divine, vers William. Je me récitais alors un chapelet de solutions définitives : fusils, couteaux, cordes, bombes. Mais ces pensées étaient passagères et, pour finir, j'optais pour les mots suivants : réclusion, solitude, retraite. Je choisis de me retirer prématurément du monde.

Rilke l'a exprimé mieux que moi : « [...] votre solitude constituera pour vous un appui et un foyer... Et c'est en elle que vous trouverez votre salut ».

Je me cloîtrai donc chez moi. J'habitais un appartement confortable et alambiqué, au dernier étage de l'un des plus vieux lotissements de Nashville, un éléphantesque bâtiment gris, couvert de bardeaux aux reflets argentés. Il comportait deux immenses chambres à coucher, un living-room en L, dont les portes vitrées donnaient sur une salle à manger haute de plafond ; et des placards dans tous les coins. J'avais emménagé au retour de l'université, après avoir obtenu ma licence, et n'avais jamais eu de raison de quitter les lieux.

Désormais, songeai-je, je n'en bougerais plus du tout. J'avais hérité une petite somme de mon père. Judicieusement investie, elle me permettrait de tenir jusqu'à la tombe. Je ne sortirais plus de chez moi. Si ce n'est les pieds devant.

Cinq années s'écoulèrent sans que je franchisse le seuil de ma demeure, à l'unique exception de mes visites annuelles chez le dentiste et le docteur. Les pensées et les pétunias se fanaient dans mes jardinières, puis fleurissaient de nouveau.

Je cuisinais. Je lisais. Je me coupais moi-même les cheveux. Grâce aux catalogues de vente par correspondance, aux courses par téléphone, aux livres, aux abonnements, aux journaux et magazines, tout ce dont j'avais besoin venait directement à ma porte. Je ne désirais pas aller voir au-dehors. Le monde extérieur ne me manquait pas. J'étais tout à fait satisfaite.

Ce qui n'était bien entendu pas le cas de ma mère. Elle m'appelait jour et nuit.

— Georgie-Ann, c'est aberrant. Il faut que tu sortes. Tu ne peux pas renoncer à la vie.

— Mais j'ai une vie, maman. *La mienne.*

Elle ne recula devant aucun subterfuge. Elle prétendit être mourante. J'attendis, et elle ne mourut pas. Elle m'offrit un voyage de luxe autour du monde. Je restai de marbre. Elle me fit savoir que le président des États-Unis était en ville et qu'il venait dîner chez eux.

— Vraiment, maman, tu exagères...

Le lendemain, c'était écrit noir sur blanc, dans la *Bannière de Nashville.* Le Président et la première dame du pays, ainsi que le plus séduisant des conseillers du président — et célibataire, faut-il le préciser ? — avaient effectivement dîné avec ma mère et mon beau-père Jack, un des principaux collecteurs de fonds du Tennessee.

— Je regrette vraiment d'avoir loupé ça, avouai-je.

Et c'était le cas. Pour le couple présidentiel, j'aurais fait l'effort surhumain de sortir.

Je n'aurais pas dû l'avouer. Ma mère y vit une faille dans mon système de défense. Cela la rendit encore plus offensive.

Et elle me contraignit par le feu à sortir de ma retraite.

Elle n'avoua naturellement jamais, mais toujours est-il qu'un soir, au lendemain de la visite du Président, *quelqu'un* alluma un feu devant ma porte de service. Les flammes consumèrent tout l'appartement — rempli de meubles rembourrés, de vieilles dentelles et de rideaux vaporeux — en vingt minutes, montre en main. Par miracle, les autres appartements furent épargnés. J'eus à peine le temps de saisir au passage quelques vêtements, l'argenterie léguée par ma grand-mère et mon chat Wabash.

Où est-ce que j'allais bien pouvoir aller ? Chez ma mère, vraisemblablement, vu qu'elle et Jack surgirent fort à propos, mon beau-père numéro cinq guidant sa bonne vieille Mercedes entre les camions de pompiers. Mes voisins les avaient avertis par téléphone, expliqua ma mère.

— Foutaises, lançai-je sèchement. Tu as mis le feu chez moi.

— Oh, Georgie-Ann, qu'est-ce que tu vas imaginer ? Viens habiter chez nous, à Belle Meade. Tu disposeras pour toi toute seule de l'aile réservée aux invités. Tu ne nous verras même pas.

N'ayant guère le choix, je la pris au mot. J'allai squatter leur hôtel particulier de briques rouges, situé dans la rue la plus chic du quartier le plus chic de Nashville. Mais pas pour longtemps. Mère comprit qu'il allait lui falloir lutter contre la montre. Mes cheveux sentaient encore la fumée qu'elle faisait déjà défiler les bons partis devant ma porte.

— *Voici M. James qui est passé pour discuter de notre portefeuille d'actions.*

— *M. Jones aide Jack à rédiger son testament.*

— *Je crois que tu ne connais pas encore M. Smythe. Il arrive de New-York pour diriger la construction du nouveau centre commercial.*

Ces hommes n'avaient en eux-mêmes rien de

repoussant. Aucun monstre à deux têtes. Pas de machettes cachées dans le dos. Pas même un, parmi eux, qui eût de la bedaine.

Mais je n'étais pas intéressée. Et je ne le serais jamais.

— Écoute maman, dis-je, tout ce que je veux, c'est encaisser l'argent de l'assurance incendie et trouver à me reloger.

— Et te cloîtrer à nouveau ?

— Je ne vois pas ce qui m'en empêche.

C'est alors que ma mère se roula littéralement sur le sol. On aurait dit une scène dans un mauvais roman. Elle poussa des hurlements et, de plus, déchira sa tenue, une ravissante robe mouchetée de petites violettes.

J'en fus toute retournée.

— Oh, très bien maman, concédai-je. Je sortirai de temps en temps, à condition que tu promettes de ne plus jamais essayer de me caser.

Mère claqua des mains comme une petite fille.

— Georgie-Ann, tu n'imagines pas le plaisir que ça me fait.

— Et est-ce que ça te ferait plaisir de demander à Jack de lâcher l'agent d'assurances pour que je puisse enfin récolter mon argent et chercher un nouvel appartement ?

Elle s'exécuta. Et, miracle suprême, je touchai non seulement mon assurance de locataire, mais le propriétaire de l'immeuble étant également couvert, je me retrouvai à la tête d'un petit magot.

Eh bien, songeai-je, je pourrais m'acheter quelque chose. Je pouvais devenir, dans la limite de mes modestes moyens, une propriétaire.

Mère ne raffolait pas de l'idée, mais elle me

donna le numéro de téléphone d'un certain C. Burton Wylie, agent immobilier. Certaine que ce M. Wylie serait célibataire ou sur le point de l'être, j'appelai Charlotte Dillon.

Je la connaissais depuis l'école primaire.

— Charlotte, lui dis-je, c'est Georgie-Ann Bailey. Je cherche une petite maison, rien d'extravagant, tout près de la ville. Un endroit tranquille.

Charlotte ne laissa paraître aucune émotion. Elle ne répliqua pas « Où diable étais-tu passée ces cinq dernières années ? » mais :

— Accorde-moi deux jours.

Et c'était une femme de parole.

— Retrouve-moi à dix heures dans mon bureau, dit-elle deux jours plus tard. J'ai quatre ou cinq choses qui pourraient te plaire.

J'étais excitée comme un jeune chiot. Je m'étais mise sur mon trente-et-un, comme autrefois lorsque j'avais rendez-vous avec un homme. Après tout, pensai-je, il s'agit *vraiment* d'un premier rendez-vous. Entre moi et mon nouveau chez-moi.

Imaginez ma consternation lorsque je pénétrai dans le bureau de Charlotte pour y être accueillie par un certain Alexander Persoff. Grand. Mince. Brun. Un regard noir intense. Des lèvres vermeilles. L'homme semblait tout droit sorti d'un roman Harlequin. Dans tous les cas, Alexander Persoff était *beaucoup* trop beau quand il me prit la main et me dit que Charlotte, ce matin, avait fait une chute dans son escalier et ne pourrait pas reprendre le travail avant une bonne semaine.

— Mais je serais ravi de vous aider, dit-il.

Il avait une voix de ténor, chose surprenante chez

un homme aussi élancé, mais l'effet n'était pas désa-
gréable.

— Non, répondis-je.

Déjà, je me dirigeais à reculons vers la sortie.

— Je ne pense pas. Non. Non.

— Mais mademoiselle Bailey, je suis sûr que...

Je n'attendis pas de savoir de quoi il était sûr car
j'étais certaine que ma mère avait quelque chose
à voir là-dedans. Charlotte n'avait pas plus fait de
cabrioles dans son escalier qu'il ne lui avait poussé
deux orteils supplémentaires. Eh bien, bonne
chance à eux tous et que Dieu les bénisse ! Charlotte Dillon et Alexander Persoff n'étaient pas les
deux seuls agents immobiliers à Nashville.

Cinq minutes plus tard, en attendant que le feu
passe au vert, je me retrouvai à marmonner : *D'accord, certaines de mes décisions peuvent paraître excentri-
ques aux yeux des autres, et alors ? Ce n'est pas leurs
oignons.* C'est alors qu'une longue voiture noire s'arrêta à côté de la mienne, avec Alexander Persoff au
volant. Aussitôt après, il se penchait au-dessus de
ma vitre.

— Mademoiselle Bailey, commença-t-il, vous
devez me dire en quoi je vous ai offensée.

— Monsieur Persoff, vous allez vous faire écraser.

— Non. Permettez-moi d'insister. Il faut que je
le sache.

Le feu passa au vert. Des klaxons retentirent derrière nous. Alexander Persoff, un genou sur la
chaussée, les ignora.

— Vous devez m'accorder une seconde chance.

— Oh, pour l'amour de Dieu. Relevez-vous et
garez-vous là.

Je désignai une aire de stationnement.

Regarder Alexander sortir de sa voiture, c'était comme regarder croître à vue d'œil un chêne puissant. Vous voyez de quel genre d'arbre je veux parler, cette sorte qu'on fait pousser en Louisiane, un roi parmi les arbres, mais un roi bienveillant, un de ceux sur lesquels on rêve de grimper, avec des petits endroits douillets dans lesquels on aspire à se blottir.

C'est-à-dire, si on aime les arbres — ou les hommes.

Quant à moi, je ne m'intéressais qu'aux premiers.

Alexander, une fois son long corps déployé, vint se planter devant moi, la pointe de ses mocassins marron clair touchant la ligne blanche, entre nos deux voitures. Près, mais modérément. Il devait sentir que, pour peu qu'il s'approchât un peu trop, je me hâterais de remonter dans mon auto et de filer.

Je levai les yeux vers lui, mais c'est mon nez qui se pénétra tout d'abord de sa présence, car dans l'air du matin flottait soudain une odeur citronnée. Oui, un parfum de citrons frais, mûris au soleil. Je clignai des yeux et fus aussitôt transportée sur une haute côte rocheuse. Les vagues sombres venaient se briser sur la plage de galets, tout en bas. À l'écart de la frange de mer dentelée un homme et une femme étaient étendus sur une natte, entremêlant leurs bras bronzés. Et leurs jambes.

Un désir inhabituel vint se loger entre les miennes. J'avais hâte de m'en libérer.

Pendant ce temps, Alexander attendait patiemment que je me mette à parler. Il était prêt à rester planté là des siècles, je le sentais. Il était aussi tenace que Pénélope repoussant les prétendants alors qu'Ulysse parcourait le monde. La patience n'est

114

pas une de mes qualités, bien que je sache l'apprécier chez les autres.

— Vous n'avez pas l'air d'un agent immobilier, dis-je enfin.

— Je n'en suis pas vraiment un.

Je reculai d'un pas. Je ne voulais pas être piégée par ce sourire dont l'éclat promettait monts et merveilles.

— Alors pourquoi est-ce que vous prétendez en être un ? demandai-je. C'est ma mère qui vous a appelé, non ?

Alexander fronça les sourcils et j'entendis le vacarme de rochers dévalant une falaise à pic, quelque part dans le Caucase. S'il était en colère *pour de bon*, me dis-je, l'avalanche de sa fureur ferait éclater mes tympans.

— Votre mère ? Je ne connais pas votre mère. Ce que je voulais dire, c'est que je vends des maisons pour gagner ma vie, mais que ma vraie passion, c'est la peinture. Faire des portraits, voilà ce que j'aime par-dessus tout.

— Ah bon.

Je me sentais complètement idiote.

— Alors, vous voulez bien que je vous montre quelques maisons ? Charlotte m'a dit que vous aviez besoin d'en trouver une aussi vite que possible.

Oui. Oui, c'était le cas. Et avant même que j'aie songé à réagir, j'avais autorisé Alexander à m'installer à l'arrière de son carrosse noir et à m'emmener voir une maison dont il jurait que j'allais l'adorer.

Sur la route, il me raconta que son père avait été portraitiste, tout comme son grand-père, qui avait fui Saint-Pétersbourg vêtu d'un manteau dont la doublure recelait l'argenterie de famille. Nous autres, gens du Sud, raffolons des histoires d'argenterie, vu que la plupart d'entre nous ont mangé avec les couverts que leurs aïeules ont réussi à préserver des Yankees.

Je sortis de ma réserve et lui racontai l'incendie de mon appartement, et la manière dont j'avais réussi à sauver mon argenterie et mon chat.

— Pas possible ! Dans ma famille, c'est le même topo. Quelle coïncidence !

Et une nouvelle vision s'imposa à mon esprit : je vis une longue table de vingt-quatre couverts sur laquelle l'argenterie d'Alexander et la mienne se confondaient. Le gâteau de mariage aurait le même goût avec les deux.

Mais c'est alors que se déploya le drapeau rouge du danger. Il me mettait en garde : ce n'était pas seulement un homme, mais un bel homme, et un agent immobilier par-dessus le marché. Pires que les avocats, plus sournois que les vendeurs de voitures d'occasion, et encore plus méprisables que les architectes.

Je portai mon regard sur Whitland Avenue, où surgissaient, entre les arbres, de superbes vieilles demeures.

— Rebroussons chemin, dis-je. Ce quartier est au-dessus de mes moyens.

La main droite d'Alexander lâcha le volant et il la leva comme un agent de la circulation.

— Attendez, répliqua-t-il avant d'engager la voiture dans une ouverture semblable à un passage secret, trouant une haie qui formait un grand mur vert.

Une longue allée serpentait entre les herbes folles, la laîche, de l'herbe qui n'avait jamais été écra-

sée par les bulldozers, jamais été entretenue ; de
l'herbe d'origine, jamais broutée ; de l'herbe qui
était là avant l'arrivée des premiers colons anglais.
Les pommiers avaient plus d'un siècle. Et il y avait
des prunes. Des poires. Et, au bout de l'allée, une
demeure de pierre qui, comme l'herbe, paraissait
surgie de la terre.

— Qu'est-ce que c'est que cet endroit ? demandai-je, stupéfaite.

— Ça faisait partie d'une ferme, répondit
Alexander en désignant de ses bras tendus l'ensemble de la propriété. Tout le reste a été vendu, mais
il est resté ceci : la maison et deux hectares de terrain. La propriétaire est décédée il y a quelques
mois, à un an de son centième anniversaire. Il y a
des travaux à faire, bien sûr. Mais la structure est
solide. Vous voulez visiter ?

J'en étais incapable. En sortant de la voiture, je
me laissai tomber sur une marche de pierre, sans
me soucier de ma belle jupe noire. J'étais malade
de désir et moite de peur.

C'est trop beau pour être vrai, me disait une voix
intérieure. Tu ne peux pas sortir de ta tanière, au
bout de cinq ans, et t'attendre à ce que ton désir le
plus cher soit exaucé d'un coup de baguette magique, qui plus est par un portraitiste russe, avec une
fossette au menton dans laquelle tu aimerais tant
loger ton petit doigt !

— Vous ne vous sentez pas bien ?

Alexander, sourcils froncés, paraissait se faire du
souci pour moi.

— Je suis émerveillée.

— Ah, soupira-t-il, soulagé, en s'asseyant à côté

117

de moi. J'étais certain que la maison vous plairait. Mais dites-moi, de quoi avez-vous peur ?

Eh bien... Là était la question, non ?

C'est l'amour qui me faisait peur. J'avais aimé William et l'avais perdu. J'avais aimé mon appartement et il avait brûlé. J'avais aimé ma mère et elle m'avait trimballée comme un canari en cage d'un mariage à l'autre. Si je m'autorisais à tomber amoureuse de la maison et que quelque chose devait lui arriver, alors, pensais-je, je n'y survivrais pas. Ce serait tout bonnement au-dessus de mes forces. J'entendais encore, menaçant comme un roulement de tonnerre lointain, le bruit d'un fusil qu'on arme.

Alexander finit par rompre mon long silence :

— Vous savez danser le tango ?

— Pardon ?

— Je parie que oui.

Il se leva, me tira par la main, puis posa la sienne dans le creux de mon dos et, tout en fredonnant à mon oreille une célèbre mélodie latino-américaine, il me fit passer en dansant le seuil de la maison de mes rêves.

Elle était au-dessus de mes moyens. Le prix demandé correspondait exactement au double de mon budget, le montant de la somme versée par la compagnie d'assurances.

— Rien ne vous oblige à payer en une seule fois, dit Alexander. Il vous faut juste assez pour un acompte. Pour le reste, on vous aidera à demander un prêt au logement.

— Eh bien, c'est une idée du tonnerre ! s'exclama Jack, mon beau-père numéro cinq. À condition que tu arrives à payer les mensualités.

— Qu'est-ce que tu veux dire par là ? Ce n'est pas comme un loyer ?

C'était pareil, mais en beaucoup plus cher, vu que mon loyer avait été modique. En outre, quelle banque allait accorder un prêt à une ermite sans emploi ?

— On pourrait t'avancer l'argent, suggéra ma mère. Quoique la solution la plus simple serait que tu te remettes à travailler.

— Je n'en ai nullement l'intention, maman.

Je sais ce que vous pensez. Vous vous dites : quelle flemmarde ! Or ce n'était pas de la paresse de ma part, mais un blocage complet. Je n'étais pas prête à retourner parmi mes congénères.

— Eh bien, dit ma mère d'une voix traînante. Nous aimerions t'aider, tu le sais...

Je détestais qu'elle me parle sur ce ton-là. Incapable de maîtriser ma colère, je lui lançai à la figure :

— Alexander a dit que je pourrais obtenir un prêt, je suis donc sûre que ça peut marcher.

— Alexander ?

Ma mère avait dressé l'oreille, comme un chien aux aguets.

— Alexander Persoff, mon agent immobilier.

— Alexander Persoff, le peintre ? Celui qui a fait le portrait de Mimsie Stovall ? Et de Sally Touchstone ?

— Probablement, concédai-je.

— Oh, Georgie-Ann, couina ma mère. On se l'arrache. Et il est *très* beau, à ce que j'ai cru comprendre.

— C'est bien possible. Mais pourquoi est-ce qu'il m'a raconté des bobards au sujet du prêt ?

Confronté à ma question, Alexander répondit :
— Je n'avais pas compris que vous étiez sans emploi. À présent, je vois bien que ce que vous rapportent vos investissements ne suffit pas. Mais ne vous tracassez pas, Georgie-Ann, on va vous trouver une autre maison.

Je ne voulais pas d'autre maison. Je voulais la maison de pierre dissimulée derrière la grande haie, celle dans laquelle Alexander m'avait entraînée sur un air de tango. La maison avec son hall central, son grand séjour du côté droit et puis, au-delà, sa salle à manger avec des fenêtres à meneaux. Il me suffisait de fermer les yeux pour imaginer l'éclat mat de l'argenterie. Tout au bout se trouvait une cuisine qui avait sacrément besoin d'être retapée. De l'autre côté du hall, il y avait la bibliothèque, deux minuscules chambres à coucher et une salle de bains. Il fallait grimper un escalier raide pour accéder à la plus belle partie de la demeure. Le premier étage constituait l'appartement principal. Je remplacerais les installations de la salle de bains, bazarderais les minables placards et installerais un dressing-room.

Et il y avait, du côté nord, une immense baie vitrée.

La vieille dame avait été peintre, me dit Alexander. En effet, je remarquai qu'une légère odeur de térébenthine flottait encore dans l'air.

Je voulais cette maison, oh, comme je la voulais !

Elle m'était destinée, je le sentais au plus profond de moi.

Nous n'en continuâmes pas moins, Alexander et moi, à passer en revue les demeures disponibles. Soudain, je n'étais plus Georgie-Ann la recluse, mais une nouvelle femme qui ne tenait plus en place. Nous vîmes, Alexander et moi, de minuscules maisons à colombage de style Tudor, des ranches en séquoia et une douzaine de petits bungalows blancs à volets verts. Nous franchîmes des dizaines de porches affaissés, inspectâmes des régiments de tristes petits pied-à-terre. Je finis par connaître Nashville dans ses moindres recoins : les différents quartiers, leur cotes respectives, les chaudières, les systèmes d'air conditionné, les droits de passage et les sous-sols.

Mais tout cela était vain. Car je n'étais pas le genre d'enfant qui, si elle réclame une glace au caramel, peut se contenter d'une sucette à la cerise.

Chaque soir, je me laissais aller au découragement.

C'est alors qu'Alexander haussait les sourcils.

— On y va ?

— Oh oui ! implorai-je.

Nous filions alors à travers les rues de Nashville et, après un brusque virage, pénétrions par l'ouverture de la grande haie, rapides comme des braqueurs de banque. Puis nous bondissions hors du véhicule, dansions le tango le long de l'allée, jusqu'à la maison. Et, une fois l'escalier gravi, nous virevoltions dans l'appartement du haut, avant de revenir à mon portrait.

Comment ça, quel portrait ?

Le portrait qu'Alexander était en train d'exécuter, bien sûr.

L'idée lui en était venue le premier jour, alors que nous tourbillonnions dans le superbe appartement du premier étage.

— J'*adore* cette lumière, du côté nord, dit-il. Et elle, elle vous aime. Ne bougez pas, oui, c'est ça, rien qu'un instant. Laissez-moi voir ce que ça donne. Oh oui, c'est un accord divin, cette lumière et vous. Si je parvenais seulement à rendre ce que je vois, je sais que ma vie en serait à tout jamais transformée.

Qui aurait pu refuser ?

Je posai donc pour lui, baignée de cette merveilleuse lumière septentrionale, deux ou trois après-midi par semaine. Il cachait le portrait dans un des sombres placards du rez-de-chaussée. Aucun des agents immobiliers ne le trouva jamais.

Je dois avouer que j'en fus soulagée.

Non que le tableau fût indécent. Il s'agissait d'art. Le fait est qu'Alexander avait choisi de me représenter nue jusqu'à la taille, ou presque. Le bout de mon sein droit était recouvert par mes longs cheveux blonds. À partir de la ceinture, on pouvait voir le drapé d'une robe blanche qui semblait avoir glissé de mes épaules pendant l'exécution du portrait. Dans le fond, encadrés par la fenêtre, on distinguait les pommiers, les pruniers et le poirier. Ils étaient en fleurs lorsque Alexander se mit à l'œuvre. Des fruits apparurent avant qu'il eût fini. Par un splendide après-midi, juste après la séance, Alexander m'apporta une poignée de prunes encore tièdes de soleil, de la couleur des hématomes.

Le lendemain, tout en posant, je me surpris à imaginer qu'Alexander me serrait les bras suffisamment fort pour y laisser de telles marques. Car il ne m'avait jamais touchée, voyez-vous, sauf lorsque nous dansions le tango ou bien qu'il rectifiait un petit détail par ci, par là : une mèche folle, la position d'un membre...

Je ne trouve pas les mots pour expliquer quel effet ça fait de poser à moitié nue, jour après jour, devant un homme qui vous regarde avec la plus totale concentration mais qui, pour autant que vous puissiez en juger, ne vous désire pas. Au bout de quelque temps, un drôle de bruit s'imposa à mes oreilles et je crus y reconnaître le chant de bonnes sœurs cloîtrées, élevées dans l'adoration du Seigneur. Des fiancées du Christ, libérées des besoins humains les plus élémentaires.

Comme l'œuvre touchait à sa fin, l'enthousiasme d'Alexander grandissait.

— Ça va leur en boucher un coin. J'ai *hâte* de voir leurs têtes. Je ne vous dis que ça, Georgie-Ann, après l'exposition...

Il s'interrompit tandis que j'attendais, le souffle coupé, les mots qui suivraient.

— ... Je n'aurai plus besoin de vendre une seule maison.

Ce n'était pas vraiment ce que j'avais espéré entendre.

Car, comme vous l'avez déjà compris, brillant lecteur, j'étais alors complètement entichée d'Alexander.

Je pouvais passer un jour entier à songer à un seul détail de sa personne. Sa chevelure, par exemple : ses mèches noires rebiquant sur les tempes ;

ce duvet soyeux, sur sa nuque ; les endroits où l'on voyait briller la chair propre et rosée de son cuir chevelu, sur lesquels j'aurais aimé coller mes lèvres ; et l'odeur ensoleillée de ses boucles brunes caressant ma joue lorsque nous dansions le tango.

Mère avait eu raison, qu'elle soit maudite ! Elle était certaine qu'en sortant de chez moi, je trouverais des distractions. À vrai dire, ça tournait à l'obsession. J'avais Alexander. J'avais la maison. Et pourtant, aucun des deux n'était à moi.

Ils n'en demeuraient pas moins, dans mes pensées, liés l'un à l'autre. Je passais des heures délicieuses à imaginer ma vie avec Alexander, dans *la* maison. Il peindrait dans la pièce du haut tandis que je lirais dans mon fauteuil. Je nous voyais préparant ensemble le dîner, dans la cuisine. Je hacherais en petits tas des oignons, du piment et de l'ail pendant que lui ferait frire, touillerait et goûterait les plats. Et plus tard nous nous retrouverions assis côte à côte dans les fauteuils assortis du living-room. Je lirais les premières pages du journal, et lui les dernières. Et puis, à l'étage, alors qu'il pleuvrait des cordes, nous nous enlacerions et notre passion ferait trembler les murs de la pièce qui menacerait de décoller, de s'élever au-dessus des pommes et des poires, et de réduire les prunes en bouillie.

J'emportais partout avec moi, caché au fond de ma poche, un des mouchoirs d'Alexander. Je l'avais bien entendu volé tandis qu'il avait le dos tourné. Je caressais la batiste du bout des doigts, me pénétrant de ses initiales brodées comme d'un message en braille.

Il y avait de cela une éternité, à l'époque où j'étais maître-assistante, le directeur de mon département, un modèle de vieux débauché, avait fourré la main dans sa poche et en avait tiré, au beau milieu d'une réunion de travail, une culotte de dentelle noire dans laquelle, distrait, il s'était mouché.

Je tentai de me rassurer en me disant que je n'en viendrais jamais à m'amuser avec les slips d'Alexander pour meubler mes longues soirées solitaires. Mais qui sait ? Peut-être que si j'en avais eu l'opportunité...

C'est à cette époque que mère se mit à répéter :

— Tu sais, Georgie-Ann, que j'adore t'avoir à la maison. Je voudrais que tu ne partes jamais.

Constatant que je ne daignais pas répondre, elle ajoutait :

— Mais, ma chérie, est-ce que tu la cherches vraiment, cette maison ? Ou bien est-ce qu'il se passe autre chose ?

Les yeux rivés sur la bouche de ma mère, je la voyais se transformer en celle d'Alexander. On aurait pu faire une balade sur sa lèvre inférieure tant elle était généreuse. Quant au dessin de sa lèvre supérieure, il évoquait l'aile d'une Buick, modèle 1955. J'en traçais le contour jusque dans mes rêves.

— Quelle que soit ta décision, continuait ma mère, il va te falloir soit reculer, soit aller de l'avant, ma chérie. La deuxième possibilité serait préférable.

— Oui, maman, répondais-je en souriant.

Puis vint ce jour du mois d'août où Alexander me dit :

— Le tableau sera fini demain.

La chaleur plaquait ses cheveux, aplatissant ses boucles. On aurait dit Jules César.

— Et puis, ajouta-t-il gravement, je crois qu'il vaut mieux que je vous le dise : quelqu'un s'intéresse à la maison.

La température baissa soudain de vingt degrés. Je restai figée.

— Ma maison ?

— J'en ai bien peur, Georgie-Ann. Maintenant, comme je vous l'ai déjà dit, il sera possible, si seulement vous voulez bien vous remettre à travailler, de vous faire obtenir un prêt. Est-ce que vous y avez pensé ?

Non. Bien sûr que non. Je m'étais persuadée qu'un miracle se produirait. Que mon portrait rapporterait suffisamment d'argent pour bloquer la vente. Qu'Alexander me demanderait de l'épouser. Et qu'ensuite, nous vivrions heureux — dans la maison — et aurions beaucoup d'enfants.

Alexander dit :

— L'année universitaire va bientôt commencer. Est-ce que vous ne pourriez pas demander à la faculté de vous reprendre ? Même pour un emploi à temps partiel ? Ça montrerait au moins à la banque que vous êtes de bonne volonté.

Retourner dans une salle de classe ? Parler à de jeunes boutonneux de la fusion des esprits ? Eh bien, je ne m'en sentais pas davantage capable que d'aller acheter au supermarché des pêches et des prunes en conserve quand tout ce que j'avais jamais souhaité m'attendait à *la* maison.

— Non, fis-je d'une voix étranglée. C'est impossible.

— Vous devriez y réfléchir, Georgie-Ann.

Et puis, avant même que j'aie eu le temps de digérer les paroles d'Alexander, le mois d'août s'était écoulé et le premier lundi de septembre arriva — tout au début du mois, cette année-là. Crayons taillés... rentrée des classes. La vie sociale aussi reprit son cours. Mère commençait à organiser son pèlerinage annuel à New York, pour la saison lyrique. Alexander était débordé par la préparation, à Atlanta, de son triomphe futur. Quand il m'appelait, à peine une fois par semaine désormais, c'était dans le but de me convaincre d'assister au vernissage. La galerie Callendar attirait, d'après lui, de prestigieux collectionneurs. Mon portrait serait la pièce maîtresse de l'exposition. Tout le monde aurait envie de rencontrer le modèle.

Bien entendu, je ne voulus même pas en entendre parler. Affronter le monde et, en plus, sous le feu des projecteurs ? Tous ces regards braqués sur moi... C'était une situation inimaginable.

Le soir de l'inauguration, je roulais jusqu'à *la* maison. J'avais dans l'idée de m'installer dans l'escalier et là, d'imaginer Alexander dans son heure de gloire. Mais en arrivant dans l'allée, la première chose que je vis fut la bande VENTE EN COURS qui barrait l'écriteau. Je vis rouge, le sang me monta à la tête. J'avais l'impression qu'elle était sur le point d'exploser. J'arrachai l'écriteau et le fourrai dans le coffre de ma voiture. Là, il étoufferait. Et rendrait le dernier soupir. Non, il n'y aurait plus de VENTE EN COURS.

Je n'avais pas l'intention de me laisser miner par cette affaire. J'étais capable de rester maîtresse de mes pensées et de mes actes. Ne l'avais-je pas prouvé, longtemps auparavant ? J'avais été à deux doigts d'en finir, mais je ne l'avais pas fait. Pas plus que je n'avais tué William. En me retirant du monde, j'étais parvenue à surmonter la situation.

Je me contentai donc de m'asseoir tranquillement en haut des marches, où Alexander et moi avions passé tant de bons moments. Je pensai aux hommes bien coiffés, en costume sombre, et aux femmes vêtues de robes noires, grises et taupe qui étaient en train de contempler mes seins, à cinq mille kilomètres de distance. Ils le faisaient le plus discrètement du monde, bien sûr, en échangeant des propos à voix basse, comme il sied aux gens bien éduqués. Je voyais d'ici leurs yeux écarquillés et leurs bouches arrondies en petits « o ».

Je sortis une prune de ma poche. La femme de ménage de ma mère l'avait achetée dans le commerce. Je mordis dans la chair pourpre. Le jus qui se répandit dans ma bouche n'était pas le nectar de cet été, mais un liquide aigre et aqueux.

Je demeurai en haut de l'escalier jusqu'à la tombée de la nuit, puis sortis en tâtonnant. Mais je connaissais désormais la maison sur le bout des doigts. Couchée dans mon lit, chez ma mère, je fus assaillie de cauchemars. Au matin, je les avais presque tous oubliés, mais il m'en restait une sensation de nausée, comme si un vautour m'avait frôlée de son aile.

J'attendis fébrilement le coup de téléphone

d'Alexander. Il appela trois jours (trois ans, trois millénaires) plus tard. L'exposition avait eu un énorme succès, et tous les tableaux avaient été vendus. On avait acheté mon portrait au prix exorbitant qui, dans un élan d'optimisme, en avait été demandé. Un industriel japonais de l'automobile le ramenait chez lui, dans la région de Kyoto. Je fermai les yeux. J'entendis sonner les cloches d'un temple tandis que s'élevaient des murmures dans une langue étrangère.

— Toutefois..., dit Alexander.

Il parut hésiter. Je n'eus pas le courage d'attendre la suite. Je savais ce qu'il allait me dire, mais je ne supportais pas de l'entendre de sa bouche. Je raccrochai et composai le numéro de Charlotte. Puis je me rendis une fois de plus à *la* maison.

Bien que j'eusse été prévenue, ce fut tout de même un choc de voir le nouvel écriteau, barré de la mention VENDU. Il ne resta pas longtemps là. Je l'arrachai et il alla rejoindre l'autre écriteau au fond de mon coffre.

Alexander me découvrit perchée au sommet des marches, devant l'appartement des maîtres, aux pièces baignées de cette merveilleuse lumière du nord dont j'avais espéré qu'elle nous surprendrait tous deux, un beau matin, tendrement enlacés sous les draps.

— J'étais sûr de vous trouver ici.

— Et moi, je savais que vous viendriez.

— Georgie-Ann, je suis vraiment désolé. Mais c'est trop tard. Vous n'avez rien fait pour empêcher ça. Vous restiez là, figée. Et maintenant ça y est, la maison est vendue.

Il posa une main sur mon épaule. Je me dégageai. Il fronça les sourcils.

— Il faut vous résigner.

Alexander s'assit à côté de moi. Il me prit la main. Elle était froide. Son sang charriait tous les mensonges qu'il avait si soigneusement forgés. Ils s'échappaient de sa bouche tels les petits glaçons rouges d'un compartiment à glace.

— Je vous avais prévenue, dit-il, que quelqu'un s'intéressait terriblement à la maison.

Je levai une main et, de mes doigts, interrompis le flot de paroles. Puis je me levai.

— Dansons, dis-je. Une dernière fois.

Je me dressai sur le plancher de la grande salle du haut.

— Oui, répondit-il avec un sourire.

Son soulagement était visible. Ainsi, je ne prenais pas les choses au tragique.

Il avait redouté, bien évidemment, que la colère me rende folle, que j'écume de rage, pousse des hurlements et me roule sur le sol. Que des serpents me poussent sur la tête et lui sautent au visage. Et il avait bien raison de le craindre. S'était-il imaginé que je n'apprendrais pas la vérité ?

Mon coup de téléphone à Charlotte avait suffi à confirmer mes craintes. Tout d'abord, Alexander m'avait, avec ses couleurs et ses pinceaux, dérobé mon image pour la vendre à l'empire des geishas. Puis, profitant de sa bonne fortune, il avait acheté *la* maison. À cause de cette merveilleuse lumière du nord, avait-il dit à Charlotte. Sa vie entière en avait été transformée. Il fallait qu'elle lui appartienne.

Alexander avait-il l'intention d'habiter seul dans la maison ? demandai-je à Charlotte.

Oui, avait-elle répondu. Ou du moins c'est ce qu'elle croyait.

Au ton de sa voix, je sentis qu'elle mentait.

Je tendis donc les bras vers Alexander afin que nous dansions ce dernier tango. Il me serra contre lui. Le parfum des citrons parvint à mes narines. Je crus entendre des lames se briser. Je pressai mes seins contre son torse. Je n'étais pas désirée. Pas aimée. Nous arpentâmes le plancher du premier étage avec une langueur tout argentine, puis nous revînmes sur nos pas, et recommençâmes.

La troisième fois, comme il me faisait tourner sur moi-même en déployant le bras, ses talons se trouvè- rent tout près du bord de la dernière marche. C'était précisément l'angle, et le moment, que je guettais depuis le début. Il me suffit de lâcher prise et, grâce à la force centrifuge de nos mouvements, Alexander fut projeté en arrière, aussi nettement que s'il avait tiré sur une corde et qu'elle avait rompu.

Il dégringola les marches une à une. Sa tête et son cou produisirent un craquement sec tandis qu'ils venaient frapper le plancher de chêne.

Je me précipitai en bas. Me penchant au-dessus de lui, je rapprochai mon visage du sien, comme pour l'embrasser.

— *Aidez-moi !*

Telles furent ses dernières paroles.

— *Non !*

Après qu'il eut rendu le dernier soupir, je frôlai des lèvres cet endroit, sur sa nuque, où les boucles formaient un duvet si doux. Puis je franchis le seuil et me dirigeai vers la cabine la plus proche d'où j'appelai police secours.

— Un terrible accident, dis-je d'une voix étranglée par les sanglots. Dépêchez-vous.

Quelle tragédie ! Comme c'est triste ! Un si bel homme !
Dire qu'il était sur le point de devenir célèbre. Les murmures s'élevaient de partout.

Mais cela ne me troublait pas. Pas plus que la dernière vision que j'eus d'Alexander gisant au pied de mon escalier, le cou brisé. Je foule aux pieds cet endroit précis plus de vingt fois par jour sans éprouver le moindre frisson d'angoisse. Comme je vous l'ai dit plus tôt, mon sang-froid est aussi dur que le granit. On pourrait en faire une pierre tombale qui durerait mille ans.

Par ailleurs, j'ai tellement d'autres choses en tête, ces temps-ci. Mon nouvel emploi ne me laisse pas une seconde de répit. Charlotte dit qu'elle n'a jamais vu quelqu'un apprendre aussi vite le métier d'agent immobilier. Elle oublie les mois que j'ai passés à chercher une maison. Et Alexander a été pour moi un si bon professeur.

Mais je vous entends dire : non, ça ne peut pas se finir comme ça ! Comment est-il possible que je sois retournée parmi les vivants et que j'aie, de plus, préféré le bruit et la fureur des transactions commerciales au ronron rassurant de la vie universitaire ?

La réponse est simple. L'acquisition de la maison puis sa rénovation ont nécessité des mesures héroïques et, pour tout dire, beaucoup d'argent liquide.

Mais, par amour, on est prêt à tout !

Traduit par Dorothée Zumstein

J'ai peur dans le noir

NANCY PICKARD

Vendredi 19 septembre
Elle se dit qu'elle avait épuisé tout son courage.

Il lui semblait que le simple fait de franchir le seuil de ce souterrain abandonné sous la prairie du Kansas ne lui en avait pas laissé une once. Tout juste assez, peut-être, pour l'aider à s'avancer jusqu'aux salles souterraines. Et après ? Après, les réserves de vaillance prévues pour durer toute une vie seraient épuisées, Amelia en était à peu près certaine.

Oui, il y avait une ampoule électrique qui pendait au plafond décrépit. Oui, elle jetait une lumière crue, alimentée peut-être par quelque antique générateur qu'on avait laissé rouiller dans un coin. Et, oui, elle illuminait les quelques mètres carrés de souterrain que voyait Amelia, en retenant son souffle et en s'efforçant de rassembler assez de bon sens pour remettre ses jambes en mouvement. Mais elle ne distinguait rien au-delà du halo de lumière.

Et il y avait devant elle quelque chose d'invraisemblable.

Une ancienne boutique de coiffeur. Souterraine. Avec les fauteuils et tout.

Voilà ce que l'ampoule nue révélait, pour la première fois depuis des décennies, à son regard stupéfait.

Les murs de la boutique avaient été enduits de plâtre, jadis, mais elle ne voulait pas toucher la pellicule visqueuse qui les faisait briller. Amelia n'aurait pas su dire de quelle couleur on les avait peints quand on avait aménagé les salles souterraines, soixante-quinze ans auparavant. Cinquante ans avant sa naissance. Elle savait qu'il n'y avait pas que cette minuscule boutique de coiffeur, mais aussi un bazar, une église, et un hôtel de ville. Elle sentit qu'elle ne trouverait jamais le courage de tout visiter, pas maintenant, jamais.

Cela avait été une idée judicieuse, cet endroit frais où traiter les affaires de la ville et les affaires tout court, imaginé par les citoyens de Spale, Kansas, qui comptait neuf cent cinquante-six hommes, femmes et enfants en cette année 1922. « C'est resté aussi frais qu'un tombeau », songea Amelia en frissonnant sur le seuil « mais moins habité. » Sauf à se compter elle-même, ce que, vu les circonstances, elle ne souhaitait pas faire. Les routes défoncées et les bâtiments qui se trouvaient au-dessus de sa tête étaient ceux d'une ville fantôme dont tous les habitants étaient partis pour le cimetière ou vers d'autres destinées.

En soixante-quinze ans, tout ce qui avait été fait de main d'homme à Spale avait changé, mais pas grand-chose dans la nature n'avait varié, se dit Amelia. La lourde chaleur de l'été indien était aussi accablante ce jour-là que bien des années auparavant. L'air était tout aussi chargé d'humidité, et les feuilles mortes aussi dorées que naguère. Pour échapper à la touffeur et aux moustiques des terribles étés du Kansas, ils étaient venus dans cet endroit commercer et y prier ensemble, et s'en étaient servis pour se protéger des cyclones, aussi bien que des rigueurs de l'hiver. On avait marié trente-deux couples dans la chapelle souterraine. Taillé un nombre incalculable de barbes, de moustaches et de favoris dans la boutique du coiffeur.

Amelia savait tout cela, et plus encore.

Ce qu'elle ne savait pas, c'était ce qu'il y avait devant elle dans l'obscurité.

Là où elle était, on y voyait, au moins. Elle s'estimait capable de faire face à pratiquement n'importe quoi du moment qu'il y aurait ne fût-ce qu'une faible lueur. Ce qu'elle redoutait plus que tout, c'était l'obscurité totale.

Amelia s'avança avec effort, jusqu'à poser la main gauche sur l'accoudoir argenté du fauteuil le plus proche. Un miroir tordu et complètement craquelé était accroché derrière. En le regardant, elle s'y vit. En observatrice distante, elle englobe d'un regard ses propres yeux marron, écarquillés, le désordre de ses cheveux courts, bruns et bouclés, les auréoles de transpiration sur son t-shirt rouge et les traînées de terre sur son jean, et songea : « *J'ai l'air terrorisée.* » Démontée par l'évidence visuelle de sa peur, Amelia jeta un regard devant elle, vers la pénombre plus épaisse qui régnait au fond de la boutique. Les formes se précisant, elle se rendit compte qu'il y avait un troisième fauteuil, et quelqu'un assis dedans.

— Oh... Vous êtes là ! s'exclama-t-elle.

Plusieurs événements parurent alors se produire en même temps.

Assez près maintenant du dernier fauteuil pour voir qui

l'occupait, Amelia se sentit soudain glacée jusqu'aux os. Un mort. À la vue de ses yeux démesurément agrandis, elle fut submergée par une tristesse si inattendue que le choc de cette découverte passa au second plan.

En jetant un bref regard au miroir qui se trouvait derrière le troisième fauteuil, elle aperçut le visage d'un autre homme dans l'entrée, derrière elle, et — reconnaissante — le reconnut, lui aussi.

— Regardez ! s'écria-t-elle, en se retournant vivement vers lui. Oh, regardez ce qui s'est passé...

Mais déjà, au lieu d'avancer pour la rejoindre, il tendait la main et tirait d'un geste brutal sur le cordon qui commandait l'éclairage de fortune.

— Non ! Je vous en supplie, non !

Clouée dans une obscurité totale, sous la ville de Spale, Amelia ne vit pas la porte se refermer. Mais elle l'entendit claquer avec un bruit sourd, et elle entendit l'affreux raclement de la longue barre de bois avec laquelle on la bloquait.

Et elle entendit son propre hurlement.

Seigneur, quelle idiote elle avait été !

Mardi 16 septembre

— Les villes fantômes du *Kansas* ?

À New York, dans le bureau du directeur de l'*American Times*, Amelia Blaney avait plaqué la paume de sa main gauche sur sa joue et sa tempe, comme pour dégager son oreille. Ce geste spontané voulait indiquer, de façon humoristique, que — certainement — elle n'avait pas bien compris son patron. Son expression disait que ce n'était pas possible, qu'elle avait mal entendu.

Dan Hale salua son humour d'un sourire en coin,

mais il ne répondit pas : « Je plaisantais. » Il insista, au contraire, avec une sorte de hargne :

— C'est le mot de fantôme, de ville ou de Kansas qui vous dérange, Amelia ?

Elle était jeune, mais pas idiote. Elle savait que Dan était lui-même originaire de cet État. Peut-être le détestait-il ; peut-être l'adorait-il. Regrettant déjà sa grimace comique, elle s'appliqua à choisir ses mots.

— Il est certain, dit-elle, avec tact, que le Kansas est magnifique en septembre. Tout ce... blé... doré.

— Ce n'est pas un État à blé.

— Ah, bon ? Ce maïs, alors.

— Les champs de maïs sont verts.

Amelia agrippa le bord de son siège pour ne pas lever les bras au ciel. *D'accord !* songea-t-elle, vaincue et exaspérée. *Comme tu voudras !* Elle décida d'oublier le Kansas et d'aller directement à la vérité.

— J'ai peur dans le noir, admit-elle.

Elle l'avait dit d'un ton léger, sans vraiment espérer que son patron la croie. Moins encore pour sentir chez lui de la sympathie et le faire changer d'avis. Mais c'était la honteuse vérité. Depuis sa plus petite enfance, Amelia avait une peur quasiment pathologique de l'obscurité. Comme un claustrophobe déteste les placards, comme un agoraphobe est terrifié par les grands espaces. Elle était malade, paniquée, les rares fois où elle se laissait surprendre et se retrouvait dans le noir sans la lumière du soleil, ou une lampe de chevet, une torche électrique, des phares... Elle ignorait pourquoi, n'avait même pas été capable de dire à un psy ce qu'était exactement cette chose dont elle craignait qu'elle ne « l'attrape » dans le noir. Elle savait seulement que cette peur était douloureusement réelle, et jamais plus éloignée que le prochain coucher de soleil.

Comme prévu, la petite torsion caractéristique apparut au coin de la bouche de Dan. Elle vit qu'il croyait à une plaisanterie.

Tout le monde le croyait, y compris son dernier petit copain qui avait fini par s'en aller, furieux, en l'accusant « d'ignorer ses besoins » parce qu'il ne pouvait pas dormir avec de la lumière dans la chambre. Elle ne pouvait pas dormir sans. Elle avait pleuré quand il était parti, mais elle redoutait moins, en vérité, d'être seule que de rester dans le noir.

En deux mots coupants, Dan résuma sa réaction :

— Et alors ?

Amelia fit une ultime tentative, tout en sachant qu'en tant que journaliste débutante, employée depuis six mois à peine, elle ne pouvait pas se permettre de refuser une mission, même si cette perspective lui soulevait le cœur et si elle craignait que ses jambes ne se dérobent sous elle. Si Dan lui avait demandé d'aller interviewer un tueur en série, elle n'aurait peut-être pas tremblé. Mais là, elle était atteinte dans cette partie d'elle-même où son courage laissait place à un vide béant.

— Et alors, expliqua-t-elle, c'est là que vivent les fantômes. Dans le noir.

Et de risquer un sourire à l'adresse de son patron, en sachant qu'il devait plutôt ressembler à une grimace. Une grimace de tête de mort.

Dan n'eut pas l'air de le remarquer. Ce qu'il dit alors parut à Amelia complètement hors sujet :

— Vous adorez les animaux, n'est-ce pas ?

Surprise par ce brusque passage des fantômes aux animaux, et déconcertée par cette question directe, Amelia répondit prudemment : « Oui ? » Elle s'étonnait que Dan connaisse sa passion pour les bêtes. Elle se dit que son dossier d'étudiante mentionnait sans doute son flirt de courte durée avec l'école vétérinaire avant qu'elle n'entreprenne des études de journalisme. Elle espérait qu'il n'y était fait aucune allusion à la fin tragique et désastreuse de ce flirt. Amelia avait ses propres fantômes, et elle aurait détesté qu'un quelconque reporter, comme elle, s'avise d'y fourrer son nez.

— C'est bien ce que je pensais, reprit Dan.

Il parlait maintenant à toute allure, et elle comprit que c'était à prendre ou à laisser. Elle irait dans le Kansas.

— C'est pour ça que je vous ai réservé une chambre à l'Auberge Serengheti.

Amelia faillit se frapper la tête une deuxième fois. Elle demanda, incrédule :

— Où ça ?

— L'auberge se trouve au milieu d'une réserve d'animaux exotiques, poursuivit-il, ce qui ne fit qu'accroître la surprise de la jeune fille. Chameaux, lamas, girafes. Autruches, élans, kangourous... Le propriétaire est un vétérinaire.

— Eh bien, *voilà* un sujet d'article, murmura-t-elle, puis elle rougit, car il l'avait entendue.

Bon sang, elle ne pouvait tout de même pas s'empêcher de réagir ! Une réserve d'animaux exotiques ? Au Kansas ? Était-ce possible ? Et dans ce cas, pourrait-elle voir ces animaux, les toucher, peut-être ? Aussi invraisemblable qu'il y paraisse, Amelia sentit que cette proposition commençait à lui plaire.

— Non. (Le ton du patron était agacé, sarcastique.) Ce n'est *pas* le sujet. Le sujet, ce sont les villes fantômes qui vous le fourniront. Ne l'oubliez pas.

Ces mots la ramenèrent brutalement à la réalité, et à ses craintes.

L'obscurité faisait vraiment peur à Amelia, quelque part tout au fond d'elle-même, dans un repli obscur de son âme. Mais celui qui se tenait en face d'elle lui faisait peur aussi, et plus directement : au niveau de son portefeuille. Elle n'était qu'une débutante et avait des dettes d'études à rembourser. Elle ne pouvait pas se permettre de se défiler, simplement parce qu'une commande d'article ne lui plaisait pas. Elle n'avait pas besoin de regarder aux murs du bureau pour se rappeler à quel point l'opinion de cet homme comptait, pour elle, pour la ville, pour le monde.

Sur ces murs figuraient une quantité de diplômes et de photographies portant des dédicaces personnelles et admiratives adressées à Dan Hale par un si grand nombre de chefs d'État qu'Amelia avait du mal à identifier tous les noms et tous les pays. Il n'avait peut-être que trente-six ans, mais dirigeait déjà l'un des quatre hebdomadaires d'information les plus influents de la planète. Un homme dont les avis, disait-on, pouvaient mettre fin à une guerre, ou en déclencher une.

Amelia n'était, dans le vocabulaire démodé de son métier d'adoption, qu'un « louveteau ». Elle ne participerait même pas à l'écriture de ce reportage ; elle se contenterait de taper ses notes pour les remettre à un rédacteur chevronné. Dan l'utilisait pour enquêter, et rien de plus. Ce n'était tout de même pas rien, de s'entendre commander un travail par le patron en personne.

« Si je suis un *louveteau* », se dit-elle, tandis que ces pensées lui traversaient l'esprit, « alors lui c'est un *ours*. » C'était l'animal auquel il ressemblait le plus : grand, avec pas mal de kilos en trop, de petits yeux, de grosses joues, et une façon de traiter les choses dans le désordre, dissimulant son habileté légendaire à attaquer les imbéciles, en salle de rédaction aussi bien que dans ses colonnes, méchamment et sans crier gare.

Elle se sentait flattée, honorée même, par l'intérêt qu'il lui témoignait.

Il n'y avait rien, absolument rien de romantique ou de sexuel là-dedans. Amelia en aurait mis sa main au feu. Rien ne permettait de penser que Dan Hale l'ait jamais remarquée de ce point de vue, et elle en était soulagée. Elle appréciait cette rencontre de cerveau à cerveau, de rédacteur en chef à reporter. Son dernier échec amoureux l'avait plongée dans une telle tristesse qu'elle se crispait encore chaque fois qu'un homme manifestait la moindre attirance pour elle. Elle ne voulait pas aimer, avait-elle décidé — ce qu'il lui fallait c'était du travail, du travail seulement.

Grâce à Dieu, songea-t-elle, cet entretien entre elle et « la légende » était d'ordre strictement professionnel. Allez savoir pourquoi, mais ce journaliste craint et respecté semblait croire qu'Amelia Blaney méritait qu'il joue pour elle les mentors. Elle se redressa sur son siège et s'efforça de faire taire ses doutes sur ce qu'on lui demandait. D'ailleurs se rappela-t-elle, elle adorait les animaux, et c'était une véritable faveur qu'il lui faisait en lui confiant ce reportage. Elle saurait l'apprécier à sa juste valeur, et se montrer à la hauteur pour satisfaire ce patron exigeant.

Même s'il lui fallait pour ça aller dans les villes fantômes du Kansas.

Il lui tendit ses billets d'avion et une carte routière du Kansas, sur laquelle certains noms de villes étaient cerclés de rouge. Puis il la fit très vite sortir de son bureau. C'est alors qu'Amelia, debout dans le couloir et le souffle encore court, se rendit compte qu'il ne lui avait pas fourni la moindre indication sur le *pourquoi* de ce reportage, et, même, sur ce qu'elle était censée chercher une fois sur place.

Elle fit volte-face, décidée à le lui demander.

Mais il était déjà au téléphone, le dos tourné pour regarder vers la fenêtre.

Une journaliste plus ancienne à qui elle demanda conseil lui dit :

— Ne compte pas sur des explications. Il lui arrive de commander des reportages sans dire ce qu'il veut en faire. Si on le savait, on enquêterait avec moins d'objectivité. On est censé mettre des faits à jour et trouver tout seul quel est le véritable sujet. (Et l'ancienne de sourire à Amelia :) Et que Dieu te protège si, d'aventure, tu ne lui rapportais pas ce qu'il attend de toi. Car si tu ne le sais pas, il le sait, lui, depuis le début.

« *Oh, mon Dieu* », songea Amelia, saisie d'une terreur qui n'avait rien à voir avec l'obscurité.

Mercredi 17 septembre

Dans l'avion qui l'emmenait de Kansas City, Missouri, à Wichita, Kansas, Amelia étudia la carte que

Dan lui avait remise. Elle décida de l'itinéraire qu'elle suivrait pour rejoindre les villes abandonnées, ou presque désertes, de Spale, Bloomberg, Wheaten, McDermott, Flaschoen, Parlance et Stan. Ce dernier nom lui plaisait bien... Il évoquait quelque chose d'amical, et de dimensions raisonnables. Elle se demanda si New York serait jamais devenu le centre de l'univers (comme elle le pensait) si ses fondateurs l'avaient baptisé « Stan ». Et, en plein ciel, elle se mit à rire toute seule.

Sur sa lancée, elle lut les bribes de la documentation qu'elle avait rassemblée aussi bien à la bibliothèque qu'en compulsant les archives des magazines (qui étaient à elles seules une véritable bibliothèque), et sur Internet. Ce qu'elle avait trouvé était fascinant et expliquait très bien pourquoi son célèbre rédacteur en chef y avait flairé un sujet digne de ses colonnes. Ce serait, prévoyait-elle, l'histoire d'une Amérique en pleine mutation, l'histoire des populations rurales parties vivre dans les villes, et des villes qu'elles avaient abandonnées dans la prairie où elles redevenaient poussière.

Ces « fantômes » ne lui feraient pas peur, elle en était certaine.

Ils seraient peut-être tristes, mais ils ne seraient pas effrayants. Et, avec un peu de chance, elle pourrait mener son enquête à la lumière du jour et retrouver chaque soir le confort et la sécurité d'une chambre d'hôtel bien éclairée. « B&B », se rappela-t-elle, en voyant les faubourgs d'une petite ville apparaître au-dessous de l'appareil. Amelia n'était jamais descendue dans un *bed and breakfast*. Elle se demanda ce qu'on pouvait bien manger dans une « ferme d'animaux exotiques ». De l'avoine ? Du foin ? « Pour moi, ce sera des céréales », se dit-elle en riant, au moment où l'avion se posait.

Elle commençait à se rendre compte que ce reportage, après tout, risquait de s'avérer délicieusement bizarre. Des girafes et des fantômes. Au Kansas. Seigneur ! Et puis, grâce à ça, elle pourrait s'offrir des semaines de restaurant une fois de retour. Ses amis new-yorkais riraient tellement au récit de ses aventures qu'ils crieraient grâce.

Amelia rangea ses papiers, mais laissa allumé le petit projecteur encastré au-dessus de son siège. L'avion volait à travers une couche de nuages qui obscurcissait la cabine. Amelia ne craignait pas spécialement la tempête, ou les secousses de l'atterrissage. Mais elle aimait cette petite lampe qui l'entourait d'un halo de lumière rassurant dans la pénombre de la cabine.

Elle comprit qu'elle était arrivée en apercevant la tête d'un chameau au-dessus d'une clôture. Derrière le chameau — le dromadaire, rectifia-t-elle, en constatant qu'il n'avait qu'une bosse — se trouvaient plusieurs zèbres, dont un adorable poulain qui gambadait en décrivant des cercles autour de ses aînés. Au volant de sa voiture de location, Amelia longea un autre pré dans lequel d'énormes autruches déployaient leurs ailes magnifiques pour les faire claquer au-dessus d'elles. Elle fut tentée de croire, comme Dorothy dans *Le Magicien d'Oz*, qu'elle « n'était plus au Kansas ». Mais un grand panneau proclamait : BIENVENUE À L'AUBERGE SERENGHETI. Et, dessous : *Bed & Breakfast*. Plus loin, pour qui en aurait douté, un autre écriteau annonçait d'une écriture élégante : ANIMAUX EXOTIQUES. Et les nouveaux arrivants étaient prévenus : *Visites autorisées uniquement.*

Amelia s'engagea sur l'allée de gravier.

Elle s'arrêta le long d'une clôture pour regarder les autruches qui vinrent aussitôt vers elle en hâtant le pas pour la regarder. Et, tandis qu'elles la fixaient en battant de leurs paupières blanches, Amelia se sentit soudain au bord des larmes. Jadis, à une époque qui lui semblait désormais si lointaine, elle avait rêvé de devenir « médecin des bêtes ». Et pas seulement des chats et des chiens. Elle voulait être la vétérinaire de tous les animaux.

— Vous êtes d'assez grosses bêtes, dit-elle aux autruches. Mais je ne pensais pas vraiment à vous.

À des chevaux, plutôt, à des vaches, et même à des moutons.

Un cabinet quelque part en Nouvelle-Angleterre où elle avait passé des étés chez ses grands-parents. La campagne. Les pâturages.

Mais le rêve avait tourné au cauchemar. Et elle avait bifurqué vers des études de journalisme sans se soucier réellement du diplôme qu'elle décrocherait et du métier qu'elle exercerait, ni même de ce que serait son avenir. Elle avait, en réalité, perdu toute notion de ce qu'on appelait l'« avenir ». Le temps se divisait pour elle entre « avant » et « maintenant », et il n'y avait plus de « demain ».

Soudain furieuse contre elle-même (sa grand-mère n'avait jamais toléré qu'on « se vautre dans l'auto-apitoiement comme le porc dans sa fange »), Amelia renifla, cligna des yeux et se hâta vers la maison blanche qui attendait au bout de l'allée. Un bâtiment tout en longueur, comme le sont généralement les motels, flanqué de cages et d'enclos métalliques et d'une série de granges en bois accolées les unes aux autres. L'ensemble avait toutes les apparences d'un ranch classique et bien entretenu. À ceci près que c'était une auberge. Avec des zèbres.

Dans un pré, au-delà des granges, elle aperçut une girafe.

Elle n'était pas certaine de trouver tout cela très bien. Pourquoi ce zoo dans la prairie ? pourquoi retenir ici toutes ces bêtes sauvages plutôt que de les renvoyer en Afrique d'où la plupart d'entre elles étaient originaires ? Mais elle ne put s'empêcher de sourire à la vue de la girafe, et elle se demanda en garant sa voiture si elle ne risquait pas de se trouver nez à nez avec un lion en maraude.

Au premier abord, la ferme aurait pu passer pour la première des villes fantômes.

— Il n'y a personne à part nous, dit-elle à un superbe coq brun au plumage luisant qui marchait à ses côtés tandis qu'elle se dirigeait vers l'entrée. Serais-tu l'oiseau-sentinelle de cette maison ?

Comme on ne répondait pas à l'appel de la sonnette ni aux coups qu'elle frappait à la porte, elle obéit à l'écriteau qui lui disait : ENTREZ, et pénétra dans un living-room transformé en bureau de réception. Il y avait là deux tables devant des tableaux d'affichage. Les murs étaient couverts de photographies de gens posant avec des animaux, d'articles découpés dans des journaux et de jolies lettres dans lesquelles les enfants des écoles parlaient du plaisir que leur avait procuré leur visite.

Pour tuer le temps en attendant que quelqu'un se montre, Amelia parcourut la pièce en regardant toutes les photographies et en lisant tous les articles, avec l'impression de chercher le « vrai sujet » que Dan avait en tête en l'expédiant dans cet endroit. Les problèmes économiques des États de l'intérieur ? Le commerce des animaux exotiques ? Comment ces animaux étaient-ils arrivés jusqu'ici, d'ailleurs ? Étaient-ils bien traités ? Y en avait-il, parmi eux, appartenant à des espèces menacées de disparition et dont la possession était illégale ? Peut-être, au lieu de chercher du côté des villes fantômes, aurait-elle mieux fait de se documenter sur le trafic international des espèces protégées...

Amelia, depuis quelque temps, se disait de plus en plus fréquemment, avec un serrement de cœur, qu'elle n'était pas faite pour ce métier de journaliste. À vrai dire, elle ne trouvait pas agréable de soupçonner les gens, et ne se sentait pas l'âme fureteuse. Curieuse, oui, mais d'une curiosité courtoise et scientifique, et non fureteuse comme une commère-née. Ou encore, pensait-elle souvent avec une ironie désabusée, les journalistes. Plutôt que de les soupçonner systématiquement, elle préférait de beaucoup accorder à ses interlocuteurs le bénéfice du doute. Elle s'était peu à peu tournée vers des sujets « magazine » parce que l'enquête, le journalisme d'investigation n'était pas dans ses capacités ; elle avait toujours de la peine pour les proches de ceux dont on étalait la vie dans les colonnes des journaux. « Eh bien, songea-t-elle, me voici en train de chercher sans même savoir ce que je cherche ! »

Elle avait perdu le fil de ce qu'elle était en train de lire, et en essayant de le retrouver elle s'aperçut qu'il n'y était pas du tout question d'animaux sauvages. « Quoi ? » dit-elle à haute voix, troublée par ce qu'elle voyait. Elle avait fait le tour de la pièce et se trouvait maintenant derrière l'un des bureaux, face aux articles punaisés sur le tableau d'affichage.

Le mot « meurtre » figurait dans les titres.

Les articles provenaient de journaux locaux. Il y était question d'une affaire vieille de presque dix-sept ans. L'assassinat d'une jeune fille, Brenda Rogers. Âgée de dix-sept ans. Élève de dernière année au lycée de Spale. Prix d'excellence. Major de sa promotion. Élue reine de la fête de son école. Désignée par ses camarades comme celle qui avait le plus de chances de réussir. Lauréate d'une bourse d'études de l'université du Kansas, à Lawrence. Fille aînée d'un couple de cultivateurs. Une jolie blonde, souriante, qui semblait prendre plaisir à être photographiée.

Un crime affreux. Une terrible perte. Face à cette révélation, Amelia se sentit triste pour la jeune fille, pour ses parents, pour la ville où, lisait-on : « il ne s'était jamais rien passé d'aussi épouvantable ».

L'assassin s'appelait Thomas Rogers.

— Le même nom, murmura Amelia, clouée sur place par ce qu'elle était en train de lire. Et âgé lui aussi de dix-sept ans. Son frère ? « Mon Dieu, son mari ? » Pas seulement ça, mais le père de... Son enfant ?

Pour Amelia, ces faits ne correspondaient pas à l'idée qu'elle se faisait d'une petite ville du Midwest dans les années quatre-vingt. Mais qu'y avait-il là de si invraisemblable, en vérité ? Une grossesse prématurée ? Ou le fait que le garçon l'ait épousée ? Non. Mais une aussi jeune mère allant de succès en succès, et une bourse pour quatre années d'études allouée à une gamine de dix-sept ans déjà chargée d'un bébé... Tout cela supposait une jeune femme d'un caractère exceptionnel, un milieu scolaire ouvert et généreux, une population capable d'indulgence, une commission d'attribution des bourses pleine de confiance, et, plus sûrement encore, une famille aimante et présente aux côtés de son enfant — une merveilleuse famille. Elle sauta sans la lire la notice nécrologique qui mentionnait les noms des survivants.

« Mon Dieu, songea-t-elle tristement, quel coup affreux pour tous ces gens. »

Et le garçon ? L'époux-assassin ?

En dernière année lui aussi. Et lui aussi un excellent élève. Vedette de l'équipe de football et de l'équipe de base-ball. Presque aussi brillant qu'elle et ayant accompli, en plus, l'exploit de l'épouser. Mais aussi celui, abominable, de l'assassiner. Poursuivant sa lecture, Amelia apprit qu'on avait découvert le corps de la jeune femme dans une ancienne galerie creusée sous la ville où on l'avait jetée après l'avoir étranglée. Elle lut les aveux de Thomas, et le jugement qui l'avait, en tant qu'adulte, condamné à la réclusion dans un pénitencier fédéral, loin de la ville accablée par le destin tragique de ces deux jeunes gens.

Il avait avoué le crime, mais n'avait jamais dit pourquoi il l'avait commis.

Elle se rappela que Spale faisait partie des villes dont le nom était cerclé de rouge sur sa carte, ce qui signifiait qu'elle s'était vidée de ses habitants depuis l'époque du crime et qu'elle était désormais une ville fantôme.

Puis, en lisant une autre coupure de presse, elle se rendit compte, à regret, que c'était là le sujet qu'elle était venue chercher, et sur lequel elle allait devoir enquêter. Le dernier article, et le plus récent, lui apprit que Thomas Rogers, ayant purgé sa peine pour le meurtre de son épouse Brenda, allait enfin sortir de prison. Dans la semaine. Et qu'il avait l'intention de revenir vivre à Spale car, disait-il : « Il n'y reste plus personne pour me haïr. »

Amelia comprit ce qu'il lui restait à faire : appeler Dan Hale à New York, obtenir son accord. Il lui dirait de retrouver l'assassin libéré, seul dans sa ville fantôme, et de l'interviewer. *Alors, dis-moi, Tom, quel effet ça peut faire de revenir sur les lieux du crime ? Est-ce que tu l'aimais ? Pourquoi l'as-tu tuée ? Nos millions d'abonnés veulent savoir !* Amelia était malade et épouvantée à l'idée de ce qu'elle allait devoir faire. Rechercher les membres de la famille de la jeune fille encore vivants, ses camarades d'école, ses professeurs, leur faire revivre un moment atroce de leur passé.

« Je ne veux pas faire ça », pensa Amelia, mais son esprit pratique répondit aussitôt : « Tu préfères le chômage ? » Non, elle ne préférait pas le chômage. Elle le ferait, donc. Ce ne serait peut-être pas si dur, peut-être avait-elle tort de s'en faire une montagne. Il se pouvait, même, que Dan ait une autre idée ? Cette pensée la requinqua et elle sourit.

La porte s'ouvrit, laissant entrer une bouffée de vent et un homme de haute taille.

— Vous trouvez toujours les meurtres amusants ?

— Comment ? Non, je...

— Vous êtes à mon bureau, là...

— Je lisais tous vos...

— Oui. Vous voulez une chambre ?

Elle fut tentée de répondre : « pas question », et de sortir. Mais, soucieuse — l'habitude — de lui laisser le bénéfice du doute, elle se dit que n'importe qui, en la voyant, aurait été agacé. Elle adoucit sa voix et dit :

— Excusez-moi. J'ai regardé toutes vos photos et tous vos articles, et j'ai fini par me retrouver ici. Au moment où vous êtes entré, je pensais à tout autre chose. Et non au meurtre de cette pauvre enfant. Et, oui, je m'appelle Amelia Blaney et vous devez avoir une réservation pour moi.

Il la fixa un instant, lui laissant le temps de voir qu'il était fort séduisant. Proche de la trentaine, sans doute. Des traits hâlés, de magnifiques yeux noirs et d'épais cheveux bruns retombant en boucles autour du col de sa chemise. Les épaules larges d'un homme qui a retourné plus d'une balle de foin. Il portait un jean maculé de terre sur des bottes de cow-boy et une veste de laine écossaise rouge et blanche par-dessus sa chemise en toile de jean. Amelia fit prestement le tour du bureau et s'écarta d'un pas.

— C'est moi qui suis désolé, dit-il en secouant la tête. Ne vous excusez pas. Jim Kopecki. Bienvenue dans notre zoo. C'est moi qui mène le troupeau, ici.

Ils sourirent tous les deux, et soudain l'atmosphère se détendit dans le living-room-bureau.

— Docteur Kopecki ? interrogea-t-elle.

— Oui. Les gens du coin m'appellent Dr. Doolittle, dans mon dos.

— Ça ne m'étonne pas. Comment avez-vous échoué au Royaume des Animaux ?

— J'ai toujours vécu ici, dit-il, d'un ton léger. J'ai hérité de cette ferme. Et des animaux aussi, d'une certaine façon. Au départ, il n'y avait que quelques lamas légués par un propriétaire des environs. Personne n'en voulait, ils ne présentaient aucun intérêt commercial à l'époque.

Il y avait de l'ironie dans sa voix. Amelia, décontenancée, sentait que ce n'était pas seulement son histoire, mais l'homme lui-même qui l'intéressait.

— Ensuite, est arrivé un couple d'autruches abandonnées en provenance d'une ménagerie ambulante. Puis des gens m'ont amené de petites biches orphelines, et ainsi de suite. Un jour, j'ai lu dans le journal un article sur une girafe maltraitée par ses propriétaires, et je suis allé la chercher. (Le jeune vétérinaire sourit.) Si vous m'aviez vu, sur l'autoroute avec ma remorque à huit roues et la tête de la girafe dépassant du trou qu'on avait découpé dans le toit...

Amelia éclata de rire. Cette histoire l'enchantait et l'amour des bêtes qui, visiblement, animait Jim Kopecki, lui faisait chaud au cœur.

— À partir de là, conclut-il, les choses se sont enchaînées d'elles-mêmes. (Avec une grimace comique, il se mit à rire avec elle.) Je me suis dit que beaucoup d'animaux sauvages naissaient dans ce pays et qu'il fallait bien que quelqu'un s'occupe d'eux. Quand j'étais petit, je rêvais d'avoir un kangourou rien qu'à moi. On ne se méfie jamais trop de ses rêves d'enfants.

— Je vous envie, dit Amelia. Moi, je voulais un éléphant !

Il secoua la tête, avec un regret sincère.

— Désolé, je n'en ai pas encore. Vous m'envieriez peut-être moins si vous me voyiez aider une vache arni à mettre bas, en pleine nuit et quand il gèle à pierre fendre.

« Si, je t'envierais encore », songea Amelia.

Il pencha la tête de côté pour la regarder, et elle vit clairement la lueur d'intérêt qui brillait dans ses yeux noirs.

— Et vous, que faites-vous ?

— Je suis journaliste, répondit-elle, avec la vague impression de tromper son monde. Je travaille pour l'*American Times*...

Elle devait se dire par la suite qu'elle n'avait jamais vu un visage se fermer aussi brusquement. L'expression chaleureuse, la bonne humeur s'évanouirent d'un coup. Amelia vit, très brièvement, la surprise se peindre sur ses traits, puis la déception. Et il redevint le personnage glacial qui avait poussé la porte un instant plus tôt et l'avait surprise en train de sourire devant ses histoires de meurtre.

Baissant les yeux sur son bureau, il dit d'un ton sec.

— Préférez-vous la chambre de la Girafe, la suite du Zèbre, la double de l'Élan, la simple du Kangourou... ?

Stupéfaite devant ce brusque changement d'attitude, elle parvint à répondre :

— Une chambre simple fera l'affaire.

En fait, elle avait envie de demander : Qu'ai-je donc dit ? Que s'est-il passé ? Quel est le problème ?

Elle ouvrit la bouche pour poser cette question, mais elle avait à peine articulé le mot « Que... » qu'il l'interrompit sans ménagement :

— Le petit déjeuner et une visite guidée du zoo sont compris dans le prix.

Il poussa un formulaire vers elle et, quand elle l'eut rempli, le mit de côté sans y jeter un regard, avant de prendre une clé dans un coffret posé sur le bureau.

— Je vais me charger de vos bagages.

— Ne vous donnez pas cette peine...

— Je ne fais que mon travail.

Elle le suivit tant bien que mal tandis que, sans ajouter un mot, il emportait ses bagages dans une chambre. Quand il ouvrit la porte et la fit entrer, Amelia poussa une exclamation de surprise et de ravissement. Les murs étaient peints de girafes plus vraies que nature, le grand lit surmonté d'un baldaquin de chaume et recouvert d'un ravissant couvre-lit imprimé de dessins de girafes, la moquette imitait une prairie et il y avait toutes sortes d'objets artisanaux qui semblaient provenir directement d'Afrique. C'était la vision charmante, un peu fantasque, d'un bungalow pour safari.

— Magnifique !

— C'est ma nièce qui a décoré les chambres. Appelez si vous avez besoin de quoi que ce soit, dit-il d'un ton impersonnel.

Et il sortit en tirant la porte derrière lui d'une main ferme.

Vexée et furieuse, Amelia changea de tenue : jean, chemisier, chaussettes et chaussures montantes, et une casquette. Elle se hâta de ressortir pour aller voir quelques animaux avant la tombée de la nuit. En se dirigeant vers le pré des girafes elle aperçut Kopecki, debout à côté d'un vieux camion blanc à la carrosserie cabossée. Elle eut la certitude qu'il l'avait vue lui aussi, mais il sauta littéralement dans le véhicule pour démarrer en trombe et s'éloigner comme s'il avait le diable à ses trousses.

Qu'y avait-il, se demanda-t-elle, dans ce mot de «journaliste» pour lui faire aussi peur ? Les gens, en général, ne se sauvaient pas ainsi, à moins d'avoir quelque chose à cacher. Elle poursuivit son chemin à pas lents, la déception au cœur.

En voyant les girafes, elle retrouva très vite sa bonne humeur. Elle s'appuya à la clôture métallique pour les observer.

— Excusez-moi. C'est vous qui venez d'arriver ? Ms Blaney ?

Amelia se retourna en fronçant les sourcils et vit une adolescente campée à côté de la clôture, les mains dans les poches de son pantalon. La plus grande des girafes vint vers elle de sa démarche traînante, et quelques-unes des plus petites dressèrent l'oreille au son de sa voix. Amelia répondit : « Oui » en effaçant les rides de son front, et la jeune fille parut soulagée. Elle tendit la main.

— Bonjour. Je suis Sandy Rogers. Mon oncle Jim m'a demandé de vous accompagner pour la visite.

Amelia fit un effort sur elle-même pour ne pas laisser voir sa réaction en entendant ce nom. *Rogers ? La jeune femme assassinée et le garçon qui l'avait tuée ne s'appelaient-ils pas ainsi ?*

— Vous préférez voir les kangourous tout de suite, ou commencer par les girafes ?

Elle avait environ seize ans, pensa Amelia. Fraîche, jolie, avec un petit corps vigoureux qui paraissait à l'aise dans la chemise de flanelle rouge, le jean noir moulant et les bottes de cow-boy. Elle avait tordu ses cheveux châtains en une grosse tresse d'où s'échappaient joliment quelques mèches folles. Par chance, car Amelia ne trouvait pas ses mots pour répondre, la grande girafe avait fini par les rejoindre. S'arrêtant derrière Sandy Rogers, elle plia son long cou et abaissa la tête pour amener sa figure à la hauteur de celle de la jeune fille, presque joue contre joue. Elle avait un regard très doux derrière ses grands cils.

— Salut, Malcolm, dit affectueusement Sandy, sans élever la voix. (Comme elle lui soufflait dans les narines, la girafe secoua un peu la tête, leva et reposa son large sabot.) C'est un amour, expliqua-t-elle, mais il a horreur qu'on le touche — pas vrai, Mal ? Toutes les girafes sont comme ça, mais elles sont adorables, et curieuses comme tout ! (Elle plongea son regard dans les grands yeux noirs et tendres tout proches des siens.) N'est-ce pas, mon vieux ?

Amelia les regardait — l'immense animal et la petite jeune fille — avec un désir presque douloureux de tendre les bras et de les serrer contre son cœur. Elle parvint à dire :

— Je crois que Malcolm souhaite que nous commencions ici. Mr. Kopecki est votre oncle ?

— Oui. D'accord, Malcolm, on va lui parler de toi et de tes dames. Corrige-moi si je me trompe — tu veux bien, mon grand ?

Deux autres girafes, plus petites, s'étaient approchées pendant ce temps. Sandy se pencha pour prendre une bassine en plastique posée à ses pieds. Amelia vit qu'elle contenait des pommes et des carottes coupées en morceaux. Sans attendre qu'on l'y invite, elle tendit la main pour prendre un morceau de carotte et l'offrit à Malcolm. Une langue grise d'une longueur surprenante sortit de sa bouche pour s'enrouler autour du morceau de carotte et le soulever en douceur.

— Croyez-le si vous pouvez, mais les girafes n'ont que sept vertèbres cervicales, exactement comme nous. Par contre, leur pression sanguine est deux fois plus élevée que la nôtre...

Pendant que la jeune fille parlait, énonçant des faits qu'Amelia connaissait déjà — des faits qu'elle avait l'impression de connaître depuis toujours —, Amelia continua à nourrir les girafes jusqu'au dernier morceau de carotte.

— Vous voulez voir les kangourous, maintenant ? proposa Sandy.

— Oh, oui ! (Tandis qu'elles se dirigeaient vers le vaste enclos des kangourous, elle demanda à la jeune fille :) Comment votre oncle est-il devenu un spécialiste des animaux sauvages ?

Elle ne connaissait pas d'école vétérinaire qui offrît ce type de formation.

— Oh, il a appris au fur et à mesure. Il appelle ça l'école de médecine vétérinaire merde-alors-qu'est-ce-qu'on-fait-maintenant.

Elle partit d'un petit rire et Amelia se surprit à rire elle aussi. C'était de sa part un rire de connivence, car elle savait que si certaines espèces domestiques et certaines espèces sauvages se ressemblent, l'intérieur d'un zèbre n'est pas celui d'un cheval, et un gnou n'a pas grand-chose de commun avec une vache. Et des animaux aussi particuliers que les girafes et les kangourous ont des besoins qu'un jeune vétérinaire habitué à soigner les chiens et les chats ne peut pas connaître.

Comme elles pénétraient dans l'enclos des kangourous, Sandy lui dit :

— Les kangourous vivent en groupes qu'on appelle des hordes. Un mâle adulte est un *boomer*.

Amelia sourit pour elle-même au souvenir d'une plaisanterie qu'on se répétait à l'école vétérinaire : *Si un kangourou mâle et adulte est un boomer, un jeune kangourou mâle est donc un baby-boomer*[1] ?

Un jeune kangourou s'approcha par petits bonds et posa sa patte griffue et délicate dans la main d'Amelia pour chiper les morceaux de pommes qu'elle y cachait. En caressant la fourrure si douce du dos, elle se dit que ce qu'elle ressentait à cet instant ressemblait à du bonheur.

Quand elle revint à sa chambre, une lune scintillante se levait. Amelia entendit un âne brailler dans l'écurie, puis un élan lui répondit par un bramement qui rappelait à s'y méprendre le barrissement d'un éléphant.

Elle alluma toutes les lumières de la chambre et se sentit bien pendant un instant. Elle savait qu'il lui faudrait prendre sa voiture pour aller dîner, dans un coin de campagne sans éclairage public. Mais les phares étaient là pour ça, se dit-elle, pour lui ouvrir la voie en toute sécurité, une fois la nuit tombée.

---

1. Jeu de mots entre *boomer* (homme à femmes) et *baby-boom* (*N.d.T.*).

Comme les chambres n'avaient pas le téléphone elle sortit pour chercher un téléphone payant et en trouva un dans le bureau, qui n'était pas fermé. Elle constata avec soulagement que Jim Kopecki était parti, et qu'elle avait le bureau pour elle toute seule.

Elle commença par étudier les noms des « survivants » de l'affaire Brenda Rogers. Brenda avait laissé un père et une mère, Alfred et Betty Kopecki, un frère de douze ans, James, et une petite fille au berceau, Sandra Gay. Cette fois, Amelia éprouva un véritable choc. Elle s'attendait un peu à ce que Sandy soit parente avec la victime, tout comme son oncle — mais des parents éloignés. En fait, ils n'auraient pas pu être plus proches : Sandy était sa fille, et Jim Kopecki son frère.

Amelia aurait bien voulu reconnaître à ce dernier le mérite d'avoir procuré un foyer à sa nièce, mais pouvait-on vraiment parler de foyer auprès d'un oncle aussi méchant ?

Elle se dirigea vers le téléphone pour faire ce qu'il lui restait à faire.

Elle se sentait naïve, et nerveuse, en appelant son patron d'aussi loin. Elle toussa trois fois et s'éclaircit la voix. Il décrocha, aboya « Hale ! » et elle débita d'une traite toute son histoire — le meurtre, l'assassin qui allait sortir de prison et retourner dans la ville fantôme. Elle se dit par la suite que Dan Hale avait fait montre de son habituelle vivacité d'esprit en ne lui demandant pas de parler plus lentement ou de répéter.

— Vas-y, dit-il.

Ce fut tout, et il raccrocha. Pas le moindre conseil. Pas la moindre mise en garde. Rien. « Vas-

y. » Si seulement elle en avait eu envie ! Il avait raccroché si vite qu'il ne l'avait même pas entendue dire : « Merci, Dan. »

Mais le Dr Jim Kopecki l'avait entendue, lui, en entrant dans la pièce à cet instant précis. Il lui adressa un bref hochement de tête, avec cette expression haineuse qui, aux yeux d'Amelia, rendait laid cet homme qu'elle avait vu si beau. Puis il traversa la pièce pour rejoindre son bureau, sans un mot.

Amelia en fut atterrée, au point d'oublier sa courtoisie habituelle.

— Vous ne trouvez pas que c'est cruel, demanda-t-elle, de laisser ici tous ces articles de journaux qui rappellent sans cesse à votre nièce ce que son père a fait à sa mère ?

Il leva les yeux, les traits déformés par la fureur. Et dit, d'une voix aussi glaciale que le vent qui soufflait sur la ferme de ses grands-parents :

— Je me demandais quand vous vous décideriez à poser la première question. Voici la réponse : dormez dans notre lit, mangez à notre table, caressez nos animaux, réglez votre note, et laissez-nous tranquilles, ma nièce et moi.

Abasourdie, elle ne put que le regarder fixement.

— Compris ? dit-il.

En guise de réponse, elle tourna les talons et sortit avec toute la dignité dont elle était capable en ces circonstances. En vérité, elle tremblait. Ce type était fou, à n'en pas douter. Un dément, avec une ferme peuplée de bêtes sauvages et une jeune fille entièrement dépendante de lui. Et tous ces articles punaisés au mur ?

Ils parlaient de vengeance pour Amelia. Il étaient

comme un rappel constant de ce qui s'était passé : souviens-toi, souviens-toi. Qu'avait-il l'intention de faire, cet homme imprévisible et vindicatif, maintenant que l'assassin de sa sœur s'apprêtait à sortir de prison pour rentrer « chez lui » ? Et quelles en seraient les conséquences pour cette jeune fille si délicieuse ?

Elle retourna dans sa chambre, mit le verrou à sa porte, et ne ferma pratiquement pas l'œil de la nuit, attendant les premières lueurs du jour.

Voyant que c'était Sandy, et non son oncle, ce fou dangereux, qui le préparait, Amelia se dit qu'elle pouvait prendre son petit déjeuner sur place en toute sécurité. Quelques minutes plus tard, elle se félicitait de sa décision. Tout ce qu'on lui proposa était fait maison : œufs brouillés, saucisses, gâteaux secs, beurre, miel et confiture, petits pains à la cannelle, céréales, café et jus de fruits. Les autres clients de l'auberge n'étaient pas là, et elle prit son petit déjeuner seule en regardant les chameaux et les zèbres qui venaient se restaurer à leurs mangeoires.

— C'était exquis, dit-elle, reconnaissante, à Sandy, en rapportant son couvert à la cuisine. Merci beaucoup.

— À votre service. Vous avez bien dormi ?

— Magnifiquement, mentit Amelia.

Si cette jeune fille se montrait si amicale, pensa-t-elle, c'était sans doute parce que son fou d'oncle ne l'avait pas encore mise en garde contre elle.

— Vous faites tout ce travail et vos études par-dessus le marché ?

— Oui, mais seulement parce que j'adore ça.

« Et parce que ton oncle t'y oblige, pensa Amelia. Comment t'amener à me dire la vérité sur ce qui se passe ici, et sur ce qu'ont été pour toi toutes ces années ? » Elle n'eut pas l'occasion d'essayer, car déjà la jeune fille retirait son tablier et ramassait son cartable.

— À plus tard ! lança-t-elle, gaiement.

Trop gaiement, se dit Amelia, pour une gamine qui allait voir dans les prochains jours un père qu'elle ne connaissait pas sortir de prison et revenir à la ville — distante de quelques kilomètres à peine — où il avait fait d'elle une orpheline.

Amelia en avait le cœur serré pour elle.

Et soudain, elle se sentit poussée par le désir dont elle avait besoin pour mener à bien sa tâche de journaliste : peut-être en révélant le sort fait à cette malheureuse enfant l'aiderait-elle à se libérer de la domination malsaine que son oncle exerçait sur elle ?

Pendant la nuit, le temps avait changé. C'était l'été indien.

Amelia rangea sa veste, mit une chemisette de soie blanche et un pantalon gris en tissu léger, des chaussettes en soie grises et des mocassins noirs. Elle aurait plus volontiers opté, comme Sandy, pour un short, un t-shirt, des sandales et une casquette de base-ball.

Dans sa voiture de location, Amelia brancha la climatisation et reprit le chemin de Wichita où elle passa le reste de la matinée à la bibliothèque. Elle y apprit que plusieurs années de crise économique avaient vidé la ville de Spale de ses habitants. Et elle comprit, en lisant entre les lignes, que l'incompréhensible assassinat de la plus brillante de ses jeunes filles par le plus brillant de ses garçons avait frappé la ville en plein cœur et que c'était, peut-être, de ce dernier coup qu'elle ne s'était jamais relevée. « Et pourtant, quel endroit fascinant avait dû être Spale, songea-t-elle, avec son étonnant système de galeries et de boutiques souterraines... »

Profitant de ce qu'elle était sur l'ordinateur, elle consulta les lois régissant la possession d'animaux exotiques. Elle constata qu'il n'y avait rien de répréhensible concernant la ferme de Jim Kopecki, mais elle n'aurait su dire si elle en était soulagée ou désappointée. Elle se décida pour le soulagement. « Mais uniquement dans l'intérêt des animaux », se dit-elle.

Elle préféra éviter le journal local, obéissant à un instinct de compétition qu'elle ne se connaissait pas jusque-là. Ces journalistes auraient peut-être pu l'aider, mais ils risquaient aussi de s'intéresser au sujet au point de vouloir le garder pour eux.

Elle appela, toutefois, le pénitencier où Thomas Rogers était incarcéré pour savoir quand, exactement, il serait de retour à Spale.

— Il devrait déjà y être, lui répondit-on laconiquement.

Elle tenta de prolonger la conversation en demandant :

— Quelle sorte de détenu était-il ?

— Modèle, répondit le responsable de la prison.

Et le chapelet de louanges qui suivit semblait décrire le brillant étudiant qu'il avait été plutôt que le meurtrier qu'il était devenu : Conduite irréprochable. Libération anticipée après remise de peine. Trois diplômes d'études supérieures obtenus pendant sa détention. Organisateur d'un programme d'études pour les détenus. Cours de lecture, de mathématiques et d'écriture aux détenus. Animation d'un groupe de prière et de méditation. Pas d'autre question ?

Amelia répondit que non, mais elle avait envie de demander : et la médaille d'honneur du scoutisme, vous ne l'oubliez pas ?

Elle se sentait aussi cynique qu'un vieux journaliste revenu de tout lorsqu'elle reprit sa voiture pour se rendre à Spale. Elle conduisit vite, poussée par une vertueuse colère à l'égard de l'homme qu'elle se proposait d'interviewer.

— On verra bien si tu oses me servir ce baratin sur la Rédemption ! fulminait-elle, à haute voix, comme si Thomas Rogers s'était trouvé devant elle. J'ai rencontré la fille que tu as trahie de façon si abominable !

Amelia n'avait pas imaginé le nombre de journalistes qui verraient dans ces retrouvailles entre un assassin et sa ville fantôme un sujet particulièrement accrocheur. En arrivant à Spale, elle trouva, pour employer l'un de ces clichés qu'on lui avait appris à éviter, un véritable « cirque médiatique ».

Mais une seule personne manquait à l'appel au milieu de cette armada de cars de reportage et de voitures de location : Tom Rogers, l'ex-détenu lui-même.

— Il est arrivé, dit un reporter de *Newsweek* à Amelia, en s'appuyant sur sa voiture. On en est sûrs, puisqu'on l'a vu entrer là-dedans. (Il montrait du doigt un magasin délabré dans ce qui avait été la rue principale.) Mais il a sans doute filé par-derrière. Peut-être qu'une voiture l'y attendait, je ne sais pas... On y est allés voir, et il n'y a plus personne. On va tout remballer et rentrer chez nous. Il finira bien par réapparaître quelque part. Mais qui s'intéressera encore à cette histoire ? Ça ne vaudra plus une ligne. Des assassins, il y en a plein les rues, de nos jours. Tandis qu'un assassin qui vit en solitaire dans sa ville fantôme, ça, on aurait pu en faire quelque chose, bon sang ! Tu ne connaîtrais pas un endroit correct où déjeuner, dans le coin ?

Elle ne lui parla pas de l'Auberge Serengheti.

Et elle ne lui dit pas non plus où se trouvait probablement Thomas Rogers, bien qu'elle en fût à peu près certaine : dans les anciennes galeries abandonnées sous la ville. Là où il avait jeté le corps de sa jeune femme. Et où il disposait d'une cachette idéale pour le reste de son existence, si tel était son souhait.

Quant à elle, il n'était pas question qu'elle descende sous terre, dans le noir, à la recherche d'un homme qui avait déjà tué au moins une femme.

Pas question.

— Non, dit-elle à son patron, qu'elle appela dès son retour à l'Auberge. Je regrette, Dan, mais je ne ferai pas ça. Ce serait stupide et dangereux d'aller là-bas toute seule.

Elle fut étonnée de s'entendre parler avec un tel calme, comme si elle avait été soulagée à l'idée de se faire renvoyer. Elle pourrait enfin s'avouer, et avouer au reste du monde, qu'elle n'était pas née pour être journaliste. Elle n'avait pas la moindre idée du métier qu'elle trouverait quand elle n'aurait plus ni travail ni salaire, mais elle savait désormais que ce ne serait pas celui-là.

— Mais enfin, comment peux-tu croire que je t'enverrais faire quelque chose d'aussi idiot ? demanda Dan Hale, à son grand étonnement. Je réserve ça aux correspondants de guerre. Bon Dieu, Spale n'est pas la Bosnie ! Cette histoire me plaît bien, tout de même. Alors, voilà ce que j'ai décidé...

Il allait envoyer, par avion, un reporter plus expérimenté, annonça-t-il à Amelia, et elle le retrouverait dès dix heures le lendemain matin, à Spale.

Bien qu'elle souhaitât ardemment aider la fille de Thomas Rogers, Amelia se prit à regretter que Dan Hale ne l'ait pas renvoyée. Elle ne pouvait se réjouir que d'une chose, c'était que le Dr Jim Kopecki ne soit pas entré dans le bureau au beau milieu de cette conversation. En fait, elle ne les avait pas vus de la journée, ni lui ni sa nièce.

Elle ne pouvait rien faire de plus ce jour-là, aussi occupa-t-elle ce qu'il lui restait de temps à taper ses notes et ses observations, puis à se promener autour de l'auberge en conversant avec les animaux et en préparant, dans sa tête, les questions qu'elle poserait à l'assassin.

Vendredi 19 septembre

Cette nuit-là, Amelia s'éveilla en sursaut et s'approcha de la fenêtre, attirée par un bruit de moteur. La pendule de la table de chevet indiquait une heure trente.

Les phares d'un camion blanc éclairaient la

scène : le vétérinaire et sa nièce, en bordure d'un champ, tirant quelque chose de lourd et de sombre posé sur le plateau du camion, le faisant tomber dans un trou, puis jetant des pelletées — de terre ? — par-dessus.

— Oh, mon Dieu ! murmura Amelia. Que faites-vous ?

Qu'étaient-ils en train d'ensevelir ? Fallait-il appeler la police ? Mais comment ? Du bureau de Kopecki où elle risquait d'être surprise ? Et si elle courait jusqu'à sa voiture, il l'entendrait...

Amelia se dit, épouvantée, qu'elle ne trouverait jamais Thomas Rogers dans les souterrains. Dans ce cas, elle préviendrait la police locale, pour qu'on inspecte le trou — la tombe ? — fraîchement creusé en bordure du champ...

Et ensuite, qu'adviendrait-il de la jeune fille ?

— Oh, mon Dieu, répéta-t-elle — mais cette fois, c'était une prière.

Pour la deuxième nuit consécutive, elle ne dormit pratiquement pas. Et le jour, en se levant, la trouva épuisée et terrifiée par les délires de sa propre imagination. Ces heures de solitude dans la chambre assiégée par l'obscurité mettaient son cœur et ses nerfs à rude épreuve.

— Je ne peux pas faire ça, dit-elle à son image dans le miroir.

L'image n'essaya pas de discuter.

Quand elle sortit après le petit déjeuner, en s'efforçant de prendre un air détaché, elle vit la terre qui recouvrait ce qui semblait bien être une fosse creusée depuis peu. Elle revint en courant à sa chambre, attrapa ses bagages tout préparés et courut à sa voiture. « New York payerait la note, pensa-t-elle. Je veux m'en aller d'ici, c'est tout. » Son esprit lui disait qu'elle ne remettrait plus jamais les pieds à l'Auberge Serengheti, mais son cœur se serra lorsqu'elle vit les zèbres s'éloigner et disparaître dans le rétroviseur.

Il était encore tôt quand elle arriva à Spale.

Elle se gara aux abords de la ville pour attendre le renfort envoyé par New York. Elle n'éprouvait plus la même terreur à l'idée de descendre dans les souterrains, car elle ne s'attendait plus à y trouver quelqu'un de vivant

En voyant la voiture de location se garer derrière la sienne et le conducteur en sortir, Amelia éprouva un véritable choc.

C'était Dan Hale en personne.

Comme elle sortait à son tour de sa voiture et se précipitait vers lui pour le saluer, il l'accueillit avec son habituel sourire en coin.

— Surprise, Amelia ? Vous ne devriez pas. Auriez-vous oublié d'où je suis originaire ?

— Du Kansas, mais...

— De Spale, Kansas.

Le ton de sa voix disait qu'elle aurait dû le savoir, et Amelia se sentit aussitôt humiliée. Furieuse contre lui, aussi : comment voulait-il qu'elle sache quelque chose qu'on ne lui avait jamais dit ? Elle se rappelait qu'il était du Kansas, et c'était tout. Elle eut envie de se rebiffer et de lui retourner son mépris d'un « *Et alors ?* » tout aussi sarcastique.

— Je ne le savais pas, se contenta-t-elle de répondre. Mais, tout de même, pourquoi...

— Parce que je les connaissais. Brenda et Tom. Nous étions de bons amis.

Elle ouvrit de grands yeux.

— Oh, Dan ! Bon sang, je suis...

— Désolée ? Il le sera aussi, quand nous en aurons terminé avec lui. Il regrettera de ne pas être resté en prison.

— Mais, Dan, Thomas Rogers risque fort de ne pas être là, dit-elle, contente, un peu méchamment, de le surprendre à son tour. Il se pourrait qu'il ne soit plus vivant.

Et de raconter à son patron ce qu'elle avait vu de la fenêtre de sa chambre.

Hale eut l'air décontenancé, et contrarié.

— C'est impossible, dit-il.

Amelia ne voyait pas pourquoi. La chose lui semblait affreusement possible, probable, même.

— Restez ici, ordonna-t-il. Je vais descendre dans les souterrains et voir si je le trouve.

Il laissa Amelia à l'entrée de Spale, transpirant au vent chaud qui soufflait sur la prairie, chassant la poussière d'un côté à l'autre de la ville pour la ramener ensuite, inlassablement. Elle attendit plus d'une demi-heure, en toussant de temps à autre, et en pensant : « *Ma foi, il y a au moins quelque chose de bon dans le fait que Dan soit ici. Il sait comment entrer dans les souterrains, et en ressortir.* » Mais, au bout de trois quarts d'heure, elle commença à s'inquiéter pour lui, et à redouter le moment où elle serait obligée de partir à sa recherche.

Elle attendit encore, épuisée, accablée de chaleur, en proie à une terreur grandissante.

« Et si quelque chose s'était écroulé sur lui ? pensa-t-elle. S'il était blessé ? »

Puis elle le vit sortir d'un magasin en ruine — différent de celui par lequel il était entré — et se diriger vers elle. Pour une fois, Dan Hale souriait franchement.

— C'est bon, il est là-dessous, lui dit-il.

— Il y est ?

— Allez l'interviewer, Amelia. Il vous attend. Et n'ayez pas peur. Il est totalement inoffensif. Vraiment, ne vous inquiétez pas. Vous n'avez rien à craindre de Thomas Rogers.

Comme elle hésitait, il la saisit par le coude pour la pousser en avant.

— Ne vous inquiétez pas ! Je resterai derrière vous.

— Mais, c'est tout noir...

— Non. Il a réparé un vieux générateur d'électricité. Il y a de la lumière.

Amelia pensa que si Dan lui disait une fois de plus : « Ne vous inquiétez pas », elle allait le frapper. À contrecœur, elle se laissa faire tandis qu'il la conduisait jusqu'à l'une des vieilles bâtisses, la faisait descendre par une trappe dans le plancher et le long d'une échelle en bois jusqu'à une pièce froide, sous la terre. Il avait dit vrai, c'était éclairé, mais très faiblement.

Amelia se détendit un peu.

Elle pouvait faire face à n'importe quoi, pensa-t-elle, du moment qu'il y avait de la lumière.

— Dan ? appela-t-elle, à voix basse. Comment avez-vous quitté Spale ?

Il était derrière elle. Il répondit d'une voix normale, comme s'il ne se souciait pas d'être entendu par Thomas Rogers :

— J'ai récupéré la bourse de Brenda. On ne pouvait guère la donner à Tom. (Elle sentit sur sa nuque le souffle tiède de son petit rire.) Je suis parti sans regarder en arrière.

Ils parvinrent devant une porte ouverte à côté de laquelle se trouvait un écriteau : COIFFEUR.

— Allez-y, dit-il, d'un ton pressant. Tom est assis dans le troisième fauteuil. Il va tout vous raconter. (Il lui mit un objet brûlant entre les mains : un revolver noir et luisant.) Tenez. Si ça peut vous rassurer...

Amelia s'avança dans la boutique du coiffeur.

Elle reconnut aussitôt, pour avoir vu sa photographie dans le journal local, l'homme qui se trouvait dans le fauteuil : Thomas Rogers. Mort.

Bouleversée par la tragédie de toutes ces existences, elle s'était retournée et avait aussi reconnu le visage de l'homme qui se tenait sur le seuil : Dan Hale. Il tira pour le rompre sur le cordon de l'interrupteur puis rabattit brutalement la barre qui verrouillait la porte, la laissant seule avec le cadavre dans une obscurité totale. Avant que la lumière ne s'éteigne, elle avait vu que Tom Rogers avait été atteint de plusieurs balles. Et tandis qu'elle hurlait, hurlait, hurlait, hurlait, le revolver brûlant glissa de ses mains et tomba par terre.

Il lui semblait que l'obscurité s'était refermée sur elle à jamais.

Elle comprit qu'avant de mourir elle allait devenir folle.

Comme un disque rayé, l'esprit d'Amelia répétait obstinément ces deux pensées et elle mit une éter-

nité à en formuler une troisième : Dan était entré
par une boutique et ressorti par une autre.

Deux issues. Peut-être plus.

Dans ce cauchemar sans fin, Amelia trouva les
murs suintants d'humidité et fit, à tâtons, le tour de
la chambre funéraire. Il n'y avait pas d'autre porte,
aucun moyen de s'échapper. Tâtonnant toujours,
elle rencontra un autre fauteuil et s'y laissa choir.
Là, elle attendrait sa fin. Interminablement. Puis
elle pensa au revolver : si elle parvenait à le retrouver, alors elle pourrait se tuer sur-le-champ, et en
finir avec sa souffrance. Elle se mit à chercher, par
terre, frénétiquement, jusqu'à ce que ses doigts tou-
chent le métal.

Elle enfonça le canon de l'arme dans son oreille
droite. Puis elle changea d'idée.

Lentement, dans le noir, elle abaissa le revolver
et le posa doucement, amoureusement, sur ses
genoux.

S'il y avait la moindre chance qu'on la retrouve
ici, elle se devait de rester en vie pour innocenter
le père de Sandy, afin que sa fille trouve enfin la
paix en apprenant que son père n'avait pas tué sa
mère. Il semblait évident à Amelia que Dan les avait
assassinés tous les deux. La première pour s'emparer de la bourse qui servirait de tremplin à son
ambition. Le deuxième pour l'empêcher de parler.
Mais elle ne comprenait pas pourquoi Tom Rogers
n'avait jamais révélé la vérité, si c'était là la vérité.

Elle se mit à pleurer, et à se maudire.

À quoi bon rester en vie, si elle n'avait plus sa
raison quand on la retrouverait — à supposer qu'on
la retrouve ? Elle se remit à crier :

— Pitié, quelqu'un, répondez !

Un bruit la fit sursauter.

Un rat ? Un fantôme ?

Elle cria de plus belle.

Un autre cri lui répondit. Puis il y eut un choc sourd, et le petit frère de Brenda Rogers apparut dans l'encadrement de la porte, une puissante torche électrique à la main. Il braqua le faisceau sur le visage d'Amelia, et dit : « Dieu merci ! » Puis il éclaira le visage du mort, et le petit frère... le jeune beau-frère... le vétérinaire... s'approcha d'Amelia, se laissa tomber à ses genoux, y enfouit sa tête, et fondit en larmes.

— Dan Hale avait tué ma sœur pour avoir sa bourse.

Amelia, Jim et Sandy étaient assis les uns contre les autres sur des balles de foin dans un coin de l'écurie tandis que deux jeunes lamas à robe noire flairaient le sol à leurs pieds. Tout en parlant à Amelia, Jim avait passé son bras autour des épaules de sa nièce qui l'écoutait aussi, pâle et triste.

— Ensuite, il a menacé d'en faire autant avec Sandy. Il a dit à Tom que s'il ne s'accusait pas du meurtre de Brenda, il tuerait leur bébé. Tom était terrorisé, il ne voyait pas d'autre issue. Il a accepté.

— Comment as-tu découvert la vérité ?

— Tom m'a écrit de sa prison pour me demander de veiller sur Sandy. Il m'a aussi expliqué ce qui s'était passé en me disant que nous ne pouvions le révéler à personne, pas même à mes parents. Ils ont élevé Sandy et, à leur mort, je lui ai proposé de venir vivre ici avec moi. Dan pouvait décider de la tuer à tout moment, et il était devenu quelqu'un de très puissant.

— Tu l'as cru ?

— Oh, oui ! Je les connaissais bien tous les deux. Je savais de quoi ils étaient capables. Je n'avais jamais aimé Dan Hale, je m'étais toujours méfié de lui, et j'aimais Tom. (Il se tut une seconde, avant d'ajouter avec un sourire teinté d'amertume :) Les petits frères savent ces choses-là. La mort de Brenda a été pour nous tous quelque chose d'épouvantable, et nous ne parvenions pas à comprendre pourquoi Tom avait fait ça. Mais il n'a jamais voulu en démordre. Si tu savais ce que cela a été pour ses parents... (Jim Kopecki se tut à nouveau, secoua la tête.) Quand il m'a enfin dit la vérité, je n'en ai pas douté une seconde.

— Et tu as gardé tous ces articles...

— Pour qu'elle ne l'oublie pas. J'ai tout dit à Sandy, quand elle a été en âge de le supporter. Je voulais qu'elle puisse aimer son père.

Amelia tendit la main pour prendre celle de la jeune fille.

Par-dessus la tête penchée de Sandy, les deux adultes échangèrent un regard.

— J'étais si heureuse à l'idée de le voir, dit Sandy, d'une toute petite voix. On lui avait préparé une chambre ici, pour qu'il s'y installe. Il serait resté quelque temps à Spale, en attendant que la curiosité provoquée par sa sortie de prison retombe, et nous l'aurions amené discrètement ici, en le faisant passer pour un nouvel employé, afin qu'il puisse vivre avec nous.

— Cela n'aurait peut-être pas marché, reconnut Jim.

— À cause de Dan Hale ? demanda Amelia, et il répondit par un hochement de tête.

Elle s'abstint de le dire, mais elle croyait comprendre ce que signifiait la remarque de Jim : même avec le soutien et l'affection de sa fille et de son frère, Tom Rogers, s'il n'était pas mort, n'aurait jamais pu vivre heureux. Préférant garder cette réflexion pour elle, elle dit :

— Je comprends que tu m'aies détestée.

— Pas toi. Dan Hale.

— Il s'est servi de moi comme d'un appât.

— Oui.

— Si on m'avait retrouvée morte, on aurait dit que Tom Rogers m'avait prise au piège dans les souterrains, qu'il s'était sans doute jeté sur moi et que je l'avais abattu pour me défendre avant de me tuer moi-même après m'être aperçue que je ne pouvais plus sortir.

Jim parut horrifié à cette idée.

— Amelia, tu aurais... ?

— Je n'en sais rien. Peut-être. Pas toi, à ma place ?

Il réfléchit un moment, soupira, et dit :

— Oui.

Plus tard, quand ils furent seuls tous les deux, elle dit à Jim qu'elle avait désespérément voulu être vétérinaire. Et elle lui raconta comment, malgré ses résultats brillants, elle avait dû y renoncer parce qu'un professeur qui haïssait les femmes l'avait accusée après l'incendie d'une écurie.

— Trois veaux étaient morts. Le professeur avait

fumé dans cette écurie, mais il a dit que c'était moi, et que valait ma parole contre la sienne ?

— Mais maintenant, tu adores ton métier de journaliste.

— Je le déteste !

Il se mit à rire, surpris.

Elle murmura :

— Je peux te confier un secret ? Je suis une journaliste lamentable. J'ai toujours peur de faire de la peine aux gens.

D'un même élan, il la prit dans ses bras et elle se serra contre lui, et cette étreinte se transforma en un baiser qui s'éternisa et fut suivi de beaucoup d'autres.

Beaucoup plus tard, Amelia soupira :

— Je me demande quel métier je vais pouvoir faire, maintenant ?

— Tu vas rester ici, bien sûr.

Elle le regarda en retenant sa respiration.

— Le lit et le couvert, dit-il en souriant, plein d'espoir. Et un modeste salaire, et plus de foin à retourner que tu n'en as jamais rêvé. Ça te plairait, Amelia ?

Elle lut entre les lignes, le regardant au fond des yeux, et répondit :

— Ça me plairait.

— À moi aussi, dit le Dr Jim Kopecki à sa nouvelle employée et future épouse.

Traduit par Pierre Girard

Un si long voyage

ELEANOR TAYLOR BLAND

L E jour se levait, tandis que Katey McDivott remontait l'allée de gravier bordée d'arbres menant à son cottage. Elle marchait sans s'appuyer sur sa canne, heureuse de pouvoir s'en passer pour la première fois depuis plus d'une semaine. Aller se promener juste avant le lever du soleil l'aidait à fortifier sa jambe droite. Lorsqu'elle pourrait à nouveau rester longtemps assise sans bouger, elle retournerait observer les oiseaux en compagnie de ses amis. Pour le moment, il lui fallait se contenter de ces petites balades et de son jardinet, avec sa barrière blanche, ses mangeoires à oiseaux suspendues aux branches et ses fleurs sauvages tant prisées par les papillons.

Katey se dirigea vers l'arrière du pavillon, d'où, par-delà un promontoire couvert de broussailles, elle pouvait contempler l'Atlantique, ce jour-là gris-bleu et recouvert de moutons blancs. Le parfum des rosiers jaunes et roses ornant la véranda lui parvenait par bouffées. Déjà des écureuils s'efforçaient de piller le contenu des mangeoires pour les oiseaux montées sur des piquets, mais le rebord de métal les empêchait d'y accéder. Bientôt, au chant

177

des oiseaux se mêlerait l'entêtant bourdonnement des abeilles. Elle s'assit sur les marches de la véranda, essoufflée d'avoir par deux fois traversé les bois, pour aller à la plage et en revenir. Ses jumelles pesaient autour de son cou, et elle en défit la courroie.

Peut-être aurait-elle dû prendre sa retraite plus tôt, avant la série de petites attaques qui l'avait contrainte à partir. Même alors, elle l'avait fait de mauvaise grâce. Le personnel et les professeurs multilingues étaient difficiles à remplacer. Et effectivement, l'école n'avait encore trouvé personne pour reprendre son poste. Quant à elle, rien ne lui paraissait en mesure de combler le vide laissé. Les enfants lui manqueraient toujours.

Un frottement de pattes la fit sursauter : un écureuil dévalait un tronc d'arbre tout proche. Il s'arrêta, la queue frétillante, à quelques pas d'elle. Elle les avait nourris pendant l'hiver et aurait continué à le faire si le climat n'était devenu si doux et la nourriture si abondante. Ne la voyant pas s'avancer vers la porte grillagée, l'écureuil agita deux fois la queue, et déguerpit. Le beurre de cacahuètes lui manquait, rien de plus.

Lorsque Katey se leva pour rentrer, sa jambe était ankylosée et, bien qu'elle fût restée seulement un court moment sans bouger, elle avait à nouveau besoin de sa canne.

Le café qu'elle avait préparé un peu plus tôt était encore chaud, même si elle l'appréciait moins quand il était prêt depuis plus d'une heure. Elle fouilla dans le tiroir du bas à la recherche de ses médicaments. Puis elle se rappela qu'elle avait fait renouveler la veille ses ordonnances et tira de son sac à main les deux flacons de comprimés. Elle s'installa devant la fenêtre et se délecta du spectacle des queues et des ailes battantes, accompagné du joyeux pépiement des oiseaux piquant droit sur les mangeoires.

Katey n'aurait su dire combien de temps avait passé lorsqu'elle remarqua que sa bouche était sèche et sa main gauche engourdie. « Comme lorsque j'ai eu mon attaque », songea-t-elle. Mais cette fois-ci, c'était différent. Quand elle tenta de se lever pour se diriger vers le téléphone, ses jambes refusèrent de la porter, et elle s'effondra sur le sol.

Le soleil se levait au moment où Tori Roberts pénétra dans Boston au volant de sa voiture. Lat Nhu, une amie plus âgée, l'accompagnait, compagne de route à la fois réticente et curieuse. Lat était une contradiction vivante.

S'aventurant à contrecœur dans un univers inconnu, elle rentrait les épaules et serrait fortement les mains sur ses genoux. En même temps, elle se penchait en avant, luttant contre la ceinture de sécurité, au point de toucher presque le pare-brise avec son front tant elle était impatiente de voir à quoi ressemblait la ville. Deux cages, posées sur le siège arrière, contenaient les oiseaux de Lat, deux pinsons et deux canaris. Lorsque les premiers rayons du soleil inondèrent les vitres, leurs pépiements indistincts se modulèrent en un chant timide. Lat salua le matin par des paroles en vietnamien.

— Une belle journée, en effet, approuva Tori.

Tori avait loué une petite remorque pour y transporter tout ce qu'elle ne souhaitait pas laisser au garde-meubles. La remorque cahotait derrière le véhicule. Elles venaient simplement passer l'été dans la ville. Et ensuite, où iraient-elles ? Tori l'ignorait. Elle venait de perdre son poste de professeur d'études asiatiques et afro-américaines dans la petite université du Connecticut où elle avait obtenu sa licence et sa maîtrise. Ici, elle avait quelques amis et espérait que Lat se sentirait chez elle parmi la communauté vietnamienne de Boston qui ne cessait de s'accroître. Elles seraient hébergées par la mère de Thanh. Thanh. Elle ne l'avait pas vu depuis huit ans. Ils avaient été amants. Tori sourit à ce souvenir.

La maisonnée était sens dessus dessous lorsqu'elles arrivèrent. L'ordre du petit appartement — au sol jonché de nattes enroulées, de coffres pleins d'affaires — était troublé par des bébés marchant à quatre pattes, par des gamins à peine plus âgés se chamaillant, et par des enfants en âge d'aller à l'école qui gloussaient et se disputaient. Leurs mères, grands-mères et tantes — un groupe d'au moins une douzaine de femmes — étaient rassemblées dans la cuisine, et parlaient vite, en vietnamien, insensibles au vacarme des enfants. Thanh n'était visible nulle part.

Lat se tenait sur le palier du deuxième étage, une cage dans chaque main. Tori se dirigea vers les femmes, se sentant en famille. Leurs visages étaient aussi larges que le sien, leurs pommettes aussi hautes, leur chevelure aussi noire et raide. Seule différait la couleur de leur peau : celle de Tori était d'une nuance beaucoup plus foncée. Née de mère afro-américaine et de père vietnamien, elle avait appris le français et le vietnamien et saisissait par conséquent le sens de leurs paroles. Une petite fille avait disparu. À quel point l'enfant serait-elle capable de s'éloigner de son univers familier ? South Boston était une langue de terre sur l'Atlantique entourée d'eau sur trois côtés. La gamine devait probablement être non pas perdue, mais égarée quelque part dans la communauté vietnamienne. Au-dessus du tumulte, un bébé se mit à pleurer, ce qui fit taire les femmes et les enfants. L'une des femmes quitta le groupe, prit le tout-petit dans ses bras et le calma. Les autres serrèrent également leurs enfants contre elles, comme pour conjurer l'absence de l'enfant introuvable.

— Tori !

La mère de Thanh, Mme Diem, l'avait aperçue et s'avançait vers elle, les bras grands ouverts. Elle était si petite que Tori pouvait, en la serrant contre elle, voir la raie séparant ses cheveux.

— C'est la fille de Thanh qui a disparu, dit-elle. Ma petite Ngoc Thuy.

Était-ce Thanh qui avait choisi ce prénom ? « Ngoc Thuy, songea Tori. *Vertus précieuses.* »

Les femmes recommencèrent à parler toutes en même temps. Tori comprit, en démêlant leurs propos, que l'enfant avait disparu depuis la veille ; que chacune des femmes l'avait crue chez une autre ; qu'elles ne savaient absolument pas, à présent, où pouvait bien se trouver la fillette et que Thanh et les autres hommes étaient partis à sa recherche. On n'avait pas alerté la police. On ne le ferait manifestement qu'en tout dernier ressort, à en croire la tempête de protestations que la suggestion de Tori provoqua.

— Elle est tellement secrète, cette enfant, dit l'une des femmes. Elle a dû s'égarer en suivant des voix qu'elle est seule à entendre, sans se soucier de regarder autour d'elle.

— Quel âge a-t-elle ? demanda Tori, espérant que Thanh ne lui avait pas menti autrefois en lui cachant l'existence d'un enfant — et d'une épouse, vu qu'il était du genre à faire les choses dans les règles.

— Elle a eu sept ans en mai.

— Et sa mère, elle est où ?

Tori s'étonna de sa propre réticence à faire la connaissance de celle que Thanh avait dû épouser. Entre eux, cela n'avait été qu'une passade. Alors, pourquoi pareille réaction ?

— Elle est partie, celle-là, dit Mme Diem. La femme de Thanh est morte.

L'irritation que trahissait sa voix ainsi que le geste de la main accompagnant ses propos poussèrent Tori à se demander si c'était vrai ou s'il s'agissait simplement du souhait exprimé par une belle-mère mécontente du mariage de son fils. Peut-être l'union — Tori supposait qu'il y en avait eu une — n'avait-elle pas été arrangée par les parents.

— Depuis combien de temps a-t-elle disparu ? demanda Tori.

— Presque un jour entier.

— Depuis ce matin ?

— Hier soir.

— Avant ou après le dîner ?

À supposer que l'enfant soit dans les parages, elle pourrait tenir plus longtemps avec l'estomac plein.

— Après.

— Lui est-il déjà arrivé de dormir ailleurs ?

— Elle dort souvent chez l'une ou l'autre d'entre nous.

C'est une jeune femme qui avait répondu, l'une des trois à ne pas porter d'enfant dans ses bras.

— Oui. Oui.

Les deux autres s'empressèrent d'approuver.

Il était possible, après tout, que la mère de l'enfant fût effectivement morte. Auquel cas, à supposer que Thanh soit toujours le romantique que Tori avait connu, il y avait peut-être d'autres femmes qui rivalisaient pour le conquérir, que ces trois-là ne connaissaient pas.

— Qui surveille la boutique ? demanda Tori.

Thanh était commerçant le jour et professeur d'arts martiaux le soir. On farfouilla pour retrouver les clés, les trois femmes célibataires se disputèrent pour garder la boutique et se ruèrent bruyamment vers la sortie, sans être parvenues à un accord. Quel que soit l'état du mariage de Thanh, certaines le considéraient encore comme un bon parti.

Lat entra dans la cuisine et posa les cages à oiseaux sur le sol. Tori lui fit signe de s'approcher et écarta de la table l'une des chaises afin qu'elle puisse s'asseoir.

— Lat, je te présente Mme Diem, dit-elle. Madame Diem, voici Lat Nhu.

Les deux femmes se jaugèrent d'un coup d'œil, et échangèrent immédiatement un sourire.

— C'est quoi, cette histoire d'enfant qui a disparu ?

La mère de Thanh expliqua ce que Tori avait déjà conclu des bribes de conversation saisies au vol. La fillette, Ngoc Thuy, était souvent perdue dans un monde à elle, bien que couvée par des femmes qui s'intéressaient beaucoup plus à son père qu'à elle.

— À l'école, les cours se sont arrêtés à cause des vacances d'été. Il y a une institutrice qui ne reviendra pas à la rentrée. Ngoc Thuy l'adore. Elle est triste parce qu'elle ne la reverra plus. Elle refuse de sortir s'amuser, et ne veut plus jouer ni avec ses poupées ni avec ses petits chevaux. Elle dit qu'elle ne veut plus jamais retourner à l'école. Cela m'a fait plaisir de voir qu'elle ne dormait pas sur sa natte hier soir. Voilà deux semaines que l'école est fermée. Il ne semble pas normal qu'une enfant si jeune reste si longtemps triste.

Thanh entra pendant qu'elles parlaient.

— Tori, tu es venue !

Il avait mûri depuis leur dernière rencontre. Et l'inquiétude assombrissait ses traits.

— Ngoc Thuy n'est toujours pas de retour ?

Le silence des femmes répondit à sa question.

Il resta un moment planté là, et croisa les bras, ce qui fit saillir ses muscles. Les yeux baissés, il se mordillait les lèvres.

— On a cherché dans tous les coins possibles et imaginables. Elle n'est jamais allée plus loin que son école.

Il s'avança jusqu'à l'endroit où Tori était assise.

— Tu es venue, répéta-t-il.

— Seulement pour l'été, dit-elle, flairant au passage le parfum citronné de l'après-rasage de Thanh.

Huit ans, ça ne paraissait plus si vieux que ça.

— Peut-être puis-je me rendre utile.

— Peut-être.

Il prit une chaise et s'installa à côté d'elle. Lat et Mme Diem échangèrent un hochement de tête. Lat avait des mines de conspiratrice, et la mère de Thanh paraissait prête à jouer les entremetteuses.

Thanh serra si fort ses mains l'une contre l'autre que le sang se retira des jointures. Puis il relâcha la pression.

— Voilà longtemps que tu es à la recherche de ta famille, Tori. Ça a commencé avant notre rencontre. Tu dois savoir, à ce sujet, des choses que j'ignore. Même si la disparition de Ngoc Thuy semble d'une tout autre nature.

— Tu ne veux pas appeler la police ?

— Je suis allé les voir.

D'une main, il repoussa une mèche rebelle de ses cheveux éclaircis çà et là par des fils argentés. Il n'avait pourtant que trente ans — deux ans de plus que Tori — et, pour le reste, il ne faisait pas son âge.

— Ils ont son signalement. Ils vont la chercher. Rien ne nous dit qu'elle n'est pas partie très tôt ce matin. Ils ont accepté d'envoyer des hommes à l'école pour voir si elle s'y trouvait, et je les ai accompagnés. Eux aussi pensent qu'elle n'a pas pu aller bien loin.

— Elle n'est pas dans le grenier, dit sa mère. Et pas non plus dans la petite pièce sous l'escalier, ni avec les femmes qui rient.

— Elle a l'air d'aimer l'école, dit Tori. Est-ce qu'elle a des amis qui n'habitent pas par ici ?

— Non.

— Peut-être devrions-nous jeter un coup d'œil sur ses affaires.

L'idée choqua Thanh qui répugnait à s'associer

à ce qui lui semblait une grave indiscrétion. Sa mère, en revanche, approuva la suggestion.

— Il est possible que l'on trouve quelque chose, ajouta Tori. Quelque chose qui puisse nous indiquer où elle est allée.

Elle se garda de préciser que l'absence d'un objet particulièrement chéri par l'enfant pourrait indiquer une fugue.

Lorsque le soleil fut haut dans le ciel, Ngoc Thuy avait déjà pris trois bus. En descendant du troisième, elle marcha dans la direction que lui avait désignée le chauffeur, cherchant des yeux l'arrêt de celui qu'il lui fallait prendre à présent. Elle avait dû patienter jusqu'au matin, pour le troisième bus, car une femme qui attendait en même temps qu'elle lui avait demandé ce qu'elle faisait toute seule à une heure pareille. Craignant que la femme ne la signale à la police, Ngoc Thuy était allée jusqu'à un parc proche où elle s'était cachée jusqu'au matin. À présent, il lui fallait trouver le bus pour Sudbury. Ngoc Thuy tira à nouveau de sa poche la feuille de papier pliée. Elle avait barré « Sadury » et noté « Sudbury » à la place, parce que c'était le mot écrit sur la pancarte. Mais le nom ne lui paraissait pas correspondre à l'endroit décrit par Mlle McDivott. Sadury non plus, d'ailleurs, mais c'était quelque chose dans ce goût-là que Mlle Divott avait écrit sur le tableau noir. Ngoc Thuy avait attendu la récréation pour le recopier. Elle était sûre que ça devait être ça.

Tout en marchant, Ngoc Thuy aspirait profondément. Mlle McDivott vivait près de l'océan. Lorsqu'elle sentirait l'odeur de la mer, ça voudrait dire qu'elle était dans la bonne direction, même si Mlle McDivott habitait loin. Elle ne sentait pas encore l'océan, mais ça ne tarderait pas. Elle entra dans une épicerie et s'acheta deux biscuits au chocolat pour le petit déjeuner. Elle avait si faim que son estomac se mit à gargouiller lorsqu'elle fixa la crème blanche entre les deux épaisseurs de biscuit. Bien que sa grand-mère ne l'autorisât pas à en manger si tôt dans la journée, elle en demandait toujours aux femmes qui rient lorsqu'elle allait dormir chez l'une ou l'autre d'entre elles. Car elles ne lui refusaient rien, pas même de l'argent. Sans doute s'imaginaient-elles qu'elle le dépensait alors qu'elle le mettait de côté.

Ngoc Thuy se tint à l'écart des gens, dans le magasin, et ne s'adressa qu'à l'homme au tablier de peau qui, comme son père, vendait des choses à manger. Elle lui remit son argent. Il le prit avec un sourire et elle lui demanda :

— Vous pourriez me dire, s'il vous plaît, où je dois prendre le bus pour Sudbury ?

Comme il ne comprenait pas, elle lui montra le morceau de papier. Il l'accompagna dehors et lui indiqua le chemin.

Elle avait chaud tandis qu'elle attendait à l'arrêt l'arrivée du bus. Elle n'avait pas emporté de vêtements de rechange parce qu'elle ne pensait pas que le trajet serait si long. À présent, sa robe était tâchée par l'herbe sur laquelle elle s'était assise et par le soda à l'orange qu'elle avait renversé. Mais peut-être Mlle McDivott serait-elle si heureuse d'avoir une visite qu'elle ne s'en rendrait même pas compte. Ngoc Thuy avait remarqué que les adultes qui parlaient à voix basse de Mlle Divott se taisaient dès qu'un enfant approchait. Elle avait compris que son institutrice s'était retirée pour mourir, exactement comme sa mère. Elle ne voulait pas qu'une personne aussi gentille que Mlle McDivott meure toute seule. Elle ne voulait pas que Mlle McDivott s'imagine qu'elle l'oublierait jamais. Elle voulait apporter à Mlle McDivott un des bonbons qu'elle avait mis de côté pour sa mère et la voir sourire en défaisant le papier. Elle voulait encore l'écouter parler de sa voix caressante comme le vent. Elle n'avait pas pensé que ça lui prendrait tant de temps, cependant, pour parvenir à Sudbury. Elle avait cru pouvoir y arriver le matin, avant que les autres ne s'aperçoivent de son absence, et les appeler pour leur dire où elle était.

Le bus arriva. Ngoc Thuy s'assura qu'il allait bien à Sudbury. Elle déplia une nouvelle fois la feuille, s'enquit du tarif du trajet et compta la monnaie. Peut-être n'était-ce plus très loin. Une fois arrivée, il lui suffirait de se diriger vers l'océan et de longer la plage jusqu'à ce qu'elle aperçoive la maison aux roses jaunes et roses. Et s'ils s'étaient trompés ? Peut-être Mlle McDivott, bien qu'elle ne puisse revenir à l'école, n'était-elle pas en train de mourir ? Peut-être se promènerait-elle parmi les fleurs et contemplerait-elle l'océan pour toujours, ou du moins pour très longtemps.

Tout d'abord, Katey parvint à bouger son bras et sa jambe gauches. Mais, tandis qu'elle traversait la pièce pour atteindre le téléphone, ses forces l'abandonnèrent. À présent, elle avait la bouche sèche, la langue enflée et sa gorge paraissait se resserrer. Ses oreilles sifflaient et bourdonnaient. Elle ignorait quelle heure il était, mais elle avait l'impression d'avoir dormi. Elle entendit des bruits qui lui parurent indiquer le passage du facteur, la seule personne susceptible de venir lui rendre visite ce jour-là, mais elle fut incapable d'articuler le moindre son. Que lui arrivait-il donc ? Ça ne ressemblait en rien à ses attaques précédentes.

La fenêtre était ouverte. Il devait faire chaud car les oiseaux se taisaient. Elle essaya de concentrer son attention sur d'autres sons que ceux qui lui remplissaient la tête. Elle tenta de s'imaginer qu'elle se trouvait dans un paisible boqueteau, en train d'observer l'oiseau le plus délicat, le plus richement coloré qu'elle eût jamais vu. Personne n'appellerait. Personne ne passerait. Elle n'avait pas de famille et, jusqu'à sa retraite, cet endroit n'avait été pour elle qu'une résidence secondaire, où elle passait presque tous ses week-ends. Et si le courrier s'entassait... Peut-être le facteur se dirait-il alors que quelque chose n'allait pas ? Sinon, à moins que ça ne passe, elle mourrait là. Sa gorge se resserrait de plus en plus. Déglutir la faisait souffrir. D'un moment à l'autre, l'air ne passerait plus. Soudain, elle se mit à paniquer. Non. Bien qu'elle ne puisse ni parler ni bouger, elle ne céderait pas à la peur ou au découragement. En tendant bien l'oreille, peut-être parviendrait-elle à distinguer le mugissement de l'océan ou le chant d'un oiseau. Katey ferma les yeux.

La chambre de Ngoc Thuy, à peine plus grande qu'un cagibi, ne contenait qu'une natte posée à même le sol. Dans des boîtes à chaussures ouvertes étaient rangés une collection de minuscules poupées aux chevelures rousses, brunes et blondes, et des chevaux en plastique ornés, pour certains d'entre eux, de crinières et de queues. Tori s'agenouilla à côté d'un coffre en acajou. Le dessus était décoré d'une scène de forêt, avec des oiseaux, des faons et des lapins gravés dans le bois. À l'intérieur se trouvaient les vêtements de Ngoc Thuy et, tout au fond, ses devoirs d'école et un paquet de bonbons.

Tori sortit les feuilles.

— Tous ses habits sont là ?

Depuis le seuil, Thanh la foudroya du regard.

— Elle n'a pas fugué.

— C'est une petite fille. Sa mère est morte il y a un an et demi. Et voilà que son institutrice est elle aussi sortie de sa vie.

C'est cet argument qui avait décidé Thanh à la laisser passer en revue les affaires de Ngoc Thuy, mais les soupçons de la jeune femme lui déplaisaient.

— Elle a laissé les bonbons qu'elle avait mis de côté pour sa mère, dit-il.

Tori caressa du bout des doigts le paquet jaune, mais elle ne le ramassa pas. Il était là, l'objet symbolique, que Ngoc Thuy n'aurait pas laissé derrière elle si elle n'avait pas eu l'intention de revenir.

Tori avait pensé pouvoir se rendre utile car elle avait acquis savoir et expérience au cours de la douzaine d'étés passés à rechercher sa propre famille. Elle-même, lorsqu'elle n'était encore qu'une petite fille, s'était maintes fois enfuie des foyers d'accueil dans lesquels on l'avait placée. Elle ne s'était jamais enfuie de chez elle. Elle ne se souvenait pas avoir jamais eu un vrai chez-soi. L'image floue d'une mère, et de frères et sœurs, peuplait encore sa mémoire. Peut-être n'avaient-ils jamais existé ? Son cœur lui disait que si, et sa raison que non.

— Lui est-il déjà arrivé de s'absenter plusieurs jours de suite ?

Tout, dans cette chambre, disait que l'enfant qui y vivait avait l'intention d'y revenir. Et Tori savait que cette communauté était si soudée que beaucoup de femmes tenaient, auprès des enfants, le rôle de tantes ou de grands-mères.

— Seulement pour aller dormir chez les femmes qui rient.

— Les femmes qui rient ?

— C'est comme ça qu'elle les appelle Tu sais, elles viennent, font des petits sourires, rient, apportent de la nourriture et...

— ... et flirtent, compléta Tori.

— Et se montrent amicales.

— Y a-t-il d'autres dames qui se montrent amicales et que connaît Ngoc Thuy, mais dont les autres femmes ignorent l'existence ?

Thanh ne daignant pas répondre à la question, Tori s'accroupit sur ses talons et leva les yeux vers lui.

— Eh bien ?

— C'est une question personnelle ou professionnelle ?

— Les deux à la fois, dit Tori après un temps d'hésitation.

Il lui était difficile d'être moins directe.

— Ma femme souffrait d'un cancer. Elle est morte après six mois de maladie. Les deux derniers, elle les a passés à l'hôpital. Je suis resté à son chevet

La nuit s'éveille

autant qu'il était possible. Je n'ai pas depuis été intime avec une femme.

Tori se mit à examiner les devoirs d'école de l'enfant. Les lettres et les chiffres suivaient parfaitement les lignes, puis partaient de travers en se rapprochant du bord de la page, comme si la fillette était impatiente d'en finir. S'agissait-il d'une enfant impulsive qui s'ennuyait facilement ? Ou bien d'une travailleuse pleine de ténacité ? Tori ne posa pas de questions à ce sujet. Elle se contenterait de ses propres impressions, pour le moment. Les boucles et les barres étaient parfaitement formées, même lorsque l'écriture déviait. Une enfant qui savait rester maîtresse d'elle-même, ou du moins qui s'y efforçait même quand elle était pressée, songea Tori.

Lorsqu'elle regarda les dessins au crayon, les couleurs vives l'éblouirent. Ils représentaient tous la même scène : une très petite personne se tenait près d'une porte, d'où elle fixait une très grande personne, couchée dans un grand lit, sous une couverture multicolore. Celle-ci était divisée en carrés et chacun était rempli d'une épaisse couche de crayon. Il y avait vingt-huit dessins. Tori constata que sur les derniers de la pile, la personne couchée devenait de plus en plus petite au point d'être, sur le tout dernier dessin, d'une taille inférieure à celle de l'enfant sur le seuil.

— Ngoc Thuy a-t-elle jamais rendu visite à sa mère à l'hôpital ?

— Jusqu'à ce qu'elle souffre trop et qu'on la mette sous sédatifs. Ngoc Thuy pleurait pour aller la voir, mais ça l'aurait trop bouleversée. Sa mère n'était plus du tout elle-même.

Tori ne pouvait se représenter la douleur d'une

enfant dont la mère, malade, avait été emportée pour ne plus jamais revenir. Ce qu'elle connaissait, en revanche, c'était le vide que laissait une telle perte.

— Et elle avait de l'affection pour cette institutrice ?

— Un jour, au printemps, je suis allé la chercher à l'école. Elle s'est avancée vers moi en sautillant. Elle riait et tenait la main de Mlle McDivott. Elle avait à nouveau l'air d'une petite fille et non d'une petite vieille rongée par le chagrin.

Tori remit les devoirs dans le coffre.

— Je crois qu'elle est partie retrouver son institutrice.

Elle ne tenta pas de lui expliquer le besoin que pouvait éprouver une enfant de tourner la page et, pour cela, de faire de vrais adieux.

Ngoc Thuy cala ses sandales sous son bras et se mit à longer une étroite bande de plage, séparée de l'océan par d'énormes rochers. Le sable était tiède entre ses orteils. Il n'y avait pas d'ombre et la chaleur était intense mais, lorsque les vagues venaient frapper les rochers, l'air se chargeait de fines gouttelettes.

Tout en marchant, Ngoc Thuy observait les maisons. Certaines étaient grandes. D'autres, plus nombreuses, étaient petites. Lorsque les arbres lui bouchaient la vue, elle ne distinguait plus que leurs toits. Elle ne voyait pas de maison avec des mangeoires suspendues aux arbres, des trémies montées sur des piquets, ou des quantités de rosiers. Peut-être existait-il vraiment un endroit du nom de « Sadury », et s'était-elle par conséquent trompée de ville. Lorsqu'elle fut fatiguée de

193

marcher, elle s'assit et resta un moment à contempler les mouettes. Ce n'était peut-être pas la bonne extrémité de la plage. Il n'y avait personne en vue. Peut-être toutes les maisons étaient-elles vides. Elle défit l'emballage d'un caramel et se mit à le suçoter. Puis elle reprit sa marche.

C'est la mangeoire rouge, qu'elle vit en premier. Puis la jaune. De la maison, elle n'apercevait que le toit. Il était orné d'une flèche et d'un coq, sur une pique, exactement comme dans la description de Mlle McDivott. Ngoc Thuy traversa la rue et se fraya un chemin à travers les fourrés. Il y avait tant de mangeoires. Et une petite maison blanche. Lorsqu'elle atteignit une trouée, près de la barrière blanche, elle vit les roses, des centaines de roses jaunes et roses.

Ngoc Thuy courut vers les marches.

— Mademoiselle   McDivott !   Mademoiselle McDivott !

Personne ne répondit. La porte grillagée était poussée, mais pas celle de la maison. Elle grimpa les marches et jeta un coup d'œil à l'intérieur.

— Mademoiselle McDivott !

Elle poussa la porte, s'immobilisa et regarda Mlle McDivott sur le sol. Lorsque ses yeux s'ouvrirent, Ngoc Thuy s'avança sur la pointe des pieds.

— Vous ne dormez pas. Vous êtes toujours là.

Seuls les yeux de Mlle McDivott bougèrent.

Ngoc Thuy s'assit près d'elle.

— Vous êtes malade, n'est-ce pas ? Ma maman aussi était malade, mais quand j'allais la voir, ses yeux étaient fermés. Elle non plus ne pouvait pas parler, mais elle était couchée dans un petit lit, avec un oreiller blanc tout brillant et une couverture en laine. Je n'arrivais pas à la réveiller. Mais vous, vous ne dormez pas.

Elle attendit une réponse de Mlle McDivott, qui ne vint pas. Elle ne bougea pas davantage.

— Si je reste avec vous, vous ne vous endormirez pas ? Je ne veux pas que vous vous en alliez. Je resterai ici, je vous le jure. Regardez, je vous ai apporté des bonbons.

Mlle McDivott ne pouvait pas les manger. Il lui fallait un docteur. Mais quelquefois, lorsque vous alliez voir le docteur, vous ne rentriez plus jamais chez vous.

— Je vais appeler police secours. Ils vont venir, vous mettre dans une ambulance et vous conduire à l'hôpital. Peut-être que vous ne reviendrez pas. Mais si vous revenez, je vous donnerai ces bonbons, j'apprendrai à bien écrire et je vous montrerai mes poneys.

Mlle McDivott cligna des yeux.

— Je veux vraiment que vous voyiez mes poneys. J'en ai des tas. Et ces bonbons, ils sont terribles. Vous vous régalerez, quand ça ira mieux. Alors, vous reviendrez chez vous, d'accord ?

Ngoc Thuy se dirigea vers le téléphone.

Il était cinq heures passées lorsque Tori et Thanh arrivèrent à Sudbury. Tori roulait sur une route étroite et sinueuse et s'arrêta au niveau de la boîte aux lettres ornée d'un rouge-gorge. Une voiture de police était garée sur le bas-côté. Elle ne ferait pas la connaissance de Mlle McDivott aujourd'hui mais, qui sait, peut-être demain... Thanh lui prit le bras tandis qu'ils montaient le sentier menant au cottage. Une petite fille était assise sur les marches.

— Ngoc Thuy !

Thanh se précipita pour la soulever dans ses bras. La fillette s'agrippa à lui et Thanh s'assit, la serra contre lui et la berça doucement en lui murmurant des paroles en français. Tori était restée en bas des marches.

Le visage large de Ngoc Thuy rappelait celui de Thanh, de même que ses cheveux raides. Mais ses traits n'étaient pas asiatiques et ses yeux et ses cheveux étaient châtain clair. Voilà qui expliquait pourquoi Mme Diem ne semblait pas avoir apprécié la mère de l'enfant.

La dernière fois que Tori avait vu Thanh, huit ans plus tôt, la journée était tout aussi chaude, le soleil tout aussi éclatant. Les pigeons se pavanaient le long des quais de South Station. Tori s'apprêtait à prendre un train pour le Connecticut. Thanh, quant à lui, partirait rendre visite à des parents, en France. La mère de Ngoc Thuy était probablement française. *Vertus précieuses*. Lat et Thanh, tout comme la plupart des Vietnamiens, n'accordaient que peu d'importance au sens des prénoms. Mais cette enfant-là semblait véritablement précieuse.

Qu'elle soit partie seule, et de son propre chef, à la recherche de son institutrice, avec pour seul indice le nom d'une ville qui n'existait pas, ne surprenait en rien Tori. Elle se souvenait s'être elle-même décidée à partir pour le Nouveau-Mexique, à l'âge de six ans, avant de changer d'avis au premier coin de rue et de revenir sur ses pas. À sept ans, c'est Seattle qu'elle s'était fixé comme destination, et elle était allée jusqu'au métro. Elle comprenait désormais la nature de la crainte qui l'avait arrêtée : l'appréhension de ce

196

qu'elle trouverait au terme du voyage rendait son état d'ignorance, au fond, plus rassurant. Elle ne pouvait faire confiance ni à elle-même, ni à la famille, ni à la mère qu'elle se cherchait.

Bien qu'elle eût, désormais, tout le temps nécessaire pour essayer de les retrouver, quelque chose l'en empêchait et elle préférait revenir ici, dans une communauté de femmes dans laquelle elle se sentait à l'abri et vers un homme qui, des années plus tôt, lui avait enseigné les arts martiaux parce qu'il trouvait qu'elle manquait de courage. C'était tellement plus facile pour elle de venir ici avec Lat, et de se préserver de cette mère, de cette autre culture dans laquelle elle avait vu le jour.

Tout comme Tori, Ngoc Thuy avait dû se sentir attirée par cette autre culture qui la dévisageait quand elle se regardait dans le miroir. Contrairement à Tori, elle possédait le courage de sa mère. Elle avait été assez forte pour laisser partir Mlle McDivott sans savoir si elle la reverrait jamais. Tori ignorait si elle aurait, un jour, ce courage-là et si, le moment venu, elle serait capable de renoncer à Lat Nhu. Et si elle serait assez forte pour faire davantage qu'une timide incursion dans l'univers inconnu de sa mère et, peut-être, de ses frères et sœurs, si elle en avait. Thanh se trompait : elle ne les avait pas cherchés du tout. Mais si cette enfant le pouvait, alors peut-être que...

Thanh ébouriffa les cheveux de Ngoc Thuy, et le père et la fille éclatèrent de rire. Les yeux de Tori croisèrent ceux de Thanh. Puis elle regarda Ngoc Thuy et sourit.

Traduit par Dorothée Zumstein

Une histoire de famille

BRENDAN DUBOIS

J'AVAIS garé ma voiture volée et demeurais assis à l'avant, regardant les lumières de l'appartement du troisième étage, dans un coin perdu de cette lointaine banlieue de Boston. La soirée avait été longue et mon travail n'était pas encore terminé, il s'en fallait de beaucoup. J'en étais à cinquante pour cent, et je ne serais pas satisfait tant que je n'aurais pas atteint les cent pour cent. En attendant, j'écoutais la radio, j'écoutais le ronron ininterrompu des débats nocturnes sur les relations humaines, les familles, les problèmes. J'écoutais le bruit électronique d'une oreille distraite, tout en me concentrant sur mes propres problèmes, mes problèmes immédiats.

Immédiats, façon de parler. Sous le siège, enveloppé dans le *Boston Herald* du jour, se trouvait un 9 mm Smith & Wesson, entièrement monté avec son silencieux. Ça, c'était un problème, car je ne savais pas très bien ce que je ferais si un flic du coin passait par là et se mettait à m'asticoter. J'avais bien une excuse pour me trouver dans cette rue déserte à une heure du matin, mais j'étais certain que ça n'en serait pas une pour un flic.

Mon autre problème se trouvait au troisième étage de cet immeuble. Le living-room brillamment illuminé, de même que la cuisine, montrait que l'occupant de l'appartement — un certain Adam Cruishank — était toujours éveillé. J'y avais aperçu du mouvement moins d'un quart d'heure plus tôt, et je ne tenais pas à ce qu'il reste éveillé encore très longtemps.

J'ai soupiré en tapotant le volant. Des phares ont surgi au bout de la rue et je me suis aplati sur la banquette, pour me cacher. L'intérieur du véhicule s'est éclairé au moment où la voiture passait, révélant les gobelets de café écrasés, les emballages de plats à emporter et les autres détritus accumulés par le précédent et légitime utilisateur. Peut-être que si j'en avais le temps ce soir, je nettoierais tout ça avant de ramener la voiture à son parking, dans la ville voisine, en signe de remerciement. Question de temps, et de chance.

La chance. Je me suis redressé, j'ai regardé par la portière. Le living-room et la cuisine étaient éteints. On ne voyait plus que cette sinistre lueur bleue qui sort de la télé quand on la laisse allumée. J'ai respiré à fond deux fois de suite, j'ai encore tapoté le volant, et j'ai continué à écouter la radio. Quand le *top* des informations a retenti, il s'était passé à peu près une demi-heure depuis l'extinction des feux là-haut, et c'était suffisant pour moi.

J'ai tendu la main sous le siège, j'ai pris le journal et le pistolet, et je suis sorti de la voiture. Il faisait bon en cette nuit du mois de mai. J'ai traversé la rue d'un pas rapide pour pénétrer dans le hall. Dans la plupart des bons immeubles locatifs, on entre avec une clé. Ce n'était pas un bon immeuble. Donc je suis entré et j'ai pris l'escalier, en louvoyant entre les vieilles boîtes de conserve, les jouets et une bicyclette démantibulée dont on n'avait laissé que le cadre bleu rongé par la rouille.

Au troisième, je me suis penché et j'ai sorti un petit nécessaire à forcer les serrures de la poche de mon manteau. Je savais où j'allais. Adam Cruishank l'ignorait, mais j'étais déjà venu dans son appartement, la veille, pendant qu'il était dehors, occupé à boire avec des copains, afin d'inspecter les lieux. Au tableau d'honneur de la stupidité, entrer en pleine nuit et par effraction dans un appartement sans savoir quel couloir mène au living-room et quel autre abrite un doberman, voilà qui mérite la première place.

La porte s'est ouverte d'un coup. Gagné. Pas de doberman, rien qu'Adam et le bruit de la télé. Je suis entré en refermant la porte derrière moi, et j'ai posé sans bruit le journal sur la table. Le plan était simple. Cuisine et salle de bains à droite. Après la cuisine, le living-room à gauche, et la chambre à droite. Je me suis avancé, je tenais maintenant le pistolet à deux mains. Personne dans la cuisine. Très bien. J'ai bifurqué à gauche. La chambre, avec en tout et pour tout un matelas et son sommier à ressorts posés à même le sol sous un amas de draps et de couvertures. Personne. Pas de danger. Bien.

Direction le living-room, où un film en noir et blanc passait, une histoire de voyage sur la lune. Un canapé, deux fauteuils, tous vides. Pas de danger. J'ai baissé le pistolet.

Bon sang.

Il y a eu un bruit de chasse d'eau et un Adam Cruishank à moitié endormi, jeune et nu, est entré dans le living-room. Il s'est vite réveillé en me voyant et a voulu dire quelque chose, mais je ne lui en ai pas laissé le temps car, profitant de sa nudité, je lui ai balancé un bon coup de pied entre les jambes, là où ça fait le plus mal.

Il s'est écroulé par terre et je me suis placé derrière lui pour le forcer à se redresser et à se mettre à genoux en le tirant par ses longs cheveux bruns — attachés en queue de cheval, c'était très commode. Je lui ai appliqué la gueule du silencieux à la base de la nuque.

— La ferme, Adam, ai-je dit, d'une voix aussi basse et aussi menaçante que possible. Tu sais de quoi il s'agit, n'est-ce pas ?

Il tremblait sur le carrelage.

— C'est à cause de la semaine dernière, d'accord, mec... C'est ça ?

— Très bien.

Sa voix s'est faite plaintive et suppliante :

— Mais c'est pas de ma faute ! C'était Tony qui a eu l'idée !

— Très drôle, ai-je dit, juste avant d'appuyer sur la détente. Je l'ai vu il y a deux heures, et il m'a dit la même chose à propos de toi.

Une semaine auparavant j'étais à Porter, au nord de Boston, dans l'État voisin, assis sur un siège inconfortable du petit commissariat. J'ai de l'estime pour le travail des flics et pour tout ce qu'ils font, mais je ne me suis jamais senti à l'aise dans un commissariat. Les flics avaient fait des efforts pour rendre le hall d'entrée chaleureux et accueillant en mettant sur les murs des photos d'équipes de base-ball et de manifestations charitables au profit des enfants, mais face à moi, derrière une vitre à l'épreuve des balles, l'agent de service en uniforme me regardait. Il savait pourquoi j'étais là, il savait que c'était pour une raison toute simple et qui n'avait rien de menaçant, mais il ne cessait de me regarder, toutes les deux ou trois minutes.

Je comprenais pourquoi. Par une sorte d'intuition primaire, tel un chien de chasse parfaitement dressé à flairer de loin une bête dangereuse, il sentait en moi une menace, quelque chose dont il devait se méfier. Et c'est bien ce que je suis.

La porte qui donne sur l'intérieur du commissariat s'est ouverte d'un coup et une femme policier en est sortie, portant une écritoire à pinces. Elle faisait une dizaine de centimètres de moins que mon mètre quatre-vingt-trois et nous avions les mêmes yeux bleus et les mêmes cheveux blond clair. Les miens sont coupés court, presque ras, et les siens étaient tirés en arrière en un petit chignon. Sur son badge on lisait L. SULLIVAN et je savais que le L était celui de Lynn.

Elle a dit :

— Tu es prêt, Jason ?

J'ai répondu :

— Je suis prêt, en me levant de la chaise en plastique dur.

Je l'ai rejointe devant le guichet de l'agent de service, et elle m'a tendu l'écritoire.

— Lis et signe, a-t-elle dit avec un léger sourire. Si tu n'as pas trop peur.

— C'est trop tôt pour avoir peur.

J'ai regardé le papier. C'était la photocopie d'un formulaire de la police fédérale qui les déchargeait de toute responsabilité au cas où je serais abattu, blessé, handicapé à vie, capturé, brûlé, tabassé ou gravement insulté en participant au programme civil d'accompagnement du ministère de la police. J'ai rapidement parcouru le formulaire, j'ai griffonné ma signature tout en bas, et j'ai regardé la jeune femme. Elle a arraché la feuille de l'écritoire et l'a passée à l'officier de service.

Elle a dit :

— On y va ?

J'ai fait un clin d'œil et j'ai répondu :

— Passe la première, frangine.

Ce qu'elle a fait.

Dehors, j'ai observé, fasciné et sans rien dire, les gestes de ma sœur cadette tandis qu'elle préparait un véhicule de patrouille pour la nuit. Il y avait quatre de ces véhicules garés dans un petit parking coincé entre le mur de brique du commissariat et les maisons de ce quartier résidentiel. Une sacoche noire a atterri dans la malle arrière, où se trouvaient déjà un coffre en bois, un imperméable orange, un extincteur, deux torches électriques, des chaînes, des balises lumineuses et un petit ours en peluche brun. J'ai pris l'ours en peluche.

— La mascotte ?

Elle a eu un sourire mi-ironique, mi-désabusé.

— Non, c'est pour distraire le petit ou la petite pendant qu'on extraie sa maman d'une voiture accidentée, ou qu'on vient chercher son papa pour l'emmener au tribunal. Ça leur permet de penser à autre chose.

Une fois dans la voiture, elle a mis le moteur en

marche, a essayé les phares et le gyrophare bleu fixé sur le toit, et brièvement actionné la sirène.

— Je suppose qu'il vaut mieux l'essayer ici plutôt que s'apercevoir qu'elle ne marche pas au moment où on rattrape un chauffard ivre, ai-je observé.

— Bien vu, a-t-elle répondu en reculant pour sortir du parking. Mais je peux te dire que ça énerve les gens du quartier.

— Je croyais qu'ils étaient ravis d'avoir les flics pour voisins ?

— Tu parles ! Surtout quand on relâche des poivrots sur le coup de trois heures du matin et qu'ils prennent leur pelouse pour des W-C publics.

On est partis dans les rues désertes de Porter, Lynn conduisant avec calme et assurance. La soirée ne faisait que commencer et je lui ai jeté un nouveau coup d'œil. Un pistolet, des menottes et d'autres ustensiles étaient accrochés au gros ceinturon réglementaire qu'elle portait sur son uniforme bleu foncé. Il y avait aussi, à son flanc, une radio portative dont le micro était fixé à l'épaule.

— Ça ne pèse pas trop lourd, tout ça ? ai-je demandé.

— Oh, si ! Il y en a bien pour dix kilos, sans compter le gilet.

— Qu'est-ce que tu trimballes, comme ça ?

Je l'écoutais et je voyais que tout en conduisant elle scrutait dans toutes les directions, observant, évaluant, surveillant.

— Voyons. En plus du pistolet, il y a deux autres chargeurs, deux paires de menottes, les clés, une matraque télescopique, une bombe à poivre et un bâton de rouge à lèvres.

— Vraiment ?

205

L'ombre d'un sourire.

— Non, pas vraiment. Et la radio, aussi. Et quelque chose de nouveau. Tu vois ce bouton rouge, là ?

J'ai regardé l'endroit qu'elle montrait du doigt, sur la radio accrochée à sa hanche.

— Oui.

— C'est pour les appels de détresse. J'appuie deux fois et le standard reçoit un message pré-enregistré, « l'agent X. a besoin d'aide » et, dans les cinq minutes qui suivent, toutes les voitures de patrouille se portent à mon secours. C'est bien.

J'étais encore un peu sous le choc que j'avais ressenti devant cet uniforme et cet attirail de policier, et pas seulement en raison de notre parenté. La dernière fois que j'avais vu Lynn, quelques jours plus tôt, elle buvait une bière à une terrasse de son immeuble en bordure du port, pour fêter mon retour dans le Nord-Est glacial après de nombreuses années passées en Californie. Elle portait ce jour-là un grand T-shirt rose pâle et un short de tennis blanc, et ses cheveux lâchés lui tombaient sur les épaules. Rien à voir avec la femme policier à la tenue impeccable assise à côté de moi.

Et la fois précédente... je ne savais plus très bien comment était habillée alors cette Lynn de douze ans, godiche et maigrelette, tout en coudes et en genoux.

— Nous y voilà, a-t-elle dit en tendant la main vers le tableau de bord pour presser le bouton du gyrophare.

— Qu'est-ce qu'il y a ?

— Tu vois cette Trans-Am noire, là-devant ? Elle vient de franchir la double ligne jaune.

Dans ce quartier de Porter les maisons anciennes divisées en appartements voisinaient avec de petits commerces installés aux angles des rues. La Trans-Am s'est rangée le long du trottoir et Lynn a pris sa radio pour dire, très vite et sans élever la voix :

— Standard, P-Cinq, j'arrête un véhicule, angle Congress Street et Ahern Street.

— Dix-quatre, P-Cinq, a crachoté la radio.

Elle a donné un coup de volant pour s'arrêter sèchement, et j'ai dit :

— Dépassement de la double ligne jaune ?

— Il y a une raison. Je te la dirai après.

Elle est sortie de la voiture et s'est dirigée vers la Trans-Am. Parvenue à la hauteur du coffre arrière, elle a touché la tôle noire et brillante et s'est immobilisée contre la portière du conducteur. J'ai alors remarqué qu'elle avait garé notre voiture à quelques pas du trottoir, de manière à se protéger en déviant légèrement le flot de la circulation. Et aussi qu'elle se tenait à côté de la portière, mais un peu en arrière pour obliger le conducteur à tourner la tête. Du bon travail. Visiblement, elle en connaissait un bout.

Le conducteur a tendu son permis de conduire et sa carte grise et, après une courte discussion, elle lui a rendu ses papiers et est revenue s'asseoir dans la voiture. Elle a pris le micro.

— P-Cinq. Tout va bien.

La Trans-Am repartie, elle a démarré et nous avons repris notre patrouille.

— Alors, ai-je demandé, Pourquoi l'as-tu arrêté ?

Elle a tapoté le volant.

— Parce qu'il était là, et que j'avais besoin de faire quelque chose.

— Quelque chose ?

— Eh oui ! Dans les autres métiers, on peut toujours en prendre à son aise. Faire un petit somme à son bureau ou s'offrir une partie de solitaire sur l'ordinateur de la boîte, et rentrer chez soi à la fin de la journée. Mais ici, dans la rue, ça peut être mortel. Il faut attaquer sans attendre, histoire de lancer la machine.

J'ai hoché la tête.

— Donc un chevauchement de ligne jaune, même si ce n'est qu'une infraction mineure, t'aide à te mettre en train pour ton boulot ?

— C'est ça, grand frère.

Elle a viré sec sur sa gauche pour s'engouffrer dans Monroe Street en accélérant, et j'ai eu envie de plaisanter à propos des limitations de vitesse qui s'appliquent à tout le monde sauf aux flics, puis je me suis ravisé.

Au lieu de ça, j'ai demandé :

— Tu as fait autre chose, à l'instant. C'était quoi ?

— Autre chose ?

— Tu as touché le coffre arrière de la voiture. On aurait dit que tu vérifiais quelque chose. C'est ça ?

— Non. Je *laissais* quelque chose.

— Quoi ?

— Mes empreintes digitales.

— Pardon ?

Sa voix s'est faite soudain lasse et patiente, beaucoup plus vieille que celle de ma sœur cadette.

— Si jamais je me faisais descendre en arrêtant une voiture, et qu'on rattrape le conducteur par la suite, on retrouverait mes empreintes et il ne pourrait pas dire qu'il n'était pas sur les lieux — tu piges ?

Seigneur. Ma petite sœur.

— Je pige.

On a encore arrêté deux voitures et elle a mis une contredanse à une femme pour défaut de feu arrière. «Je l'aurais laissée filer après un simple avertissement, mais elle a voulu faire la maligne», a-t-elle dit, puis on s'est garés derrière une pile de pont, le long du port. Il faisait maintenant nuit noire et une fois les phares éteints on n'a plus vu que les clignotants rouges de la radio. De faibles lueurs rouges et vertes indiquaient la position des bateaux au mouillage dans le port.

— C'est l'heure de calmer nos aimables automobilistes, a-t-elle dit en tournant les boutons du radar fixé sur le tableau de bord.

Deux voyants rouges se sont allumés. Sur celui de gauche on lisait : «00», et sur celui de droite : «70».

— Tu vois ces deux chiffres ? a-t-elle dit. À gauche, c'est la vitesse d'une voiture ou d'un camion au moment où il passe. À droite, la vitesse de déclenchement de l'alarme. Chaque fois qu'un véhicule dépasse le 70, une joyeuse petite sirène se met à couiner.

— Et quelle est la vitesse maximale autorisée ici ?

— Quatre-vingt-dix. La visibilité est bonne ce soir, il n'y a pas beaucoup de circulation et il ne pleut pas. Je vais leur laisser une marge de 10 kilomètres à l'heure pour s'amuser. Au-dessus, ça fera de l'argent pour les caisses de l'État.

— Voilà qui semble raisonnable, ai-je dit.

— Merci, a-t-elle répondu, dans l'obscurité. Alors. Et la Californie ? Elle t'a bien traité, pendant toutes ces années ?

— Très bien, Lynn-Lynn, ai-je répondu en employant le vieux surnom de quand on était gamins. Mais j'ai fini par en avoir assez de ce temps parfait et de tous ces gens qui voulaient être parfaits, et j'ai décidé de rentrer au pays.

— Et tes affaires, là-bas, ça marchait comment ?

J'ai pensé à diverses réponses possibles, et j'ai dit :

— Ça marchait. Mais au bout d'un certain temps... ma foi, tant pis si c'est une expression un peu éculée, mais j'en ai eu ras le bol. J'ai mis assez d'argent de côté et j'ai réussi quelques bons placements, alors je m'offre des vacances.

— C'est pour cette raison, entre autres, que tu reviens dans l'Est ?

— Entre autres.

Une voiture est passée, et sur le voyant du radar les chiffres jaunes ont indiqué 67.

— Et là-bas tu faisais quoi, au juste, grand frère ?

Un autre mensonge à la mode :

— J'étais ingénieur-système. Quand un système informatique se détraquait dans une boîte, on m'appelait pour le réparer.

— C'était intéressant ?

J'ai pensé, mon Dieu, beaucoup trop, et j'ai dit :

— Non, c'était assez assommant. Toujours le même truc, jour après jour.

Une autre voiture est passée, le radar s'est mis à couiner et le voyant a affiché : « 97 ». Ma sœur, la femme-flic, l'a ignoré. Elle a changé de position sur son siège et elle a dit :

— Eh bien, tu n'as pas dû t'embêter, cher frère, si j'en crois ce que disent les ordinateurs en Californie. Tu as été arrêté une bonne dizaine de fois pour des motifs qui vont de la tentative de meurtre à la présomption de meurtre, en passant par toute une série d'agressions. Et pas un seul jour de prison. Comment expliquer ça ?

J'aurais pu mentir, sans doute. J'aurais pu, sans doute, danser autour de la vérité. J'aurais pu, sans doute, parler d'« erreurs » et m'en tenir là. Mais c'était ma sœur, tout de même.

J'ai répondu :

— J'avais de bons avocats.

Une camionnette vert foncé est passée comme un éclair et le voyant a affiché : « 104 ». Lynn a lâché un juron et a tendu la main pour allumer le gyrophare bleu, puis les phares, et a démarré en trombe, l'accélération me plaquant doucement au dossier de mon siège.

— Je ne te demandais pas pourquoi tu n'es pas allé en prison, a-t-elle repris, le regard braqué sur la camionnette qui fonçait devant nous. Ce que je voudrais vraiment savoir, c'est ce que tu faisais en Californie, Jason ? Et comment tu en es arrivé là ?

À cette question-là, je n'avais pas de réponse toute prête.

La camionnette s'est rangée sur le côté après avoir parcouru moins de cinq cents mètres. Lynn a signalé qu'elle s'arrêtait, puis elle a posé son micro, elle est sortie de la voiture et elle a attendu. Longtemps.

Moi, je m'agitais sur mon siège, mal à l'aise, ne

comprenant pas ce qui se passait, essayant de deviner pour quelle mystérieuse raison Lynn ne s'approchait pas de la camionnette arrêtée. La lumière bleue du gyrophare se reflétait dans la lunette arrière de notre voiture et je me suis retourné pour regarder. Un autre véhicule de police s'est garé derrière nous. Il ne portait aucun signe distinctif et les phares bleus étaient fixés sur la calandre du radiateur.

Deux policiers en sont sortis, et quand l'un d'eux a rejoint Lynn elle s'est approchée de la camionnette. L'autre policier est resté à côté de notre voiture, et j'ai légèrement tressailli en voyant qu'il avait son pistolet de service à la main, contre sa jambe. L'autre s'est avancé jusqu'à la camionnette du côté du passager, puis Lynn du côté du conducteur. Ils avaient tous deux sorti leurs torches et ils éclairaient l'avant du véhicule. Une minute plus tard, Lynn est revenue vers notre voiture, la carte grise de la camionnette et le permis de conduire du conducteur à la main.

Elle a appelé le central et a très vite obtenu une réponse : le conducteur était en règle, il n'avait aucune contravention inscrite au fichier. Elle a murmuré :

— Eh bien, il en aura une avant la fin de la soirée.

— Qui sont tes deux amis ?

— Mon renfort ? (Elle parlait sans lever les yeux tout en remplissant le procès-verbal.) Quand on parle d'eux on dit « l'unité-grabuge ». Toutes les voitures patrouillent sur un secteur précis, sauf celle-ci. Elle va partout où un renfort est nécessaire, ou bien quand on craint des troubles quelque part, à l'heure de fermeture d'un night-club par exemple.

J'ai regardé la camionnette et j'ai demandé :

— C'est parce qu'il s'agissait d'une camionnette, n'est-ce pas ?

Un bref hochement de tête.

— On les déteste. On les appelle des cercueils à flics. On ne peut jamais savoir s'il y a un type à l'intérieur, ou six. Rien ne dit qu'au moment où l'on s'approche, la portière ne va pas s'ouvrir et qu'on ne va pas se trouver face à deux braqueurs de banques en cavale, armés jusqu'aux dents et prêts à vous transformer en passoire. C'est pour ça qu'on essaie de se protéger mutuellement, dans toute la mesure du possible, chaque fois qu'on arrête une camionnette.

J'ai entendu le *clic* du stylo et elle a arraché la contravention de son bloc, puis elle est ressortie. Elle a ri à ce que lui disait l'un des policiers et a tendu la contravention au conducteur de la camionnette — je ne voyais toujours pas quelle tête il avait — puis elle est revenue se mettre au volant.

Elle a redémarré en douceur après avoir éteint le gyrophare, et m'a demandé :

— Alors, tu t'amuses bien ?

— Plus que tu ne penses !

On s'est arrêtés un moment pour boire un café dans des gobelets en polystyrène en regardant les lumières aux alentours de Porter Harbor. La voiture était garée dans un petit parking près de Gebo Park et on a observé les allées et venues des promeneurs nocturnes dans les allées du jardin public.

Même là, je voyais à ses yeux que Lynn restait en alerte, regardant tout autour de nous, repérant les piétons et les cyclistes dans l'obscurité, et revenant à intervalles réguliers au miroir placé derrière le comptoir pour s'assurer que quelque assassin ou autre agresseur ne s'approchaient pas en catimini.

— Alors, a-t-elle dit. Qu'est-ce qui t'est arrivé ?

— De quoi veux-tu parler ?

— Tu sais très bien de quoi je veux parler. Nous avons grandi ici tous les deux, nous sommes allés dans les mêmes écoles, et me voilà officier de police alors que toi... bon Dieu, je ne sais pas comment il faut t'appeler ! Comment en es-tu arrivé là ? Parce que c'était trop dur d'être l'aîné, ou quoi ?

Le gobelet de café était chaud entre mes mains.

— Je me suis engagé en sortant du lycée. Je me suis découvert un intérêt et un certain talent pour les armes et la façon de m'en servir. Quand j'ai quitté l'armée, ce talent m'a valu d'être embauché par certaines... agences, et des entreprises. Voilà ce qui est arrivé.

— Mercenaire privé, donc ? a-t-elle dit, d'une voix chargée de mépris. Le genre de milicien cinglé qui se bat pour la domination de la race aryenne et de la chrétienté sur le monde ?

— Non. J'essayais simplement de protéger quelques mauvais garçons, de ceux qui passent entre les gouttes, qui ne se font jamais choper pour excès de vitesse. On pourrait dire que je faisais le même boulot que toi, mais de l'autre côté de la barrière.

— Ah, ce bla-bla...

J'en avais assez entendu.

— Je te demande pardon, petite sœur, mais qui t'a faite juge de mes actes et de ma moralité ?

— Tu as commis des crimes !

— D'après qui ?

Elle en bafouillait presque de fureur.

— D'après n'importe quelle personne douée de raison, voilà d'après qui !

— Tu as dit raison ? Tu trouves ça raisonnable quand on sait — et tu le sais aussi bien que moi — que certains criminels ne sont jamais arrêtés, jamais condamnés, jamais mis à l'écart, parce qu'ils ont des relations ? Ou parce qu'ils paient des millions de dollars d'honoraires à des avocats ? Ou parce qu'ils habitent de belles propriétés et volent avec des attachés-cases et des ordinateurs, au lieu de vivre dans une caravane et de voler avec un démonte-pneu ou un mauvais pistolet ?

— C'est donc à toi de régler ces problèmes-là ? Qui t'en a chargé ?

— Personne. (J'avais du mal à croire que je tenais cette conversation avec un agent de police, fût-il ma propre sœur.) Je fais confiance à ceux qui m'emploient, je fais mon boulot, et ça ne m'empêche pas de dormir.

— Et tu trouves ça bien ?

— Arrête avec ces salades, Lynn. Je vous connais assez, vous, les flics, pour savoir ce que vous faites. Quand vous attrapez un petit malfrat, vous fermez les yeux s'il vous conduit à un plus gros. Si quelqu'un qui n'est pas blanc comme neige vient vous demander de l'aide, il faut qu'il vous donne une information utile pour l'obtenir. Et je suis certain que dans cette ville les flics qui règlent leurs notes de restaurant les jours où ils sont de service se comptent sur les doigts de la main.

— Ce que je fais n'a rien à voir, et ça reste dans

les limites de l'acceptable, a-t-elle dit. Tu as du sang sur les mains, Jason, du sang sur les mains !

— Tu n'as pas idée de ce qu'on peut faire avec de l'eau et du savon.

Elle a posé son gobelet de café sur le siège.

— Bon. Écoute. Écoute bien. Je ne veux pas savoir ce que tu as fichu en Californie, à qui tu as fait du mal, etc. Tout ce que j'ai à te dire, c'est de laisser tout ça là-bas. Ne viens pas faire ce genre de blagues ici, dans ma ville ou dans mon État.

Maintenant je comprenais.

— C'était donc pour ça, la petite balade nocturne. Il ne s'agissait pas de se retrouver entre frère et sœur. Ni de me montrer en quoi consistait ton travail. Mais seulement de me donner un avertissement — exact ?

Elle ne voulait pas me regarder.

— Je me débrouille bien, pour la première fois de ma vie. Je me débrouille toute seule et ça marche pour moi dans la police et, si tout va bien, je pourrai passer inspecteur l'année prochaine. Ma voie est toute tracée, et je n'ai pas besoin qu'on y mette des obstacles.

— On m'avait déjà appelé de toutes sortes de noms, mais d'obstacle, jamais.

— Il faudra t'y faire. J'ai un bon avenir devant moi et je ne veux pas que le mouton noir de la famille me le gâche.

À cet instant, j'étais prêt à descendre de voiture pour retourner au commissariat puis chez moi, mais la radio s'est mise à crépiter, une bagarre avait éclaté dans un bar et un flic avait besoin de renfort, et on a giclé hors du parking si brusquement que le café de Lynn s'est renversé sur le siège.

C'était un bar en bordure de la route à l'autre bout de la ville, et je me suis cramponné à la poignée de la portière, les deux pieds au plancher et les jambes raides pour me caler au dossier tandis qu'on fonçait pour répondre à l'appel, toutes lumières allumées et la sirène hurlante. J'ai jeté un coup d'œil au compteur de vitesse et j'ai vu qu'on faisait du 170, et je ne l'ai plus regardé. Il m'était arrivé bien des fois d'avoir peur, mais dans des circonstances où c'était moi qui agissais et où je pouvais tenter quelque chose. Là, je ne pouvais rien faire du tout. J'étais un simple passager.

Aussi, plutôt que de m'hypnotiser sur le compteur de vitesse, j'ai regardé Lynn, et elle avait l'air d'une possédée, tendue, électrisée et faisant corps avec la voiture. Avec d'imperceptibles mouvements du poignet, elle évitait les voitures et les camions-poubelles qui s'écartaient à notre approche.

On filait maintenant à la vitesse de la lumière sur la Route 1 et je sentais la voiture décoller du bitume en enchaînant les virages. Je m'apprêtais à dire quelque chose, mais je décidai de la fermer. Premièrement, ça n'aurait pas été poli. Deuxièmement, elle faisait son métier. Et troisièmement, j'avais une peur mortelle qu'un mot de moi ne la distraie, et que la voiture ne s'envole pour s'entortiller autour d'un arbre.

À vrai dire, vu la vitesse à laquelle on roulait, on ne serait pas retrouvés autour d'un arbre. On se serait probablement désintégrés en vingt-cinq morceaux de la taille d'une valise.

Puis Lynn a freiné plusieurs fois de suite, en douceur, à l'endroit où la Route 1 pénètre dans un quartier mi-commercial, mi-résidentiel, avec des maisons, des boutiques, de petits centres commerciaux, puis elle a donné un coup de frein plus brutal pour tourner à droite, dans une rue en sens interdit qu'on a remontée sur plusieurs centaines de mètres. Deux autres véhicules de police étaient déjà là, et une cinquantaine de personnes s'étaient rassemblées sur la chaussée et sur les trottoirs.

Elle a freiné brutalement pour s'arrêter et a pratiquement sauté de la voiture, et je l'ai suivie, et j'ai senti soudain des picotements dans mes mains, comme s'il leur avait manqué le poids confortable d'une arme, de n'importe quelle arme. Le bar se trouvait dans un pâté de maisons à deux étages abritant des bureaux et des magasins, et s'appelait The Aaron Room. À l'allure et à la façon de s'habiller des gens qui formaient la foule, j'ai compris qu'il était fréquenté par la jeune génération, quel que soit le nom qu'on lui donne aujourd'hui. Une musique rock tonitruante se déversait par la porte du bar, des projecteurs lançaient des éclairs à l'intérieur, et les gens étaient énervés et pas contents. Il y a eu des huées et des sifflements dans la rue, puis tout s'est passé très vite, avec un mélange d'énergie, d'inquiétude et de fébrilité.

Deux jeunes types étaient à plat ventre sur le trottoir et on leur passait les menottes. Lynn parlait très fort à un troisième type dont le sweat-shirt pendait sur son pantalon ultra-large. Il avait la moitié de la chevelure teinte en orange et un clou dans la narine.

— Ce que je vous dis, simplement, c'est que vous êtes en train de brutaliser mes gars, se plaignait-il.

Et Lynn de lui répondre du tac au tac :

— Et je vous dis, moi, que si vous ne vous tirez

pas de là, vous irez les rejoindre en prison cette nuit.

Un policier agenouillé à côté de l'un des deux types a lancé :

— Lynn ! T'aurais pas une autre paire de menottes ?

À la seconde où Lynn tournait la tête en tirant sur son ceinturon réglementaire, le jeune aux cheveux orange a mis les deux mains sous son sweat. Je me suis retrouvé derrière lui, en train d'évaluer mentalement sa position, la direction de son regard et son prochain mouvement. Alors que je décidais de le faire tomber d'un coup de pied sec dans les jarrets suivi par un coup de poing à la gorge, ses deux mains sont ressorties du sweat, vides. Je me suis retenu, le souffle haché, tremblant presque.

Le jeune type s'est retourné, m'a jeté un coup d'œil et s'est éloigné pour se fondre dans la foule en me regardant encore une fois avant de disparaître. Son expression était celle de l'agneau qui voit un loup affamé le repérer et le laisser filer.

J'ai frissonné. Il s'en était fallu de peu, et quelque part, dans le tréfonds de son esprit, ce gamin savait lui aussi qu'il s'en était fallu de peu.

On a très vite jeté à l'arrière de la voiture les deux gars qui étaient à plat ventre sur le trottoir et, le rideau étant retombé sur ce divertissement urbain, les gens ont commencé à se disperser pour rentrer dans le bar ou s'éloigner. Je suis retourné à la voiture. Lynn m'a rejoint, en s'essuyant le front avec une serviette de table, et a lâché quelques gros mots devant l'état du siège inondé de café.

— Quelle alerte ! ai-je dit.

— Oh, c'est classique, surtout quand on sait la quantité d'alcool qui se consomme pendant un week-end comme celui-ci, a-t-elle répondu. Tu vois, je ne suis pas pour la prohibition, mais si les gens savaient combien de vies nous voyons, nous, détruites par l'alcool qu'on boit pour s'amuser, en toute légalité, ils n'en reviendraient pas. Je dirais que les deux tiers de ceux qu'on va coffrer cette nuit seront ivres. Et je ne parle pas des accidents de voiture, des noyades accidentelles et des bagarres conjugales, tout ça alimenté à l'alcool.

— Ce type aux cheveux orange m'a paru bien bourré, ai-je dit.

— Comme d'habitude. C'est une grande gueule, et rien de plus.

— Dis donc, Lynn-Lynn, je ne sais pas si tu t'en es rendu compte, mais au moment où tu te retournais il a mis les mains sous son sweat et j'ai cru qu'il voulait prendre un couteau, ou un truc comme ça. À trois secondes près, il a failli avoir de gros ennuis.

On avait repris la Route 1 et on roulait à 110, nettement moins vite qu'à l'aller, mais j'ai vu Lynn se crisper. Quelques longues secondes se sont écoulées, dans le silence, puis elle a dit :

— Ne fais plus jamais ça.

— Mais, Lynn, c'était un pur réflexe. J'ai pensé qu'il allait...

— Pas ça, idiot. Ne m'appelle plus jamais Lynn-Lynn. Il y a longtemps, très longtemps que tu n'en as plus le droit.

Je n'ai d'abord rien trouvé à répondre, puis j'ai dit :

— Oh, Lynn, ce n'est qu'un petit nom. Toi tu m'appelais Jay-Jay, et je...

Elle avait les lèvres pâles et serrées.

— Oui, je sais. Jay-Jay et Lynn-Lynn. Le grand frère et la petite sœur. Très mignon, très gentil. Sauf que tu as oublié les règles.

— Quelles règles ?

Elle m'a fusillé du regard.

— Bon sang, la règle qui dit que les frères et les sœurs ne se laissent jamais tomber ! La règle qui dit que les grands frères veillent sur leur petite sœur, et que les petites sœurs admirent leur grand frère ! La règle qui dit qu'on ne perd jamais le contact, parce que c'est facile de briser un cœur de petite sœur, et qu'il ne se répare jamais, jamais !

Je ne pouvais pas la regarder. J'ai fixé le paysage de Porter qui défilait à toute allure, et je me suis raclé la gorge. Mais elle a parlé la première :

— Est-ce que tu te rappellerais, par hasard, combien de cartes postales j'ai reçues de mon grand frère, pour Noël ou pour mon anniversaire, après qu'il est parti à l'armée puis en Californie ?

Moi, qui étais allé jusqu'au bout de cet hémisphère et en étais revenu, qui avais servi mon pays et quelques-unes de ses grandes entreprises, j'étais maintenant effondré sur mon siège, rouge de honte et d'humiliation.

— Non. Je ne me le rappelle pas.

— Ah, bon ? a-t-elle rétorqué. C'est pourtant un tout petit nombre. Il y en a eu trois, exactement. Et voilà. Toutes ces années à grandir, à traverser l'adolescence, à découvrir le monde toute seule, et personne pour me protéger — mon grand frère, mon Jason, était trop occupé pour écrire, pour appeler, pour prendre de mes nouvelles. Alors, si tu t'imagines que tu peux réapparaître tout d'un coup, avec l'air ravi et la bouche en cœur du type qui rentre chez lui... On n'en est plus là.

— Lynn, écoute, je sais que je n'ai pas été le meilleur des frères, mais je...

La radio s'est remise à crachoter. « N'en parlons plus », a-t-elle dit en faisant demi-tour pour repartir vers le centre de Porter.

Il était un peu plus de deux heures du matin, il y avait longtemps que les bars étaient fermés et que les ivrognes étaient rentrés chez eux, tant bien que mal. Il bruinait légèrement et nous avons longé des rues désertes avant de nous arrêter devant un pâté de maisons au rez-de-chaussée occupé par des boutiques et des petits restaurants. Lynn n'a pas pris la peine d'éteindre le gyrophare, se contentant de garer la voiture en laissant le moteur tourner.

— Alarme silencieuse d'un magasin de jouets, a-t-elle expliqué en saisissant la torche et en se coiffant de sa casquette. La fausse alerte par excellence. Qui aurait l'idée de dévaliser un magasin de jouets ?

— Qu'est-ce que tu vas faire ?

— M'assurer que les portes sont bien fermées et transmettre au commissariat. Il arrive que ces alarmes sonnent sans raison quand le temps est humide. Et si ça se trouve, il a suffi du passage d'un camion pour que les vibrations déclenchent celle-ci. J'en ai pour une seconde.

Elle est sortie sous la bruine, sa torche électrique à la main, et s'est dirigée vers le magasin distant de trois ou quatre mètres. Pour régler ce petit pro-

blème. Et combien de temps pour régler le petit
problème qui se posait à nous cette nuit-là, celui de
la petite sœur prête à me tomber dessus à coups de
matraque tellement elle m'en voulait ?

Voilà à quoi je pensais quand j'ai regardé à travers le pare-brise, juste à temps pour voir ma sœur
cadette se faire descendre.

Ils étaient deux et ils avaient jailli d'une porte
voisine du magasin de jouets, la porte d'une bijoute-
rie, pour rejoindre en courant une voiture garée un
peu plus loin en emportant quelque chose dans
leurs mains, quelque chose qui luisait — merde, des
armes !

J'ai saisi la poignée de la portière au moment où
Lynn leur criait de s'arrêter, avec un geste de sa
main libre vers le pistolet pendu à sa hanche.

Au moment où j'ouvrais la portière, les deux
hommes se sont retournés vers elle et j'ai photogra-
phié leurs visages.

À la seconde où j'ai posé un pied par terre, ils
ont levé leurs pistolets et ont tiré, dans un affreux
vacarme, un éclair aveuglant jaillissant des deux
canons.

J'étais debout au moment où Lynn a été projetée
au sol par la violence des coups de feu, sa torche
électrique et son chapeau roulant à côté d'elle, et
son corps heurtant le bitume avec le son creux d'un
manche de hache sur une citrouille mûre.

Je me suis précipité vers elle en me forçant à
ne pas baisser les yeux, ne la regarde pas, ne
regarde pas ta sœur, et j'ai vu la Chevrolet dernier
modèle immatriculée dans le Massachusetts garée

sous un réverbère et je l'ai photographiée elle aussi, pendant que les deux types s'y engouffraient et démarraient en trombe, sans refermer leurs portières.

Alors seulement, je me suis approché de ma sœur.

Son visage était livide, sauf à l'endroit où du sang s'écoulait de sa bouche. J'ai murmuré : « Lynn ? » en la regardant, tandis que mes mains tremblantes couraient sur son corps. Au milieu de sa poitrine la chemise d'uniforme était horriblement déchirée, et le sol était poisseux à cause du sang qui s'échappait d'elle. Ses yeux restaient fermés.

Puis je me suis rappelé quelque chose, j'ai pris la radio qu'elle portait au côté et j'ai appuyé deux fois sur le bouton rouge, j'ai attendu, j'ai appuyé encore. Et encore.

Les sirènes ont commencé à gémir et à hurler dans le lointain, de plus en plus fort au fur et à mesure qu'elles approchaient. J'étais toujours à quatre pattes à côté de ma sœur. Les voitures de police arrivaient, et je ne pouvais que répéter, répéter de plus en plus fort pour me faire entendre par-dessus le vacarme des sirènes.

— Lynn ? Lynn ?

Et ses yeux restaient fermés.

La petite rue s'est vite retrouvée pleine d'ambulances, de fourgons de police, de voitures de pompiers, de voitures de la police de l'État, et il y avait même le directeur de la police des jeux, tout ça à cause de ce petit bouton rouge.

On a empaqueté Lynn et on l'a emmenée. J'ai voulu la suivre mais les policiers, ses collègues, ne voulaient pas me lâcher.

J'ai été interrogé par les premiers policiers arrivés sur les lieux.

J'ai été interrogé par le chef de brigade.

J'ai été interrogé par le chef de la police, qu'on avait réveillé et qui s'était habillé en toute hâte.

J'ai été interrogé par la police d'État.

Et à tous, j'ai dit la même chose.

Il faisait sombre. Ils étaient deux. Peut-être trois. Une voiture de couleur foncée. Peut-être bleue. Ou noire. Je ne connaissais pas le numéro d'immatriculation.

Et c'était tout.

Quelques heures plus tard, quand ils m'ont enfin lâché, j'ai respiré un grand coup et j'ai repris mes esprits, puis j'ai décrété la fin de mes vacances et je me suis remis au travail.

Un proverbe dit qu'il est dangereux d'en savoir un peu. Ce qui s'est avéré exact au cours des semaines suivantes quand je me suis mis en chasse. J'en savais un peu puisque je connaissais les visages des deux hommes, leur voiture et son numéro d'immatriculation, et après quelques jours passés à téléphoner, à rencontrer des gens dans des bars et des restaurants, à donner de l'argent dans des enveloppes de papier kraft et à rendre des services à droite et à gauche, je me suis trouvé en possession de deux noms et de deux adresses.

Ainsi le peu que je savais s'est-il bel et bien révélé dangereux.

Mais pas pour moi.

Ma tâche enfin accomplie, j'ai dormi pendant vingt-quatre heures d'affilée, ou presque, puis j'ai pris ma voiture pour aller à Porter, pas très loin de là, rendre visite à ma sœur.

Elle était dans un lit d'hôpital au troisième étage, et semblait aussi gaie qu'on peut l'être dans ces circonstances. L'une de ses jambes — la gauche, celle qui avait reçu une blessure superficielle — était bandée et suspendue à l'un de ces instruments de torture qu'on fait passer pour du matériel de soins. Elle a souri quand je suis entré dans la chambre et a fait une grimace en voulant changer de position. Elle portait une de ces affreuses chemises d'hôpital, et le *Boston Globe* du jour était étalé sur le couvre-lit.

— Comment ça va ? ai-je demandé, en approchant une chaise.

— Mieux, a-t-elle dit. Ma jambe est en train de guérir et mes côtes se ressoudent. Ce gilet pare-balles, c'est formidable, mais après j'ai eu l'impression qu'on m'avait cognée avec une batte de base-ball.

— C'est vrai, mais pense à ce qui serait arrivé sans ça.

Elle m'a tiré la langue.

— Je préfère ne pas y penser.

J'ai regardé la pièce autour de nous. Elle avait une chambre seule, je m'en étais occupé pour elle, et l'appui de la fenêtre disparaissait sous les cartes et les bouquets de fleurs. La télévision était branchée mais sans le son, et le soleil entrait à flots par

226

la haute fenêtre. Clouée à ce lit avec ses pansements et son habit d'hôpital, elle était encore superbe.

Elle a baissé les yeux et a regardé ses mains, puis elle a relevé la tête et elle a dit :

— Jason...

— Oui ?

— Merci.

— Pour quoi ?

Elle a tiré un mouchoir de sa boîte et me l'a jeté.

— Tu sais pour quoi. Merci de ne pas avoir paniqué et d'avoir utilisé ma radio. Les toubibs m'ont dit que j'avais perdu beaucoup de sang. Quelques minutes de plus et... bref, quelques minutes de plus et les choses auraient peut-être pris une tournure plus intéressante. Merci d'avoir empêché ça.

— Il n'y a pas de quoi.

— Ce n'est pas tout.

— Oui ?

Lynn a pris sa respiration, grimacé à nouveau.

— Il y a certaines choses que je t'ai dites l'autre jour. Des choses injustes, des choses qui faisaient mal.

— Écoute, tu étais en droit...

— Non, laisse-moi finir. J'ai dit certaines choses blessantes et ce que je veux te dire maintenant c'est, s'il te plaît, oublie tout ça comme si ça n'avait jamais existé. D'accord ? Soyons... Reprenons tout de zéro, comme un frère et une sœur, et profitons l'un de l'autre. Ça me fait plaisir que tu aies quitté la Californie. Ça va être formidable de t'avoir ici.

— Plus question d'obstacle ?

— Non, vraiment.

Je lui ai souri. Je n'avais plus, soudain, le même poids sur les épaules.

— Alors, je suis ton homme.

— Alors, si tu prenais ta sœur dans tes bras ? Fais tout de même attention de ne pas lui casser d'autres côtes !

Ce que j'ai fait. Je l'ai serrée doucement et je l'ai embrassée sur la joue et, en m'écartant, j'ai jeté un coup d'œil au *Globe*. À la page des infos locales, à l'article sur deux individus au passé criminel chargé qui venaient d'être mystérieusement assassinés, au cours de la même nuit et à quelques heures d'intervalle. Deux individus qui étaient amis, soupçonnés de plusieurs meurtres, et dont la mort restait une énigme pour les enquêteurs.

Lynn a remarqué que j'avais vu l'article, elle a levé la tête, a souri avec un clin d'œil, et elle a dit :

— Merci, Jay-Jay.

J'ai hoché la tête.

— De rien, Lynn-Lynn.

Traduit par Pierre Girard

Les Amis de Haggard

EDWARD D. HOCH

L E jour où Jean entendit pour la première fois parler de la Société des Amis de Haggard, elle était assise à son bureau, dans les locaux de la radio, et passait en revue le registre des publicités diffusées la veille tout en se demandant s'il fallait programmer les messages des gros annonceurs pendant les pauses de trente secondes censées interrompre le match de base-ball. Comme toujours, un haut-parleur transmettait le programme en cours dans chaque bureau du bâtiment. Bien qu'il fût permis de l'éteindre, personne, au service comptable, ne trouvait jamais le courage de le faire.

Si bien que Jean ne fut pas la seule à entendre l'annonce suivante : « La réunion mensuelle de la Société des Amis de Haggard prévue pour ce soir a été reportée à demain soir, huit heures, à Fenley Hall. Le conférencier invité sera Eugene Forsyth. »

Jean se tourna vers la jeune femme du bureau d'à côté.

— Marge, c'est quoi, Les Amis de Haggard ?

— Pas la moindre idée. Je n'en ai jamais entendu parler. C'est peut-être une de ces associations d'entraide. Pourquoi cette curiosité soudaine ?

— Le type qui doit parler, c'est mon frère. Ça fait deux ans que je ne l'ai pas vu. Je ne savais même pas qu'il était revenu en ville.

— C'est peut-être quelqu'un qui porte le même nom ?

— Possible, approuva Jean.

Mais c'était peu probable, Eugene n'étant guère un prénom à la mode. Son frère était son aîné de trois ans et, en grandissant, il avait résisté à la tentation de se faire surnommer Gene pour ne pas que les gens confondent son nom avec celui de sa sœur. Leurs parents n'y avaient pas pensé en les baptisant. À l'âge de dix-huit ans, Eugene était parti faire ses études dans l'Ohio, et puis, au bout de deux ans, il avait laissé tomber. Il leur avait expliqué qu'en travaillant un an et en se domiciliant dans la région, il pourrait assister aux cours de l'université à moindres frais. Mais il n'y était jamais retourné et ses lettres s'étaient faites de plus en plus rares.

Deux ans plus tôt, Jean s'était rendue là où il vivait, à Cleveland. Sa mère avait déménagé en Floride et elle se sentait, au cours de cet été-là, particulièrement seule. Elle voulait revoir Eugene pour renouer des liens qui s'étaient distendus depuis qu'il avait quitté la maison. Il habitait un appartement dans la plus vieille partie de la ville, un ancien quartier bourgeois désormais gagné par la misère. Par la fenêtre, Jean voyait les dealers opérer au grand jour, juste au coin de la rue.

Eugene prétendait être employé comme éducateur dans un camp de vacances. Mais on était à la mi-juillet et il ne paraissait pas travailler du tout. Elle ne chercha pas vraiment à en savoir davantage. Au bout de trois jours, elle interrompit son séjour et rentra chez elle. Depuis, elle ne l'avait pas revu et, en dépit de la visite qu'elle lui avait rendue à Cleveland, Eugene ne s'était même pas donné la peine de lui envoyer une carte à Noël.

Et voilà qu'à présent il s'apprêtait à s'exprimer — à supposer que ce soit bien lui — devant les membres d'un groupe appelé Les Amis de Haggard. Jean réfléchit à la question, se demandant s'il ne pouvait pas s'agir d'une association de malades. Était-il possible que son frère ait attrapé le sida ? Elle envisagea d'appeler sa mère en Floride mais y renonça, jugeant que ça ne résoudrait rien. Il lui fallait tout d'abord se rendre à cette réunion pour voir par elle-même s'il s'agissait de son frère.

Fenley Hall s'était appelé, à l'origine, le Foyer des Travailleurs. Les syndicalistes des années trente et de l'après-guerre s'y réunissaient. Le quartier avait changé au cours des années soixante et les syndicats avaient préféré se tourner vers les salles des fêtes, moins coûteuses, pour leurs meetings. Le Foyer des Travailleurs était devenu Fenley Hall, ainsi nommé en hommage à un politicien oublié. Il était loué pour des mariages, des campagnes électorales et pour diverses séries de conférences locales.

Lorsque Jean Forsyth arriva, peu avant huit heures, la première chose qu'elle vit fut la photographie de son frère, à l'entrée, sur une pancarte annonçant l'événement : LES AMIS DE HAGGARD PRÉSEN-TENT UNE CONFÉRENCE D'EUGENE FORSYTH, SUIVIE D'UN DÉBAT OUVERT À TOUS. ENTRÉE LIBRE !

La moustache et les lunettes lui donnaient l'air plus âgé mais, pas de doute, c'était lui. La salle était à moitié pleine. Une centaine de personnes occupaient les chaises pliantes installées pour l'occasion.

Parmi elles, une ou deux paraissaient des SDF à la recherche d'un endroit où se poser, mais la plupart des autres spectateurs étaient des jeunes ou des gens d'âge mûr, tous d'allure respectable. Certains s'avançaient vers la tribune, où une femme mince, aux cheveux noirs, ramassait les livres qu'on lui rendait. Jean faillit demander à un homme, assis devant elle, quelle était la vocation de la société. Craignant d'avoir l'air soit entreprenante, soit idiote, elle y renonça. Par ailleurs, elle n'allait pas tarder à l'apprendre.

À huit heures précises, la femme aux cheveux noirs monta sur l'estrade. Elle alluma un cierge devant la tribune. Elle était mince et son maquillage paraissait trop discret pour l'occasion, quelle qu'elle fût.

— Mesdames et messieurs, bonsoir, et bienvenue à la réunion de juillet des Amis de Haggard. Je suis Antonia Grist. Comme le savent déjà la plupart d'entre vous, nous nous réunissons ici chaque mois afin de débattre d'un sujet qui nous tient à cœur. Nous espérions assister ce soir à l'exposé d'un tout récent membre de notre société, Eugene Forsyth. Mais sa santé ne lui permet pas d'intervenir. Nous comptons reprogrammer très bientôt sa conférence. En attendant, permettez-moi de vous présenter le directeur des Amis de Haggard, mon époux, M. Martin Grist.

Le public applaudit poliment et Jean se leva, s'apprêtant à repartir. Presque aussitôt, elle se ravisa. Vu qu'elle s'était donné le mal de venir jusqu'ici, autant se renseigner sur la nature de ce groupe et, si possible, sur le rôle qu'y tenait Eugene.

Mince comme son épouse, Grist avait le visage

creusé de rides et il perdait ses cheveux. Il se dirigea vers le micro d'un pas décidé.

— Merci Antonia, dit-il d'une voix étrangement grave. Je ne prétends pas me substituer à M. Forsyth, que nous espérons compter parmi nous lors d'une prochaine réunion, mais je vais tenter de faire de mon mieux. Que tous ceux d'entre vous qui ont déjà entendu ce qui va suivre veuillent bien m'excuser.

Il s'interrompit pour boire un verre d'eau, et continua :

— Celle-à-qui-il-faut-obéir est la plus marquante des créations littéraires de H. Rider Haggard. Il s'agit d'une femme à la fois belle, sensuelle, déterminée et égoïste, cruelle envers ses ennemis mais tendre avec ses amants. Depuis qu'elle est apparue pour la première fois dans le roman *Elle*, publié en 1886, les lecteurs n'ont cessé de la trouver aussi fascinante que dangereuse. J'ai découvert quant à moi les écrits de Haggard en tombant sur une édition tout écornée des *Mines du roi Salomon* dans la bibliothèque de mon lycée.

Jean n'en croyait pas ses oreilles. Il s'agissait d'une société littéraire consacrée à un auteur anglais du siècle dernier ! Et son frère, qui n'avait jamais pu terminer un livre de sa vie, avait été désigné pour parler en public ! Elle commençait à penser qu'il y avait erreur sur la personne en dépit de la photographie à l'entrée.

Pendant trente-cinq minutes, Martin Grist débita son exposé d'une voix monotone, passant en revue de manière très superficielle la vie et les œuvres de H. Rider Haggard. Jean, qui avait lu un ou deux de ses romans lorsqu'elle était adolescente, en gardait un souvenir bien plus palpitant que la conférence de Grist qu'il conclut en rappelant l'image la plus saisissante du roman :

— C'est le feu, déclara-t-il à son public. La flamme de la Vie, censée conférer l'immortalité mais n'entraînant en fait qu'un lent et terrible déclin.

Le public applaudit sans enthousiasme à la fin de sa présentation, et Grist demanda s'il y avait des questions. Un homme s'enquit du prix que pouvait valoir un exemplaire de la première édition de *Elle*.

— Il y a une erreur d'impression dans le premier tirage de l'édition originale, expliqua Grist. On trouve, à la page 269, « bonté » au lieu de « beauté ». Cette version est estimée à environ six cents dollars. La version corrigée n'en vaut que la moitié.

Une femme voulut en savoir plus sur les années que Haggard, encore jeune homme, avait passées en Afrique, et sur les liaisons qu'il aurait eues avec des femmes indigènes. Grist parut légèrement pris de court.

— Nous n'abordons pas ici cet aspect du sujet, répliqua-t-il. C'est une société strictement littéraire.

Ce fut la réponse qui, davantage que la question, poussa Jean à se retourner pour regarder la femme, assise trois rangs derrière elle. Âgée de vingt années et quelques, elle avait les cheveux bruns et des lunettes à monture rose. Elle s'était levée pour poser sa question. Mécontente de la réponse de Grist, elle resta debout et dit :

— J'ai encore une question.

L'espace d'un instant, Martin Grist sembla décontenancé. Sa femme apparut soudain à ses côtés.

Mais avant qu'elle ait pu atteindre le micro, la jeune femme lança :

— Pourquoi ne pas avoir laissé Eugene Forsyth s'exprimer ce soir ?

— M. Forsyth a eu un malaise, répondit Grist.

Sa femme s'empara du micro.

— Notre soirée touche à sa fin, dit-elle en toute hâte. À cause du côté « allégé » de la rencontre de ce soir, nous nous efforcerons de programmer rapidement une autre réunion. Si vous souhaitez en être informés, veuillez laisser vos nom et adresse sur le registre prévu à cet effet, à l'entrée. Comme d'habitude, nous tenons à votre disposition des éditions reliées des œuvres de Haggard pour ceux qui voudraient les emprunter jusqu'à la prochaine séance.

Un brouhaha de voix s'éleva aussitôt de la foule, et Jean sentit que cette brusque conclusion était des plus inhabituelles. Une douzaine de personnes s'avancèrent pour accepter les livres proposés, que Mme Grist tirait, un par un, de deux piles tandis que le reste de l'assistance se retirait. Jean se précipita vers la tribune et demanda une édition de *Elle*.

— Je vous prie de m'excuser, dit-elle à la femme de Grist. Je suis la sœur d'Eugene Forsyth. Je suis venue écouter sa conférence. Où est-il ?

À ces mots, la femme se figea.

— Je ne sais rien au sujet de votre frère, dit-elle. Il s'est trouvé mal quelques minutes avant la conférence et a quitté la salle.

— Vous devez avoir son adresse.

Son mari, qui s'était dirigé vers la porte, revint sur ses pas et lui prit le bras.

— Viens, Antonia.

Elle regarda Jean droit dans les yeux et lui répondit simplement :

— Je ne peux rien faire pour vous.

Ils disparurent aussitôt.

Jean jeta un coup d'œil alentour, complètement désemparée. Presque tout le monde était parti, mais la jeune femme aux lunettes roses était toujours là et l'observait. Peut-être avait-elle surpris des bribes de la conversation. Jean traversa la salle à grandes enjambées pour aller à sa rencontre.

— C'est vous qui leur avez posé cette question au sujet d'Eugene ? demanda-t-elle. Je crois qu'il s'agit de mon frère.

La femme porta la main à sa bouche.

— Je me fais du souci pour lui.

— Que se passe-t-il ? Où est-il ? Que lui est-il arrivé ?

Son interlocutrice promena autour d'elle un regard inquiet.

— Écoutez, je ne peux pas parler ici. Retrouvons-nous au café qui fait l'angle, dans dix minutes. Prenez à gauche et traversez la rue.

— Très bien, dit Jean.

La jeune femme se retira précipitamment, sans même lui avoir donné son nom.

Jean quitta les lieux quelques instants plus tard et traîna dehors, faisant mine de contempler les vitrines illuminées des magasins. Elle était presque arrivée au coin de la rue lorsqu'elle entendit le hurlement d'une femme et le bruit sourd du métal percutant un corps. Quelqu'un poussa un cri. Deux ou trois personnes firent volte-face et se mirent à courir. Jean atteignit l'angle et les vit, regroupées autour d'une silhouette étendue sur la chaussée.

— Que s'est-il passé ? demanda-t-elle à un homme.

— Une voiture l'a renversée. J'ai à peine eu le temps de voir. Le conducteur ne s'est même pas arrêté.

— Quelqu'un a noté le numéro de la plaque ? demanda-t-on, mais personne ne répondit.

Jean aperçut les lunettes roses près du corps.

— Est-ce qu'elle est...

— Il faut appeler police secours, mais je doute que ça serve à quelque chose

Elle n'attendit pas l'arrivée de l'ambulance et de la police, et s'empressa de quitter les lieux. La situation avait beau lui échapper, elle se sentait menacée. Mais son frère Eugene l'était encore davantage. Il lui était arrivé quelque chose et elle n'osait s'imaginer quoi. La jeune femme aux lunettes roses avait dû, elle aussi, nourrir semblable inquiétude, sans quoi elle n'aurait pas posé cette question à la fin de la réunion.

Jean se hâta de regagner son appartement, gara sa voiture à l'emplacement habituel et sortit courbée pour se dissimuler derrière la portière. L'accident auquel elle avait presque assisté la perturbait parce qu'elle craignait qu'il s'agisse d'autre chose. Une voiture avait heurté la femme avant de filer dans la nuit. Était-ce un fait banal ? Un chauffeur innocent ne se serait-il pas plutôt arrêté pour venir en aide à la victime ?

Au journal télévisé de onze heures, l'accident fatal faisait le second titre, juste après l'incendie qui avait ravagé une pizzéria à l'autre bout de la ville.

La police recherchait le conducteur du véhicule et le nom de la victime était gardé secret tant que la famille n'avait pas été informée du décès. Le lendemain, comme à son habitude, Jean lut le journal du matin dans son bureau en buvant son café. La victime se nommait Amanda Burke, était célibataire et travaillait dans la plus grande bibliothèque de la ville. Cela pouvait expliquer son intérêt pour H. Rider Haggard, mais pas son lien avec le frère de Jean, à supposer qu'il y en eût un.

Pendant sa pause déjeuner, elle se rendit à pied de la radio à la bibliothèque centrale. C'était un bâtiment neuf de quatre étages et la salle de lecture baignait dans la lumière du soleil pénétrant par le toit en verrière. Jean se dirigea tout de suite vers la section de littérature où Amanda Burke avait travaillé. Au bureau d'accueil, elle s'adressa à l'employée :

— J'ai fait la connaissance d'Amanda Burke hier soir, juste avant son accident. Je me demandais si vous pourriez me parler d'elle ?

La femme regarda Jean comme si elle venait de la planète Mars.

— Vous dites que vous êtes journaliste à la radio ?

— Non, non. J'y travaille, c'est tout. J'ai besoin d'en savoir plus au sujet d'Amanda. Je cherche à retrouver mon frère et je crois que c'était une amie à lui.

La femme hésita et dit enfin :

— Mark Jessup la connaissait. Il pourra peut-être vous renseigner.

Elle composa un numéro de téléphone et, quelques instants plus tard, un grand jeune homme au visage anguleux les rejoignit.

— Bonjour. Je suis Mark Jessup. En quoi puis-je vous aider ?

— Je désirerais vous poser quelques questions au sujet d'Amanda.

Il l'invita à s'asseoir sur l'une des chaises, près de la fenêtre, et fit de même.

— Amanda était une merveilleuse jeune femme. L'accident nous a tous bouleversés.

— J'ai failli y assister, expliqua Jean. Je venais de la rencontrer et elle avait des choses à me dire au sujet de mon frère.

— Comment s'appelle-t-il ?

— Eugene Forsyth.

— Oui, fit-il en hochant la tête. Elle m'avait parlé d'un Eugene. Je l'avais taquinée pour savoir s'il s'agissait d'un petit ami, et elle n'avait pas nié.

— Je crains qu'il ne soit arrivé quelque chose de grave à mon frère, mais j'ignore quoi.

Elle eut un petit rire nerveux.

— C'est dingue que je m'inquiète à ce point-là alors que ça faisait deux ans que je l'avais perdu de vue.

— Vous l'avez revu récemment ?

— Juste sa photo à la réunion des Amis de Haggard.

— C'est là que vous avez rencontré Amanda ?

Jean hocha la tête.

— Mon frère était censé y faire une conférence et je suis allée y assister. Ils ont dit qu'il avait été pris d'un malaise, mais Amanda a exprimé des doutes sur ce point. Les organisateurs de la soirée, M. et Mme Grist, se sont empressés de clore le débat.

— C'est bizarre.

— Que savez-vous des Amis de Haggard ?

— Pas grand-chose. La femme de Grist nous apporte des tracts, chaque fois qu'une réunion a lieu, pour que nous les laissions à la disposition du public, à la réception.

— Amanda avait-elle de la famille ?

— Oui, à New York, je crois. Ils ont été prévenus.

Elle le regarda droit dans les yeux et décida qu'elle pouvait lui faire confiance.

— Pourriez-vous me tenir au courant si on découvre quoi que ce soit parmi ses affaires personnelles, ici, à la bibliothèque ? Surtout si ça a un rapport avec mon frère. Tenez, je vous laisse mon numéro de téléphone.

Il le prit en souriant.

— Je suis certain qu'il va réapparaître. Mais si j'entends parler de quoi que ce soit, je vous préviendrai.

Les jours suivants, Jean eut l'impression que toute l'aventure n'était qu'un mauvais rêve. Et pourtant, elle ne cessait d'y penser et la photographie de son frère lui revenait à l'esprit chaque fois qu'elle ouvrait son exemplaire de *Elle*, pour en lire quelques pages. Le nom de la société n'était pas dans l'annuaire et personne ne répondait jamais lorsqu'elle composait le numéro du seul Martin Grist répertorié.

Un jour, elle retourna à la bibliothèque et Mark Jessup l'aida à passer en revue les fichiers informatiques, à la recherche d'une mention de la société.

— Rien, si ce n'est les dates de leurs réunions,

lui dit Jessup en faisant pivoter l'écran pour qu'elle puisse le constater par elle-même.

— Et sur Fenley Hall ? suggéra-t-elle. Le lieu doit bien appartenir à quelqu'un. À qui ils le louent pour leurs réunions.

— Bonne idée, dit-il avec un sourire. Je vais me renseigner.

Mais lorsqu'elle revint le lendemain pendant sa pause déjeuner, les nouvelles étaient décevantes.

— Le propriétaire de Fenley Hall vit à New York. Il ne sait rien de la société, hormis qu'il s'agit d'une association littéraire. Ils louent la salle le troisième mercredi de chaque mois et règlent d'avance. Ils appellent aussi de temps en temps quand ils ont besoin de la salle pour une réunion supplémentaire.

Une nouvelle fois, c'était l'impasse... Jean se sentait découragée et peut-être est-ce pour cela que Mark, ce soir-là, l'invita à dîner. Cela lui remonta le moral et ce n'est que plus tard, alors qu'ils entamaient le dessert, dans un petit restaurant italien proche de la bibliothèque, qu'elle s'exclama :

— Mais ça m'a tout l'air d'un rendez-vous !

Mark lui décocha un sourire :

— Bien sûr. Et où est le problème ?

Elle le regarda vraiment, pour la première fois. Il avait des cheveux blond-roux un peu trop longs et, lorsqu'il souriait, ses joues se creusaient de fossettes. Elle supposait qu'il devait, comme elle, approcher de la trentaine. Il était grand et bien bâti, sans être non plus du genre athlétique.

— Comment êtes-vous devenu bibliothécaire ? demanda-t-elle, histoire de changer de sujet.

— À peine sorti de la fac, j'ai été embauché par

la Longyear Corporation. Ils avaient une importante bibliothèque d'entreprise qu'ils souhaitaient me voir diriger. J'ai toujours aimé les livres et je les ai donc laissés financer ma formation de bibliothécaire. Je venais de l'obtenir lorsque la compagnie a réduit ses effectifs et je me suis retrouvé complètement démuni : bibliothécaire sans bibliothèque. C'est alors que j'ai proposé mes services à la municipalité.

— Et c'est là que vous avez rencontré Amanda ?

— Oui. C'était une chic fille. Si elle a été tuée délibérément...

— Et mon frère ? Elle vous en a parlé, m'avez-vous dit, mais vous ne l'avez jamais vu ?

— Je crois que, comme Mme Grist, il apportait des tracts pour que nous les mettions à la disposition de nos lecteurs. C'est comme ça qu'Amanda a fait sa connaissance.

Après le dîner, Mark la raccompagna jusque chez elle, à quelques pâtés de maisons de là. Mais lorsqu'elle lui proposa de monter un moment, il déclina l'invitation. Plus tard, lorsqu'elle fut seule, elle repensa à la soirée et décida qu'il lui plaisait. Lorsqu'il l'appela à la radio, le lendemain, cela lui fit presque plaisir.

— Comment va le boulot, à la bibliothèque ?

— Bien. J'ai des nouvelles pour vous. Je pensais que ça vous intéresserait d'apprendre que Mme Grist est passée avec une nouvelle pile d'imprimés. La société Haggard organise une réunion supplémentaire jeudi prochain, et le conférencier annoncé est votre frère.

— Mon Dieu ! Il faut que j'y aille !

— Ce n'est pas tout. J'étais au bureau d'accueil

quand Mme Grist est entrée. Je lui ai dit que notre
règlement avait changé et que toute personne
venant déposer des tracts destinés aux lecteurs était
tenue de communiquer l'adresse de son organisme.
Elle a ronchonné un peu, mais elle me l'a donnée.
Ils sont à Willow Terrace.

— C'est une rue résidentielle.

— Ça doit être là que son mari et elle vivent en
ce moment.

— J'y vais juste après le boulot, déclara Jean.

— Pas toute seule ! Rappelez-vous ce qui est
arrivé à Amanda.

— Ne vous faites pas de souci pour moi.

— Laissez-moi vous y conduire. Ils ne tenteront
rien si je suis là.

Elle dut reconnaître que c'était plus prudent.

— Très bien. Je termine à cinq heures.

À cinq heures pile, Mark l'attendait au parking.

— Je me suis débrouillé pour quitter la bibliothèque un peu en avance, dit-il en lui passant l'imprimé rose des Amis de Haggard.

— Vous avez l'adresse des Grist ?

— Là.

Il lui montra le morceau de papier.

— Allons leur parler.

La demeure, de style colonial mis au goût du
jour, possédait une large allée et un garage. Mark
Jessup se rangea devant la maison au moment
même où Grist en sortait pour aller ramasser son
courrier. Il ne parut pas très content de les voir,
mais Mark l'interpella avant qu'il n'ait eu le temps
de battre en retraite.

— Qu'y a-t-il ? demanda-t-il. Je suis un homme très occupé.

— Je travaille à la bibliothèque où j'ai rencontré votre épouse, expliqua rapidement Mark. Mon amie ici présente, Jean Forsyth, voudrait vous poser des questions au sujet de son frère.

Martin Grist la fixa en plissant les yeux, comme ébloui par les rayons du soleil.

— Vous êtes la sœur d'Eugene ? Vous n'étiez pas à notre dernière réunion, par hasard ?

— C'est juste. Je ne l'ai pas vu depuis longtemps et je me fais du souci pour lui.

— Sa conférence a été reportée à jeudi. Vous pourrez le voir à ce moment-là.

Il en fallait plus pour décourager Jean. Elle le suivit jusqu'au seuil, qu'elle aurait franchi si Mme Grist ne lui avait soudain barré le passage.

— Allez-vous-en ! ordonna-t-elle. Nous ne voulons pas de vous ici. Mon mari et moi n'avons pas de temps à perdre.

Mark se précipita auprès de Jean.

— Venez. Ils ne nous apprendront rien.

Elle se laissa entraîner à contrecœur vers la voiture. Le couple Grist avait disparu dans la maison et refermé la porte.

— Un coup pour rien, marmonna-t-elle.

Ils roulèrent jusqu'au parking où elle avait laissé son véhicule. Elle se sentait en devoir de remercier Mark, d'une manière ou d'une autre, pour le temps qu'il lui avait accordé.

— J'ai des pâtes à la maison, si ça vous dit de manger un petit truc avec moi. Ce n'est pas grand-chose, mais...

— Ça tombe bien, j'adore les pâtes.

— Alors, venez. Suivez-moi dans votre voiture. Vous savez où j'habite.

La soirée s'avéra la plus agréable que Jean ait passée depuis des lustres, à tel point qu'elle en oublia son inquiétude grandissante au sujet d'Eugene. De plus, en parfait gentleman qu'il était, Mark prit congé d'elle avec un baiser chaste. Par la fenêtre, elle regarda son auto s'éloigner, sous un ciel nocturne éclairé par un incendie lointain, peut-être dans un entrepôt, à l'autre bout de la ville.

Plutôt que d'affronter la vaisselle sale le lendemain matin, Jean s'y attaqua aussitôt. Puis elle rassembla les restes du repas pour les jeter dans le vide-ordures qui se trouvait à l'extérieur, dans le couloir. Lorsque ce fut chose faite, elle se dit, tout en regagnant son appartement, qu'elle était prête à se mettre au lit. Consultant sa montre, elle vit qu'il était déjà minuit passé de quelques minutes.

C'est alors qu'une main surgie des ténèbres se plaqua contre sa bouche tandis qu'une autre lui serrait les bras.

— Ne crie pas ! lui souffla une voix à l'oreille.

Elle sentit la terreur l'envahir. Puis poussa un « ouf » de soulagement lorsqu'elle reconnut son frère Eugene.

— Tu as changé, lui dit-elle lorsqu'ils furent à l'abri dans son appartement bien fermé à clé.

Elle versa du vin dans leurs deux verres.

— Tu ressembles un peu à papa à présent.

Le jeune homme assis en face d'elle avait à peine trente ans, mais l'association de lunettes à monture

La nuit s'éveille

foncée et d'une moustache bien taillée lui donnait l'air plus âgé.

— J'espère que non, dit-il avec un sourire.

L'espace d'un instant, elle retrouva le frère d'autrefois, tant aimé dans sa jeunesse. Puis l'impression se dissipa et il redevint cet inconnu qui venait d'entrer dans sa vie.

— Où étais-tu passé, Eugene ? Voilà deux ans que je suis sans nouvelles de toi.

— J'ai travaillé ici et là, répondit-il en haussant les épaules. Il ne m'a pas toujours été facile de garder le contact.

— Je ne t'aurais jamais retrouvé si je n'avais pas entendu parler de ta conférence. Tu vis en ville ?

— Je suis là pour un petit moment, répondit-il vaguement.

— Cette femme, Amanda, qui a été renversée par la voiture...

— Oui, eh bien ?

— Elle semblait s'inquiéter pour toi. Après l'exposé de Martin Grist, elle a demandé pourquoi on ne t'avait pas laissé parler.

— C'était un malentendu. Je me suis trouvé mal au tout dernier moment.

Soudain, Jean se demanda si elle pouvait lui faire confiance.

— Tu as annulé parce que tu m'as aperçue dans le public ?

— Non, non. Je n'ai même pas vu le public. Je ne me sentais pas en état de parler, c'est tout.

— D'où t'est venu ce soudain intérêt pour les livres de Haggard ? Je ne me souviens pas de ton goût pour la lecture.

— Père ne l'a pas vraiment encouragé, non ?

246

Elle se rendit compte que son attitude, après toutes ces années, ne s'était pas vraiment modifiée.

— Il était pompier, nom de Dieu ! Et occupé à gagner de l'argent pour nous nourrir. Ça a fini par le tuer. Pour ça aussi, tu lui en veux ?

Eugene haussa les épaules.

— Ils lui ont fait de belles funérailles.

— Il t'arrive d'appeler maman, en Floride ?

— Je n'ai ni son adresse ni son numéro de téléphone.

— Je peux te les donner.

Il soupira :

— Qu'est-ce que je pourrais bien lui raconter, au bout de tout ce temps ?

— Plus que tu ne m'en racontes à moi, j'espère. Eugene, tu reviens dans ma vie après deux ans de silence sans même te donner le mal de sonner ou de frapper à ma porte. Tu te jettes sur moi dans le couloir et tu manques de me faire crever de trouille !

— J'en suis désolé, sœurette.

— Et Amanda Burke ? demanda-t-elle. Tu la connaissais, non ?

— Oui, admit-il. J'avais commencé à sortir avec elle.

— Vous viviez ensemble ?

— Pas vraiment.

— Est-ce qu'elle a été assassinée ?

Il détourna les yeux.

— Je ne sais pas ce qui s'est passé ce soir-là. Tout est possible.

— C'est pour ça que tu es rentré dans mon appartement comme un voleur ?

Il but une gorgée de vin et dit :

247

— Écoute, sœurette. Tu poses trop de questions. Aujourd'hui tu t'es rendue chez les Grist, et plus tard je t'ai vue monter avec ce gars qui travaillait avec Amanda.

— Tu connais Mark ?

— Je l'ai vu une ou deux fois à la bibliothèque.

Son visage prit une expression inquiète.

— Ce n'est pas lui qui me préoccupe, continua-t-il, c'est toi. Je ne voudrais pas qu'il t'arrive quelque chose.

— Du genre de ce qui est arrivé à Amanda Burke ?

— C'est du sérieux, sœurette. Ne va pas à la réunion de jeudi.

— Tu t'attends à ce que j'obéisse ? Tu es mon frère, nom de Dieu ! Si tu es en mauvaise posture, je veux pouvoir t'aider.

— Il n'y a rien que tu puisses faire.

Il finit son verre et se leva.

— Eugene...

— Bonne nuit, sœurette. Fais attention en traversant la rue.

Comme il atteignait le seuil, elle lui lança :

— Je viendrai jeudi soir. Rien ne pourra m'en empêcher.

— C'est ce que je vois.

— Dis-moi encore juste une chose. C'est quoi, les Amis de Haggard ?

Il hésita, puis répondit :

— Pose-moi cette question à la réunion de jeudi.

Jean ne mentionna pas la visite de son frère lorsqu'elle déjeuna avec Mark, le lendemain. Elle ne

voulait surtout pas avoir à lui décrire comment
Eugene s'était jeté sur elle dans le couloir. Mark le
trouverait louche et il n'aurait peut-être pas tort.
Auquel cas, ça expliquerait pourquoi son frère avait
coupé les ponts avec elle.

Ce soir-là, Mark serait de service à la bibliothèque
et ils ne pourraient donc pas se voir après le travail.
Ils discutèrent de la pluie et du beau temps, puis
Mark lui demanda :

— Vous comptez aller à la réunion de demain
soir ?

— Bien sûr. Il faut que je voie Eugene.

— Je m'inquiète pour vous, Jean. Après ce qui
est arrivé à Amanda.

— Je ferai attention en traversant la rue, dit-elle
avec un sourire, se souvenant de la mise en garde
de son frère.

— Ne prenez pas ça à la légère. Si j'en crois vos
paroles, sa mort a quelque chose — mais quoi, au
juste ? — à voir avec votre frère. Vous dites qu'elle
a posé une question à son sujet, avant d'être tuée,
et voilà que vous vous êtes mise, vous aussi, à poser
des questions sur lui. Je préférerais vous accompagner demain.

Elle accepta sans se faire prier :

— D'accord.

Elle avait confiance en Mark mais commençait,
en revanche, à douter de son frère.

— On pourra manger un morceau ensemble,
après mon travail, et aller à Fenley Hall à pied.

Ce soir-là, en rentrant de son travail, Jean regarda
bien à droite, puis à gauche, accordant une attention particulière aux véhicules garés. Mais ils paraissaient vides, et nulle ombre menaçante n'était tapie

sous un porche. Elle monta chez elle et passa un plat surgelé au four à micro-ondes.

Jeudi, le temps était maussade et bruineux. Par une journée pareille, Jean aurait préféré rester au lit. Elle laissait toujours son réveil réglé sur la station pour laquelle elle travaillait et le joyeux bavardage du météorologiste et le flash d'information de sept heures qui suivait étaient les premiers sons à lui parvenir. Ce jour-là était comme les autres. Le temps qu'il faisait venait en priorité parce que ses employeurs jugeaient que c'était ce qui intéressait le plus les auditeurs au commencement d'une nouvelle journée. Suivaient le point sur la circulation et la nouvelle du jour, en l'occurrence un incendie qui s'était déclaré dans une rue marchande de la périphérie. Jean se glissa hors des draps et s'avança, sur la pointe des pieds, jusqu'à la salle de bains.

Tandis qu'elle se brossait les dents, elle se rappela soudain Eugene et la réunion des Amis de Haggard. Vu qu'elle devait auparavant dîner avec Mark, elle passa l'une de ses plus jolies robes. Cela mit la puce à l'oreille de Heather, du bureau voisin.

— Un rendez-vous important, ce soir ?

— Mon frère donne une conférence pour une société littéraire.

— Vachement palpitant, grommela Heather. Pour qui ? Pour la société Jane Austen ?

— H. Rider Haggard.

— Il y a encore des gens qui lisent ce type ?

— Visiblement oui. Ils prêtent des exemplaires de ses romans à chaque réunion.

— Comment il s'appelait, déjà, celui où la femme meurt brûlée vive à la fin ?

— Tu dois faire allusion à *Elle*. Mais les flammes

ne font que la flétrir, détruisant son immortalité. Je le sais parce que je viens de le relire.

Heather regarda Jean d'un air désolé.

— Eh bien, amuse-toi !

Lorsque Mark et elle arrivèrent à Fenley Hall, vers huit heures moins le quart, la moitié des sièges était déjà occupée.

Mme Grist se tenait à l'entrée, dans une robe habillée, aux manches longues et amples. Elle récupérait, par avance, certains des livres empruntés. Jean rendit le sien sans dire un mot. Elle remarqua que des lecteurs, désireux de connaître la suite, empruntaient des exemplaires d'*Ayesha*, le second volume de la série. Eugene n'était nulle part en vue, et elle s'assit pour l'attendre.

Cette fois-ci, ce fut Martin Grist qui s'avança d'un pas décidé vers le podium.

— Mesdames et messieurs, bienvenue à cette réunion exceptionnelle des Amis de Haggard. Ceux d'entre vous qui ont encore des ouvrages à rendre ou à échanger pourront les apporter à ma femme au terme de cette séance. Nous sommes très heureux d'avoir pu reprogrammer ce soir la conférence du spécialiste de Haggard qu'est M. Eugene Forsyth. C'est lui qui a créé le premier site Internet consacré à Haggard. Il nous parlera de cette expérience ainsi que des joies et des peines du lecteur et collectionneur de H. Rider Haggard. Je vous prie de l'accueillir chaleureusement.

Eugene s'était vêtu pour l'occasion d'une veste kaki, semblable à celle que le héros de Haggard,

Allan Quatermain, aurait pu porter dans sa quête des mines du roi Salomon.

— C'est votre frère ? chuchota Mark.

— Oui.

Jusqu'à cet instant, elle ne s'était pas vraiment attendue à le voir apparaître. À présent, elle avait l'impression d'observer un inconnu, tandis qu'il se tenait là, à la tribune, à discourir sur des romans vieux d'un siècle.

— Ceux d'entre vous que seule la lecture des *Mines du roi Salomon,* et de ses suites, a familiarisés avec le personnage d'Allan Quatermain, seront sans doute surpris d'apprendre que Haggard a réuni ses deux plus célèbres créations dans un roman de 1920 intitulé *Allan et Elle.* L'intrigue se situe peu avant les événements relatés dans *Elle.*

Tandis qu'il parlait, Jean revoyait leur jeunesse et la mort brutale de leur père. Peut-être qu'Eugene, à partir de ce moment-là, avait changé. Mais en quoi ? Depuis des années, son frère constituait à ses yeux un mystère. Elle s'était même demandé si ce n'était pas pour cette raison qu'ils avaient cessé de se fréquenter.

— Si Haggard n'a jamais été ce qu'on appelle un grand écrivain, il est indéniable qu'il a été un grand conteur, rachetant par le réalisme de ses descriptions et par son imagination débordante un style parfois irritant et des personnages manquant souvent d'épaisseur.

Il parla de son site Haggard sur Internet qui lui avait permis d'entrer en contact avec Martin et Antonia Grist. Il conclut enfin son exposé par ces mots :

— Il me reste une vingtaine de minutes pour répondre à vos questions, si vous voulez en poser.

Un homme, à l'autre bout de la salle, leva la main et demanda :

— C'est vrai que Haggard a été fait chevalier, en Angleterre, pour ses romans d'aventures ?

— Ah, si seulement c'était vrai ! Il a été fait chevalier, certes, mais pour ses études sur l'agriculture anglaise et sur l'occupation des sols.

Jean leva la main, mais Eugene donna d'abord la parole à quelqu'un d'autre.

— Qu'est-ce que vous voulez demander ? murmura Mark.

— Vous verrez bien.

La fois suivante, Eugene la désigna :

— La jeune femme, là-bas.

Elle se leva et leurs regards se croisèrent pour la première fois depuis le début de la conférence.

— Qu'est-ce que la Société des Amis de Haggard ?

Eugene sourit. On aurait dit qu'il attendait ce moment depuis longtemps.

— Les Amis de Haggard, c'est une association de malfaiteurs, payée pour provoquer des incendies, et qui recrute des agents anonymes afin d'exécuter des contrats établis par Martin Grist et son épouse.

La main d'Antonia Grist émergea de sa longue et ample manche, serrant un petit pistolet automatique. Elle le pointa vers Eugene mais deux hommes, assis au premier rang, se jetèrent sur elle. On entendit un sifflet de police et, presque aussitôt, les Amis de Haggard tombèrent aux mains de leurs ennemis.

La nuit qui suivit fut longue. Quand Eugene les

rejoignit enfin, Mark et elle, au commissariat, Jean faillit en pleurer de soulagement.

— J'ai cru que...

— Je suis désolé d'avoir dû faire tant de mystères, sœurette, dit-il tout en la serrant contre lui. Il fallait absolument coincer ces gens, surtout après ce qu'ils ont fait à Amanda. Elle craignait qu'il ne me soit arrivé quelque chose lorsque ma conférence a été annulée, la dernière fois. La question qu'elle a posée a mis Mme Grist sur ses gardes. Tandis qu'ils repartaient, dans leur auto, ils ont vu Amanda traverser la rue, et Antonia a foncé sur elle. Ils prétendent que ce n'était pas prémédité, mais tous leurs autres agissements l'étaient.

— Tu travailles pour la police ? demanda Jean.

Son frère hocha la tête.

— Plus ou moins. Je suis un agent secret spécialiste des incendies d'origine criminelle. Tout a commencé dans l'Ohio, l'année où j'ai quitté l'université. Les Amis de Haggard sévissaient dans le coin, à l'époque, et la police avait besoin d'un jeune homme pour infiltrer leurs rangs. J'ai établi le site Haggard sur Internet, et j'ai essayé de me mettre bien en vue pour qu'ils en viennent à me contacter. Au début, ça n'a pas marché parce qu'ils ont eu peur et se sont transférés ici. Bientôt le nombre d'incendies d'origine criminelle a considérablement augmenté et la police m'a demandé de maintenir le site Haggard. J'ai finalement réussi à embobiner Grist, et la police de l'Ohio m'a « prêté » à la police d'ici. J'ai mis un certain temps à comprendre comment les choses se passaient. La seule certitude, c'est que beaucoup d'incendies étaient provoqués par le même dispositif.

— Leur intérêt pour Haggard, alors, c'était une couverture ? demanda Mark.

— Oui, et le mien aussi. J'ai rencontré Amanda à la bibliothèque un jour où je faisais des recherches sur Haggard. Je n'aurais jamais pensé la mettre en danger. Ils devaient déjà me soupçonner, ou ils ne l'auraient jamais éliminée comme ça.

— Mais comment la société établissait-elle les contacts avec les incendiaires ? demanda Jean.

— Ils recrutaient des gens désireux de faire partie de leur association. La plupart d'entre eux ont été arrêtés ce soir. Ils assistaient aux réunions et, s'ils étaient prêts à provoquer un incendie pour gagner de l'argent, ils se présentaient avant ou après les conférences et se faisaient remettre un ouvrage par Mme Grist. Les éléments extérieurs recevaient de vrais livres et les malfaiteurs des volumes creux contenant un dispositif incendiaire, l'adresse de la cible, une note indiquant le meilleur moment pour agir, et l'argent.

— On les payait avant l'exécution du contrat ?

— Oh, ils s'acquittaient de leur tâche. Ils avaient intérêt, s'ils voulaient obtenir d'autres contrats. Leur organisation était remarquablement structurée, à vrai dire. Les propriétaires des locaux, ou autres commanditaires des incendies, s'arrangeaient pour avoir un alibi. L'exécuteur du contrat ne leur était jamais connu et l'incendiaire lui-même ignorait l'identité du commanditaire. Pour juger du succès de l'entreprise, il suffit de constater le nombre d'incendies d'origine criminelle dans cette ville ces derniers temps.

Jean se souvint des nouvelles télévisées et des cieux nocturnes embrasés. Elle revit aussi Mme

Grist allumant un cierge avant chaque réunion. Tout tournait autour du feu, comme les flammes qui détruisaient Celle-à-qui-il-faut-obéir.

— Pourquoi est-ce que tu as annulé ta conférence, il y a deux semaines ?

— Je voulais profiter de cette réunion pour piéger les malfaiteurs, comme je l'ai fait ce soir, et pour en capturer le maximum possible, munis des ouvrages creux. Au tout dernier moment, nous avons eu un problème avec les expertises du labo et nous n'étions pas prêts à procéder à l'arrestation. Plutôt que de donner ma conférence, j'ai préféré la reporter de deux semaines, de manière à ce que nous puissions suivre notre plan initial. Nous avions une douzaine d'hommes disséminés dans les rangs du public et des agents en uniforme postés à l'extérieur.

Il sortit avec eux du commissariat et s'attarda un moment avec Jean.

— Mark a l'air d'un mec sympa.

— Il l'est.

Une question lui brûlait les lèvres.

— Dis, Eugene, demanda-t-elle, ce travail d'agent secret, c'est à cause de notre père, non ?

— Je suppose que oui. Je ne l'aimais pas trop mais, tout de même, il est mort dans un incendie. Pour moi, le feu a toujours été l'ennemi.

— C'étaient les Grist, l'ennemi.

Elle l'entoura de ses bras.

— C'est bon de t'avoir retrouvé.

Traduit par Dorothée Zumstein

Pour le meilleur et pour le pire

LOREN D. ESTLEMAN

C OUCOU ! Me revoilà !
Avant même qu'il eût le temps de refermer la
porte, elle bondit, l'enlaça et le couvrit de baisers.
Elle avait une bonne tête de moins que lui, mais
était presque aussi forte, et de vingt ans plus jeune.
Cette petite fille d'un fermier de l'Ohio devait ses
membres minces et musclés à une douzaine d'étés
passés à aider son grand-père à la tâche. Elle l'avait
déjà à moitié déshabillé lorsqu'il se rendit compte
qu'il avait encore en main le *Los Angeles Times* qu'il
était sorti acheter. Il laissa tomber le journal, libé-
rant ses mains.

Plus tard, il s'assoupit. Pendant ce temps, elle
commanda le petit déjeuner, renvoya le jeune serveur hispanique avec un généreux pourboire et
transporta le chariot dans la chambre. Quel plaisir
de pouvoir enfin s'offrir le superflu ! Avant de rencontrer Peter, elle avait toujours été au sou près.
Pas de doute, épouser un homme ayant gagné assez
d'argent grâce à ses magasins d'appareils photo
pour se permettre de prendre sa retraite à quarante
et quelques années, cela présentait des avantages
certains. L'argent ne constituerait pas un motif de

discorde, et Peter ne serait pas retenu tard au travail les soirs où elle aurait envie d'un dîner aux chandelles.

Ou du moins, c'est ce qu'elle s'imaginait, vu qu'elle connaissait à vrai dire très peu l'homme qu'elle avait épousé vingt-quatre — non, vingt-*cinq* — heures plus tôt. Prenait-il seulement un petit déjeuner ? Et si oui, quels étaient ses goûts en la matière ? Mais il dormait si profondément qu'elle n'avait pas voulu le déranger.

C'était un bel homme, même si son physique n'avait rien de remarquable. Il perdait un peu ses cheveux bruns au niveau des tempes, mais ça lui allait plutôt bien. Il était visiblement soucieux de sa forme — il n'avait ni biceps impressionnants ni abdominaux en plaque de chocolat, mais pas non plus le moindre bourrelet. Les vêtements qu'il portait étaient discrets, mais choisis avec goût. Il faudrait tout de même qu'elle fasse quelque chose au sujet de ses chemises blanches trop strictes et de ses cravates unies. Ses copines avaient poliment fait comprendre à Laurie qu'elles le trouvaient terne. En effet, il n'attirait guère les regards féminins lorsqu'il entrait dans une salle pleine de monde. Tel avait été le cas, en revanche, du père de Laurie, qui était par ailleurs incapable de résister à la tentation. D'où le divorce de ses parents. Laurie avait eu très jeune sa dose d'hommes fascinants. La vie avec Peter promettait d'être sans surprise. Aux yeux de son épouse, cela constituait un attrait supplémentaire.

Elle le réveilla en s'étendant sur lui de tout son long et en lui embrassant les paupières. Il sourit puis aperçut le chariot du petit déjeuner et décréta qu'il était affamé. Assise en face de lui, dans son nouveau déshabillé en satin bleu pastel, elle buvait son café à petites gorgées en le regardant enfourner son steak et ses œufs brouillés. Elle songeait qu'il lui faudrait bientôt découvrir ce qu'il prenait habituellement pour le petit déjeuner. En tant qu'enfant de divorcés, elle n'ignorait pas que les petits détails apparemment sans importance sont en réalité essentiels et qu'ils suffisent, pour peu qu'on les néglige, à miner un mariage.

Si Peter ne lui avait guère fait de confidences, il connaissait en revanche presque tout d'elle. Laurie était une vraie pipelette, farfouillant sans cesse dans son passé à la recherche d'anecdotes propres à meubler les silences gênants. Il savait par conséquent qu'elle avait vingt-trois ans, qu'elle avait été élevée dans la banlieue de Dayton, et qu'elle passait ses étés à la ferme dans laquelle elle avait par la suite vécu à partir de ses treize ans — quand ses parents s'étaient séparés. À dix-huit ans, elle était partie suivre une formation d'infirmière à l'université de l'Ohio, puis avait travaillé comme réceptionniste dans un dispensaire de Toledo. C'est là qu'elle avait rencontré Peter, venu se faire retirer un grain de beauté suspect. Il était repassé deux fois après l'intervention pour vérifier que tout allait bien. La troisième fois qu'il avait franchi le seuil, c'était pour inviter à dîner la jolie réceptionniste blonde. Elle avait apprécié son aspect, sa discrétion et — déformation professionnelle — l'attention qu'il portait à sa santé et aux messages que son corps lui envoyait. Comment aurait-elle pu aimer un homme qui ne s'aimait pas lui-même ? Six semaines plus tard, ils étaient mariés.

Sa mère, qui ne s'était pas encore remise du divorce, n'approuva pas sa décision. Un point, en particulier, la choqua : le choix de Laurie de renoncer à son nom de jeune fille. Mais celle-ci croyait à l'engagement total et, de toute manière, elle n'avait jamais aimé épeler son nom de famille d'origine allemande et corriger la prononciation des gens. En ces années servilement post-féministes, son esprit indépendant se réjouissait à l'idée de faire imprimer son papier à lettres au nom de *Mme Peter Macklin.*

Elle attendit qu'il ait saucé son assiette avec un morceau de toast, engouffré celui-ci et repoussé son assiette. Puis elle lui demanda :

— Qu'est-ce qu'on va faire, aujourd'hui ?

Il sourit. Bien qu'il ne fût pas un homme austère, il ne souriait que lorsqu'il était amusé ou heureux, et jamais par politesse. Ça aussi, c'était une chose qu'elle adorait en lui : son sourire n'était pas gagné d'avance, il fallait le mériter.

— Je serais plutôt tenté de te demander ce que toi, tu veux faire. Mais tu en profiterais, et moi, je finirais sur les rotules !

— Arrête de jouer les vieillards ! On peut louer une auto ? Je voudrais rouler jusqu'à la côte et voir enfin l'océan, moi qui ne suis jamais allée plus loin que le lac Huron.

— Je finis mon café et je vais demander au type de la réception d'arranger ça. On pourrait déjeuner à Santa Barbara. Il y a cinq ans, il y avait un super petit resto de fruits de mer sur la jetée. Il y est peut-être toujours.

— Qu'est-ce que tu faisais là-bas, il y a cinq ans ?

— Des affaires. Il se consomme autant d'appareils photo en Californie que de pneus à Detroit.

Il ouvrit son journal.

Pendant qu'il lisait, elle prit sa douche et se brossa les dents.

Elle sortit de la salle de bains vêtue en tout et pour tout d'une culotte et d'un soutien-gorge de dentelle noire, se dressant sur la pointe des pieds afin de mettre ses jambes en valeur.

— Bien sûr, si tu as une meilleure idée...

Elle se déhancha et posa une main sur sa taille comme elle avait vu Mae West le faire à la télé.

Le journal gisait au pied de la chaise de Peter. Il était au téléphone. Puis il raccrocha brusquement et dit :

— Voilà cinq minutes qu'ils me font poireauter, à la réception ! Il vaut mieux que je descende carrément leur parler.

Il se leva et sortit, sans même lui adresser un regard.

Lorsqu'elle fut seule dans la chambre, elle réalisa qu'elle se tenait toujours sur la pointe des pieds et reposa ses talons sur le sol.

Elle tritura une petite peau, sous l'ongle. L'avait-elle choqué ? Non, Peter n'était pas du genre puritain, de cela elle était certaine. Mais peut-être avait-elle surestimé ses forces — il était presque deux fois plus vieux qu'elle, après tout, et en était conscient. À supposer que ce fût le cas, la différence d'âge s'immisçait alors pour la première fois dans leur relation. Mais selon toute probabilité, il était juste préoccupé. Il lui arrivait d'être ainsi : présent, tendre et attentif puis, l'instant d'après, distant et perdu dans ses pensées. Oui, elle avait encore beaucoup de choses à apprendre.

Elle se baissa pour ramasser le journal et le poser sur la table, lisant au passage le gros titre de première page, où elle repéra le mot *Detroit*. Elle se demanda si c'était ce qui avait rendu Peter soucieux. Detroit était sa ville ; c'est là que se trouvait le siège de la chaîne de magasins d'appareils photo qu'il avait possédés. Le fait de retomber par hasard sur le nom de la ville lui avait peut-être rappelé de vieux tracas. Le titre en lui-même — OUVERTURE D'UNE INSTRUCTION CONTRE UN PARRAIN DE DETROIT — paraissait trop loin de leur vie pour être inquiétant.

Lorsqu'il reparut, il était de nouveau tendre et enjoué. Elle en ressentit un tel soulagement qu'elle tarda un peu, cette fois-ci, à se jeter à son cou. Leurs ébats furent plus brefs, moins passionnés et, trois quarts d'heure plus tard, ils tentaient d'échapper, à bord d'une Camaro décapotable vert pomme, aux bouchons et au smog, pour pouvoir relever la capote et se prendre pour Cary Grant et Deborah Kerr (Laurie était accro à la chaîne Ciné-Classique).

Ce matin-là, le ciel était couvert. Mais après un déjeuner plutôt décevant à Santa Barbara, où le restaurant dont Peter se souvenait avait changé de propriétaire et perdu en qualité, le soleil fit son apparition. Lorsqu'ils s'en retournèrent vers Los Angeles, ses rayons perçaient des nuages orange et pourpre, composant un de ces stupéfiants couchers de soleil que la Californie du Sud doit à la pollution atmosphérique. Bien que Laurie eût fait partie, au lycée, d'un groupe de défense de l'environnement, elle était trop enivrée par la splendeur violette du Pacifique pour s'en soucier. Elle vivait sa lune de miel dans un décor de contes de fées, avec un homme qui — cela la surprit et l'enchanta — n'hésitait pas à faire une embardée à seule fin d'éviter de heurter une mouette somnolant sur l'asphalte.

— Euh, monsieur Macklin...

Le réceptionniste, un Hispanique à peine plus âgé mais beaucoup plus raffiné que le serveur du matin, tendit à Peter un message griffonné sur une feuille à en-tête de l'hôtel. Peter le lut, jeta un coup d'œil en direction du bar baignant dans une lumière rose, et embrassa Laurie.

— Quelqu'un m'attend. Monte, je te rejoins dans un petit moment.

— Elle est jolie ?

Elle prononça ces mots sur le ton de la plaisanterie. Mais elle n'en avait pas moins l'estomac noué.

— C'est un homme, et il n'est même pas beau. On a été partenaires en affaires, dans le temps. Je ne peux pas me défiler, ce serait impoli.

Il l'embrassa à nouveau et s'éloigna, son visage affichant la même expression contrariée que le matin lorsqu'elle était sortie de la salle de bains.

Une fois en haut, elle enfila l'une des chemises de nuit qu'elle avait achetées pour sa lune de miel — une nuisette vieux rose aussi légère qu'une plume — et se glissa entre les draps. Elle avait l'intention de rester éveillée, mais le long trajet effectué et l'air de la mer firent leur effet et elle s'endormit.

Elle se réveilla à l'aube, seule dans la chambre. Du côté de Peter, le lit n'était même pas défait. Sur le téléphone, le voyant des messages clignotait.

— Vous avez un message, madame Macklin, de la part de M. Macklin.

La voix était apparemment celle du jeune réceptionniste.

— Voulez-vous que je le fasse monter ?

— Non, ouvrez-le et lisez-le-moi.

— « Chérie, lut l'employé. Un problème d'ordre juridique a surgi dans la vente de mon affaire. Rendez-vous à onze heures dans la salle à manger. Mille baisers, Peter. »

Elle raccrocha sans même remercier le jeune homme. Quelle sorte de problème juridique pouvait contraindre un homme retiré des affaires à découcher ? Était-ce vraiment un homme que Peter avait rencontré ? Elle pleura un petit moment. Puis décida de cesser de se comporter en femme-enfant et appela la réception.

Après avoir pris le petit déjeuner dans sa chambre, elle passa un pantalon, un t-shirt et des chaussures plates et alla flâner sur Sunset Boulevard. Dans un magasin de porcelaines, elle choisit une soupière dont le couvercle émaillé était décoré d'un coucher de soleil mexicain — cadeau pour sa mère — et se débrouilla pour le faire expédier dans l'Est. Elle commençait à se sentir mieux. Elle reprit le chemin de l'hôtel et acheta pour un dollar, à un vendeur des rues, un plan de la ville indiquant l'emplacement des demeures des stars.

Quelques minutes avant onze heures, un serveur chauve, au teint mat, l'accompagna dans la salle à manger. Elle lui expliqua qu'elle attendait quelqu'un, commanda un thé glacé et déplia la carte achetée pour rire. Elle avait cependant bien l'intention, à présent, de forcer Peter à faire avec elle l'une de ces excursions en bus pour le punir de l'avoir négligée. C'est alors qu'elle vit l'inconnu entrer.

Il était d'une taille démesurée. Ses jambes surtout n'en finissaient pas, prises dans un jean trop raide plissant derrière les genoux au moindre de ses pas. Les talons de ses bottes de cow-boy — en peau de lézard ou un truc dans le genre, teintes en rouge vif, avec des bouts noirs et luisants — lui ajoutaient sept ou huit centimètres dont il aurait pu se passer, et le haut de son chapeau beige frôlait les fougères suspendues au plafond tandis qu'il traversait la pièce. Il portait une chemise fantaisie à boutons de nacre et, sans foulard noué, son cou hâlé paraissait nu. Laurie était trop fascinée par cet accoutrement pour réaliser que l'homme se dirigeait vers elle. Elle ne le comprit que lorsqu'il se fut arrêté devant sa table et eut retiré son chapeau.

— M'dame Macklin ?

Elle hésita. Il avait les cheveux paille, des yeux d'un bleu délavé et une mâchoire massive qui partait sur le côté lorsqu'il souriait et rappelait une vache en train de mastiquer.

— Oui ?

— Je suis heureux de vous rencontrer, m'dame. Je suis Roy Landis. Mon vrai nom c'est Leroy, mais ne vous occupez pas de ça. En général les gens m'appellent Abilene.

Il sortit un morceau de papier d'une des poches de sa chemise et le lui mit sous le nez.

— Voilà qui devrait éclairer votre lanterne.

Elle déplia la feuille et reconnut l'écriture nette et sans fioritures de son époux.

265

Ma chérie,

Le problème juridique est plus sérieux que je ne l'aurais cru. Voici Abilene, un vieil ami qui te tiendra compagnie jusqu'à ce que je puisse me libérer. N'hésite pas à lui demander tout ce dont tu auras besoin.

Elle était au bord des larmes, mais prit son temps pour replier le mot, ouvrir son sac à main et le glisser à l'intérieur, si bien que lorsqu'elle releva la tête, ses yeux étaient secs. Elle adressa à l'homme un sourire poli.

— Je vous remercie, monsieur Abilene.

— Abilene tout court.

— Je n'ai besoin de personne. Je vais me contenter d'attendre Peter, et vous, pendant ce temps, vous pourrez vaquer à vos occupations.

— Je suis désolé, m'dame, mais c'est vous mes occupations. Los Angeles est une ville dangereuse pour ceux qui n'y ont jamais mis les pieds. Ça fait dix ans que j'y vis et j'ai une bonne voiture. Je vous emmène où vous voulez, et rien ne vous oblige à m'adresser la parole si vous n'en avez pas envie.

— C'est quoi votre métier au juste, garçon de compagnie ?

Le sourire d'Abilene se transforma en rictus.

— Appelez-moi comme bon vous semble, mais dites « Abilene », si vous voulez une réponse.

— Depuis combien de temps connaissez-vous mon mari ?

— Depuis trois ou quatre ans. Je rends des petits services à M. Major. Chaque fois que Peter est en ville, je lui sers de chauffeur.

— M. Major est un associé de Peter ?

— Oui, m'dame. Ils bossaient déjà ensemble à Detroit, avant même que M. Major vienne s'installer ici.

— M. Major vend des appareils photo ?

— M. Major vend de tout.

— Je vous en prie, Abilene, asseyez-vous.

Il tira une chaise, s'assit et se baissa pour déposer son chapeau, à l'envers, sur le sol.

— Vous venez du Texas ou du Kansas ? Je n'arrive pas à situer votre accent, et j'ai pourtant vu tous les westerns jamais réalisés.

— Je viens de l'Arkansas. D'un trou perdu nommé Blytheville. Vous n'en avez jamais entendu parler. Ça fait vingt-cinq ans que je n'y ai plus fichu les pieds.

Il était plus âgé qu'elle ne l'aurait cru. Il avait des rides autour des yeux et ses iris étaient presque aussi pâles que le blanc de l'œil.

— Et entre Blytheville et Los Angeles, vous avez vécu où ?

— À Chicago, à Las Vegas, à Miami, à Atlantic City. Partout où il y avait du boulot.

Une serveuse apporta à Laurie son thé glacé. Elle commanda du poulet et tendit le menu à Abilene qui le parcourut en un clin d'œil.

— Pour moi ce sera un steak saignant et un whisky. Et apportez-moi aussi l'addition.

— Ne vous donnez pas cette peine, dit Laurie.

— Ce sont les ordres de M. Major.

Une fois que la serveuse se fut éloignée, Laurie demanda :

— Quel genre d'affaires Peter peut-il avoir à régler avec M. Major ? D'après lui, il s'agit d'un problème juridique.

267

— Il a dit ça ? dit Abilene en souriant de plus belle. Eh bien, à vrai dire je n'en sais rien. Je ne suis qu'un intermédiaire.

Au cours du déjeuner, il lui confia avoir fait de la figuration dans un film avec Clint Eastwood.

— M. Major avait mis de l'argent dans la production.

Laurie jeta un coup d'œil au plan replié sur la table.

— Vous savez où se trouve la maison de Harrison Ford ?

— J'ai cessé de m'intéresser au cinéma depuis qu'on ne fait plus de westerns, répondit-il. Mais si ça vous dit, je peux vous montrer où habitaient Joel McCrea et Randolph Scott.

— Vous aimez les vieux films ?

— Ceux où il y a des chevaux et des flingues, oui.

Elle n'aurait su dire si ce geste était inspiré par sa colère à l'égard de Peter ou par l'absurdité du personnage ; toujours est-il qu'elle lui toucha le poignet.

— Abilene, je crois que c'est le début d'une belle amitié.

Elle passa une agréable journée, qui l'eût été encore davantage si Peter avait été présent. Abilene, qui connaissait effectivement la ville de fond en comble, l'emmena au Chinese Theater, où elle mit les pieds dans les empreintes de Jean Harlow, tandis que son compagnon plaçait ses bottes dans celles laissées par John Wayne. Puis il lui désigna la vieille demeure de Tom Mix et la conduisit jusqu'à un canyon de Malibu où l'on tournait des westerns du temps du muet. La voiture d'Abilene était une Jeep noire Grand Cherokee, munie d'un pot d'échappement en acier chromé aussi étincelant que ses bottes. Ils dînèrent dans un restaurant où les stars ne venaient plus et retournèrent à l'hôtel. Peter n'y avait laissé aucun message. Devant les ascenseurs, elle se retourna pour remercier Abilene.

— Demain, on ira à Juarez, dit-il. Je vous montrerai où Will Rogers allait s'envoyer en l'air. C'est devenu une usine de bonbons.

— Je vous remercie, mais je suis certaine que Peter sera revenu d'ici là.

Elle se sentait soudain vidée. Elle en avait assez d'entendre Abilene parler du bon vieux temps.

— Je vous appellerai à huit heures. Au cas où il ne serait toujours pas rentré.

Il se tenait toujours là, avec son sourire de traviole, lorsque les portes se refermèrent.

Une fois à l'étage, elle farfouilla dans son sac à main et se rendit compte qu'elle avait laissé sa clé à l'intérieur de la chambre. Elle reprit l'ascenseur à contrecœur et, dans le hall, un employé lui en remit une autre. Elle pivota sur ses talons, prête à repartir, mais se figea sur place en apercevant la longue silhouette d'Abilene vautrée dans un fauteuil club. Il releva son chapeau de cow-boy pour mieux l'observer, puis le remit en place.

Elle resta plantée là un moment, hésitant à s'approcher. Finalement, elle jugea que le chapeau constituait une barrière trop dissuasive, et remonta dans sa chambre.

Elle ferma la porte à double tour et mit la chaîne de sûreté. Ensuite, elle se déshabilla en toute hâte et passa une chemise de nuit en coton toute simple qu'elle avait hésité à emporter pour son voyage de noces. Une fois au lit, elle réfléchit à la situation. Est-ce qu'il croyait vraiment la protéger ? Qui sait, peut-être habitait-il trop loin pour se donner la peine de rentrer chez lui s'il avait l'intention de passer la prendre le lendemain matin ? Ce qui était certain, c'est qu'il en faisait trop pour un homme chargé par un ami de distraire sa nouvelle épouse. Ou bien était-ce un genre de filature ? Plus que jamais, elle aurait souhaité que Peter soit là.

La sonnerie du téléphone l'arracha au sommeil. Tout d'abord, elle n'eut pas conscience d'avoir dormi. Mais, de part et d'autre des épais rideaux, on voyait filtrer un rai de lumière, et le réveil, sur la table de nuit, indiquait 7 : 59.

— M'dame Macklin ?

— Abilene.

Elle avait espéré que ce serait Peter.

— Ça vous dirait de prendre un petit déjeuner vite fait en bas, et de partir de bonne heure pour Juarez ?

— J'ai la migraine. Si ça ne vous dérange pas, j'aimerais rester dans ma chambre aujourd'hui. De toute manière, il se peut que Peter revienne, ou qu'il appelle.

— Je peux vous apporter de l'aspirine. À l'hôtel, ils vont vous taxer un max pour quelques cachets de rien du tout.

— Non, il faut juste que je me repose un peu.

Le silence, à l'autre bout du fil, intrigua Laurie.

— Je vous rappellerai plus tard, dit-il enfin.

Une heure plus tard, Laurie était vêtue et maquillée, et elle ne tenait plus en place. Si seulement elle parvenait à s'échapper pour une partie de la jour-

née — histoire de traîner dans un centre commercial ou un truc dans ce goût-là —, elle sentait
qu'elle pourrait se débarrasser de la sensation
d'être prisonnière. Elle se pencha sur la question,
et renonça à appeler l'accueil pour qu'on lui fasse
venir un taxi. À supposer qu'Abilene soit dans les
parages, il risquerait de surprendre l'échange téléphonique. Une fois sortie de l'hôtel, elle tenterait
d'en arrêter un.

Au rez-de-chaussée, elle sortit discrètement de
l'ascenseur, jetant des coups d'œil à la ronde. Les
fauteuils du hall étaient vides, et l'employé de la
réception s'occupait d'un client, un homme trapu,
vêtu d'un costume froissé par le voyage. Elle se dirigea vers la porte et se dissimula derrière un palmier
en pot. Abilene, qui, dans la boutique de souvenirs,
faisait mine d'admirer un étalage de cravates, leva
les yeux juste à ce moment-là. De sa place, il pouvait
jouir d'une vue dégagée de l'entrée principale sur
Sunset Boulevard.

Elle resta un long moment pétrifiée, ignorant s'il
l'avait aperçue et par où elle pouvait s'esquiver.
Peter et elle étaient toujours passés par l'entrée
principale. Elle n'en connaissait pas d'autre.

Perpendiculaire au hall, un couloir menait à la
lumière du jour. Elle le longea jusqu'à une petite
porte qui donnait sur une rue à sens unique. Juste
avant de sortir, elle tourna la tête. Personne ne la
suivait.

Elle se dirigea vers Sunset Boulevard. Dans une
rue aussi animée, elle trouverait forcément un taxi.
Elle essaya à deux reprises d'en arrêter un, mais les
deux véhicules la dépassèrent, et elle constata qu'ils
étaient occupés.

Elle regarda à nouveau plusieurs fois en arrière, vers l'entrée de l'hôtel. Mais elle ne vit rien d'autre que le portier en train de discuter avec le porteur.

Enfin un taxi jaune se rangea le long du trottoir et l'employé de l'hôtel ouvrit la portière pour laisser sortir une femme d'une cinquantaine d'années. Pendant que le chauffeur retirait du coffre un jeu de bagages assortis, Laurie voulut s'engouffrer dans le véhicule. Mais un long bras apparut devant ses yeux et claqua la portière.

— On peut gâcher beaucoup d'argent en taxis dans cette ville, dit Abilene. À propos, comment va votre migraine ?

Il la dominait de toute sa hauteur et était ce jour-là vêtu d'une chemise rouge et blanche à empièce-ment, d'un jean noir encore raide et de bottes noires et luisantes à bouts argentés. Seul son chapeau de cow-boy était resté le même. Son visage rasé de frais affichait un sourire rayonnant. Il avait dû se changer dans la Jeep et se raser dans les toilettes des hommes.

— Oh... beaucoup mieux.

Elle s'efforça de ne pas rougir, mais la chaleur de ses joues lui indiqua que c'était raté. Son cœur battait à tout rompre.

— Je pensais juste aller faire un peu de shopping.

— Ma bagnole est là derrière. Où est-ce que je vous emmène ?

— Je vous en prie, ne soyez pas vexé. Mais je préférerais rester seule.

— Pas possible. Si quelque chose devait vous arriver, M. Major ne me le pardonnerait jamais.

— Vous voulez dire Peter ?

Il ne daigna pas répondre, et elle poursuivit :

— Je poursuis une formation d'infirmière, Abilene. J'ai parcouru, seule et de nuit, des quartiers à côté desquels les pires coins de Los Angeles ressemblent à Disneyland. Je veux juste passer une journée tranquille.

— Je n'ouvrirai pas mon clapet. Vous en oublierez ma présence.

Sa main se referma sur le bras de Laurie.

Elle jeta un coup d'œil alentour. L'employé tenait la porte à la femme sortie du taxi un moment plus tôt. Le chauffeur de taxi, un noir baraqué à l'oreille percée d'un anneau, semblait hésiter à repartir. Mais lorsque Abilene entraîna Laurie à l'écart du véhicule, il se remit au volant et démarra. Je suis en train de me faire kidnapper, songea-t-elle. Mais elle resta silencieuse. Elle se laissa emmener par Abilene.

Tandis qu'ils s'éloignaient de l'hôtel, Laurie se mit à échafauder un plan. Cela ne s'imposait sans doute pas, et elle en viendrait peut-être à le regretter, mais elle commençait à se dire qu'il était impossible de discuter avec Abilene. Elle se demanda par quel miracle Peter et lui avaient bien pu devenir amis. Peut-être était-ce une ruse d'homme d'affaires, copiner avec l'homme à tout faire pour mieux conquérir le boss.

Lorsque Abilene s'arrêta à un feu rouge, Laurie tendit le bras vers la poignée et tenta d'ouvrir la portière.

D'un mouvement vif, Abilene lui saisit le poignet. Le geste, cette fois-ci, n'avait rien de délicat. La main d'Abilene s'était resserrée comme un garrot et, lorsque Laurie tenta de se dégager, cela lui fit

mal jusqu'à l'os. Le feu passa au vert. Ils démarrè-
rent en trombe, dans un crissement de pneus. La
tenant toujours d'une main, Abilene fit un brusque
virage à droite ce qui lui valut, de la part des autres
conducteurs, une tempête de coups de klaxon. Puis
il accéléra et, prenant à nouveau à droite, déboula
sur l'aire de stationnement d'un supermarché. Il
contourna le bâtiment et s'arrêta à quelques centimètres d'un mur de parpaing. À droite, une benne
à ordures bloquait la portière de Laurie. Elle eut
tout juste le temps de voir un poing s'abattre sur
son visage et perçut un flash bleuté tandis que sa
tête venait percuter la vitre. Sa bouche, pleine d'un
goût métallique et salé, lui donnait une sensation
de brûlure. Lorsqu'elle reprit ses esprits, elle vit la
figure d'Abilene à cinq centimètres de la sienne.

— T'es plus à la ferme, Heidi. M. Major veut
qu'on te laisse la vie sauve, mais il n'a pas précisé
que tu devais garder toutes tes dents.

Il lui fallut rassembler toutes ses forces pour ne
pas sombrer dans l'hystérie. Sa lèvre enflait.

— C'est qui, M. Major ? articula-t-elle avec diffi-
culté.

Il saisit un journal plié, coincé sur le pare-soleil,
et le déplia sur les genoux de Laurie. Sur l'unique
photo de la page on voyait un homme trapu, d'âge
moyen, serré de près par deux hommes plus jeunes
portant des attachés-cases.

« Carlo Maggiore, le fameux truand de Detroit, à
son arrivée au tribunal », disait la légende.

— Vous travaillez pour un gangster ?

— Pas la peine de le prendre de haut. Ton mari
aussi.

— Mon mari est retiré des affaires. Il vendait des appareils photo.

Le sourire de l'homme se fit un peu plus torve.

— Les seuls à acheter des appareils photo grâce à lui, c'étaient les photographes de la police. Il aidait à créer la demande, en un sens. Peter a du sang sur les mains, petite infirmière. Tuer, c'est ça son métier.

— Pourquoi mentez-vous ? demanda-t-elle après être restée un moment sans voix.

— Si je t'en apporte la preuve, tu jures de ne pas essayer de me filer entre les pattes ? Je voudrais pas avoir à briser ce joli petit nez et à te l'écraser sur la figure comme un piment pourri.

— Comment pourriez-vous prouver ce qui n'est pas vrai ?

Dans les yeux bleus de l'homme, d'une pâleur glaciale, elle voyait son propre reflet.

— Je jure de ne rien tenter.

Il fit marche arrière.

— Il y a des mouchoirs en papier dans la boîte à gants. On n'a pas envie que tu pisses le sang au commissariat, pas vrai ?

Le bâtiment lui parut familier, mais elle ne comprit pourquoi que plus tard, après qu'ils eurent garé la voiture au coin de la rue et grimpé les marches de l'entrée. Il s'agissait de l'hôtel de ville de Los Angeles qu'elle avait vu dans tous les épisodes de *Dragnet*, à la télévision. La tour centrale — où se superposaient de mornes rangées de fenêtres de bureaux — s'élevait sur dix-huit étages au-dessus d'un corps de bâtiment de style néoclassique, à la façade ornée d'arcades de marbre. Son image apparaissait même sur l'insigne de Joe Friday.

Abilene donna son nom complet à un agent, à la réception, une jeune femme aux cheveux courts qui composa un numéro de téléphone, puis lui dit qu'ils pouvaient monter. Au sixième étage, ils pénétrèrent dans une grande salle, entièrement occupée par des bureaux équipés d'ordinateurs. Un jeune homme posté devant l'un d'entre eux se leva, et Abilene lui serra la main. Avant de saluer Laurie, l'inconnu remit la veste de son costume. Son regard s'attarda sur la lèvre fendue de la jeune femme, mais il ne fit aucun commentaire.

— Jake, il faut que je consulte le fichier FBI d'un certain Peter Macklin.

Abilene épela le patronyme de Peter et précisa sa date de naissance que Laurie ne connaissait même pas.

Le jeune policier se rassit et tapota son clavier d'ordinateur. Au bout de cinq minutes, il poussa un grognement et fit pivoter l'écran.

La première chose que vit Laurie fut la photographie de Peter, de face et de profil. Il semblait beaucoup plus jeune, mais elle n'avait pas besoin de lire les informations générales, au bas de l'écran, pour être sûre qu'il s'agissait de son mari. Et puis, les images se mirent à défiler.

Plus tard, il lui vint à l'esprit qu'elle aurait pu demander de l'aide à n'importe lequel des agents présents, alors qu'ils se dirigeaient vers la sortie. Mais elle était alors bien trop perturbée pour nourrir des projets d'évasion. En fixant l'écran lumineux et en prenant connaissance de la liste interminable d'arrestations, de citations en justice et de rapports d'enquête dans lesquels apparaissait le nom de Peter, elle avait manqué de se trouver mal et avait dû s'asseoir. L'épreuve passée, elle se sentait non pas faible, mais comme en apesanteur. Elle entendait le claquement de ses talons sur le sol de marbre, mais les jambes qui portaient son corps auraient pu être celles d'une autre.

Abilene ne lui avait pas adressé la parole une seule fois depuis qu'ils étaient entrés dans le bâtiment. Il remercia Jake, puis conduisit Laurie jusqu'à l'ascenseur, et jusqu'au parking où il l'aida à monter dans la Jeep.

Là, effondrée sur son siège, la tête renversée sur l'appui-tête, elle lui demanda s'il faisait partie de la police.

À ces mots, Abilene qui, derrière le volant, retirait des peluches sur son chapeau, éclata de rire.

— Ça, c'est la meilleure ! Faut que je pense à la répéter à Jake ! M. Major — enfin, c'est comme ça qu'il se fait appeler ici, et c'est légal, mais essayez donc de faire gober ça aux journaux — a des amis partout.

— Vous voulez dire qu'il possède des gens ? Même la police ?

— Personne n'est assez riche pour ça. Mais à Los Angeles, tout peut s'acquérir pour un prix raisonnable.

— Et Peter, il lui appartient aussi ?

— Sur ce point les opinions divergent. Quand Major a quitté Detroit, Macklin l'a accompagné, s'est débrouillé pour lui faire de la place, et puis il est reparti. Il pensait ne plus rien lui devoir, et peut-être bien qu'il avait raison. Mais il n'aurait pas dû choisir de passer sa lune de miel ici. Il a été vu, et M. Major n'est pas du genre à laisser le talent inemployé.

— Qu'est-ce qu'il a été chargé de faire pour Maggiore ?

Elle prononça délibérément le nom à l'italienne.

— Il répare une erreur commise par M. Major. Le boss a fait confiance à un type à qui il a dû verser cinq fois la somme prévue pour qu'il ne crache pas le morceau. Et puis, voilà que cette personne a reçu une offre plus intéressante. Le boulot de ton nouveau mari, c'est de faire en sorte que ce gars ne touche pas un centime.

Elle baissa les yeux vers le journal.

— Maggiore veut que Peter supprime un témoin de l'accusation ?

— Pas si bête, la fermière !

Le sourire absurde se forma à nouveau sur son visage.

— Votre job, c'est de ne pas me lâcher d'une semelle pour être sûr que Peter ira jusqu'au bout. S'il vous lâche, vous me tuerez.

— Je ne suis pas un tueur, m'dame l'infirmière. Si c'était le cas, on n'aurait pas besoin d'employer Macklin. Mais si ton mari foire son coup, se fait la belle, ou oublie les règles du jeu, je peux t'arranger de telle façon qu'il n'aura pas envie de te récupérer.

Tenant son chapeau par le bord, il le fit osciller d'avant en arrière. Puis sa main droite surgit de derrière sa tête. Laurie sentit, juste sous son œil droit, la piqûre d'une fine lame d'acier.

— Et on dit M. Major, reprit Abilene. Si tu ne

veux pas lire ta température en braille, tu as intérêt à te montrer plus respectueuse.

Elle le pria de la ramener à l'hôtel. Sur Wilshire ils furent contraints de s'arrêter et d'attendre que la rue soit dégagée : devant le bar d'un hôtel de luxe, une rangée de taxis attendait tandis qu'une foule de clients descendaient ou remontaient en voiture, assistés par des employés en uniforme. Elle demanda à Abilene de quoi il s'agissait.

— D'un bar à cigares, dit-il. Des touristes viennent de partout pour voir Demi Moore tirer sur un Corona.

— J'ai besoin d'un verre, dit-elle.

— On n'arrivera jamais à rentrer.

— Il faut que je boive quelque chose.

Abilene poussa un long soupir et se rangea le long du trottoir. Un employé d'une vingtaine d'années lui remit un ticket et se glissa au volant du véhicule.

L'essentiel de l'espace laissé par le bar, baignant dans une lumière rosée, était occupé par de minuscules tables autour desquelles se serraient les clients. Des ventilateurs fonctionnaient à pleine puissance afin d'atténuer l'inimitable odeur des cigares coûteux. Laurie ne remarqua pas la moindre célébrité, mais il est vrai que ses stars préférées décochaient désormais leurs œillades au paradis. Elle pria Abilene de lui commander une crème de café, et emprunta un petit couloir pour se rendre aux toilettes.

Par miracle, il n'y avait pas de file d'attente. Et pas non plus de fenêtre, ce qui, en revanche, tombait mal. Dépassant deux femmes qui se refaisaient une beauté devant le miroir, elle entra dans une cabine vide, s'assit sur le siège des W-C et se mit à réfléchir.

La patience d'Abilene se limitait visiblement à cinq minutes. Le son d'une porte que l'on ouvre, suivi d'une exclamation de surprise, parvint à ses oreilles. Puis elle entendit des bruits de pas se hâtant vers la sortie et, aussitôt après, le claquement de bottes de cow-boy sur le sol carrelé. Abilene poussa un grognement, et elle devina qu'il se baissait pour regarder sous la porte de la première cabine. Elle se trouvait dans la troisième et, accroupie sur le siège, elle maintenait fermée la porte non verrouillée.

Elle aperçut l'éclat argenté d'un bout de botte, et un nouveau grognement lui parvint aux oreilles tandis qu'Abilene se baissait pour regarder par l'interstice. C'est alors qu'elle s'élança, projetant tout son poids contre la porte, qui heurta Abilene. Il se retrouva les quatre fers en l'air, si bien que Laurie parvint à se frayer un passage. Sans se retourner, elle quitta la pièce, longea le corridor et traversa le bar de l'hôtel. À l'entrée, elle percuta un groupe de clients, puis trébucha en franchissant le seuil et tomba, s'éraflant un genou et filant son collant. Elle se releva et, avant même que l'employé du parking ait pu venir à son aide, déboula les marches et héla le premier taxi de la file. S'engouffrant à l'arrière, elle cria quelque chose au chauffeur qui, docile, démarra aussitôt, sans poser de questions. Plus tard, elle se demanda s'il avait l'habitude d'aider des femmes hystériques à fuir les lieux à la mode.

Elle attendit qu'ils se furent un peu éloignés pour

jeter un coup d'œil derrière elle. Elle vit alors un homme tenant à la main un chapeau de cow-boy plonger dans le taxi suivant. Cela aurait pris trop de temps à l'employé d'aller chercher la Jeep.

— Je vous en prie, accélérez ! cria-t-elle au chauffeur.

L'homme appuya sur le champignon. Son regard triste se posa sur le rétroviseur où il croisa celui de Laurie.

— Je pourrais semer ce gars, si je voulais.

— Je vous en prie, faites-le !

Bien qu'elle eût le sens de l'orientation, Laurie perdit rapidement ses repères dans le dédale de rues à sens unique, d'avenues commerçantes et autres grandes artères dans lesquelles ils filaient à vive allure. L'autre voiture s'engagea dans leur sillage, mais quelques virages suffirent à la semer. Lorsqu'ils eurent ralenti, elle se pencha vers le chauffeur.

— Mon mari...

Elle s'interrompit. Il était risqué d'en dire plus.

— J'ai beau être un vieux schnock, je me permets de vous donner mon avis, dit le chauffeur. Un mari qui donne envie de fuir, mieux vaut le plaquer.

Il roula un moment en silence, puis :

— Alors, où est-ce que je vous emmène ? Au tribunal ou à l'aéroport ?

Elle baissa les yeux sur son alliance qu'elle tritura autour de son doigt. Enfin, elle releva la tête.

— À l'aéroport.

Au guichet, l'employé prit le chèque de Laurie et lui tendit un billet pour le vol de seize heures quarante-six, à destination de Dayton, avec escales à Denver et à Chicago. Laurie se dirigea vers la porte indiquée pour passer l'heure et demie précédant son vol dans le hall d'embarquement. À seize heures quinze, Abilene fit son apparition et s'affala dans le fauteuil voisin du sien.

Elle s'agrippa aux accoudoirs, mais il ne fit pas le moindre geste pour l'en déloger.

— C'est le problème avec les aéroports : on ne peut fuir nulle part, dit-il de sa voix traînante. Impossible d'embarquer depuis les toilettes des dames.

Elle s'efforça de recouvrer son calme. Ils étaient dans une zone surveillée. Et puis, avec les détecteurs de métaux, il n'avait sûrement pas pu garder son couteau sur lui.

— Comment m'avez-vous retrouvée ?

— Tu n'es pas repassée à l'hôtel et tu ne connais personne à Los Angeles. Je n'abats jamais un faisan en plein vol quand je sais où il va se percher.

— M. Major a des amis partout, dit-elle d'une voix caverneuse.

— Il fait froid dans l'Ohio à cette période de l'année. Je parie que tu n'es même pas allée à la plage, ici.

— Pas question que je vous suive.

Il bâilla, s'étira et mit ses mains derrière la tête. Puis, en un éclair, il dégaina le couteau et le pointa entre les côtes de Laurie. La famille asiatique assise en face d'eux regardait ailleurs.

— Mais, comment... ?

Sous le coup de l'émotion, Laurie resta sans voix.

— Je l'ai planqué dans ma botte. La femme du

contrôle a arrêté son inspection quand elle a vu le bout d'acier de mes godasses. Allez, on y va !

Il la contraignit à s'exécuter en appuyant davantage la pointe du couteau.

Elle jeta un coup d'œil alentour, sur les passagers attendant d'embarquer, sur les passagers des autres vols, sur ceux qui les accompagnaient et sur les membres d'équipage qui allaient et venaient.

— Vous ne pourrez rien tenter ici.

— Va raconter ça à Jack Ruby !

— Qu'est-ce que vous faites de la sécurité ?

— Les aéroports sont conçus pour empêcher les gens d'entrer, pas de sortir.

Il pressa encore sur le couteau, si bien que la pointe perfora le chemisier de Laurie. Ils se levèrent ensemble. Les Asiatiques les regardèrent. Laurie était prête à jurer qu'une seule chose les intriguait : le fait qu'Abilene et elle fussent les uniques personnes présentes à être dépourvues de bagages.

Plusieurs fois, tandis qu'ils dépassaient des gardes en uniforme armés de revolvers, elle reprit sa respiration dans l'intention de se mettre à crier, mais en fut dissuadée par le contact de la lame. Les objets tranchants lui faisaient encore plus peur que les armes à feu. Comment pouvait-il deviner cette phobie, due à une blessure de fourche qui lui avait valu, enfant, d'être hospitalisée d'urgence ? Mais, vu qu'il ne semblait rien ignorer d'elle...

Des retraités en voyage organisé, vêtus de chemises fleuries et de robes amples, bloquaient le couloir, près du poste de contrôle des bagages et peinaient à récupérer leurs sacs sur le tapis roulant. Leurs stimulateurs cardiaques et leurs broches à la hanche déclenchaient le signal sonore du détecteur de métaux. Une femme osseuse, portant des verres fumés, se tenait sur le côté, bras levés, tandis qu'une petite employée en uniforme, munie d'un détecteur à main, la contrôlait de la tête aux pieds. Lorsque Abilene bouscula Laurie pour la contraindre à les contourner, elle le repoussa de toutes ses forces et il vint heurter les deux femmes. La voie étant bouchée au-delà du détecteur de métaux, Laurie franchit la porte en toute hâte, dans le mauvais sens, esquivant de justesse un homme à cheveux blancs qui arrivait dans la direction inverse.

Elle pressa le pas, sourde au juron d'Abilene et à la sonnerie du détecteur qui se déclencha lorsque son poursuivant se lança à ses trousses.

— Service de sécurité ! Arrêtez-vous ! cria quelqu'un, mais elle ignorait si les paroles étaient destinées à elle ou à Abilene.

Puis elle distingua le bruit mat d'un coup de revolver.

— Coucou ! Me revoilà !

Elle était dans la salle de bains et tentait de dissimuler le gonflement de son visage sous des couches de poudre et de rouge à lèvres, lorsque l'on ouvrit la porte de la chambre. Elle sortit et, quand elle vit Peter, son cœur bondit dans sa poitrine. Il portait les habits qu'il avait portés au retour de leur virée à Santa Barbara. Il prononça les mots qu'il avait prononcés ce matin-là, au lendemain de leur mariage. Il avait même, comme alors, le *Los Angeles Times* à la main. Elle mourait d'envie de se jeter à son cou et de conjurer, dans une folle étreinte, l'angoisse et le sentiment d'avoir été trahie qui l'étreignaient depuis quarante-huit heures. Mais elle ne fit pas un geste.

— Tu as fait ce qu'il désirait ? demanda-t-elle.

Laurie avait toujours trouvé son visage impénétrable. Fatigué, marqué, aussi chiffonné que ses vêtements, il conservait cette caractéristique. Elle vit néanmoins que quelque chose en lui s'était écroulé : il savait qu'elle savait.

— Non, répondit-il. Le service de protection était trop bien assuré.

Elle hocha la tête. Bien qu'elle eût prié pour qu'il en fût ainsi, cette nouvelle ne lui procura aucune joie.

Il lui tendit le journal. Sans l'avoir regardé, elle savait ce qu'exhiberait la première page : la photographie d'un grand échalas, habillé en cow-boy, étendu sur le sol, à côté du poste de contrôle de l'aéroport. Et un gros titre en lettres grasses. Les journalistes trouveraient le moyen de citer dans leurs articles le nom de Maggiore. Mais il n'y aurait pas de photos d'elle. La police avait eu l'obligeance de la faire sortir en douce par une porte de service pour la remercier de s'être montrée coopérative durant l'interrogatoire. Abilene avait dit vrai : M. Major n'était pas parvenu à les corrompre tous.

— Tu n'aurais pas dû revenir ici, dit-elle. La police te cherche.

— Tu leur as parlé ?

Elle faillit rétorquer qu'ils auraient de toute façon découvert la vérité et aisément fait le rapprochement entre Laurie Macklin et celui qui, à Detroit, avait été l'homme de main de Carlo Maggiore.

— Oui, répondit-elle.

Il détourna les yeux. Puis les posa à nouveau sur elle.

— Ils ne peuvent pas m'inculper. Ils n'ont rien contre moi et leur témoin est vivant.

— Tant mieux.

Il scruta son visage. Elle savait que son expression était aussi indéchiffrable que celle de son époux.

— Je n'ai jamais eu l'intention de te mentir.

— Qu'est-ce que ça change ?

— J'avais laissé tomber tout ça. Si j'ai repris du service, c'est pour qu'il ne t'arrive rien. J'ignore au juste ce que t'a raconté Abilene.

— Il m'a tout dit. Je comprends.

Il demeura un instant silencieux, puis demanda :

— Et maintenant, qu'est-ce qu'on fait ?

Elle n'avait cessé de se poser la question depuis qu'elle avait quitté le commissariat. Elle avait pesé le pour et le contre, sans parvenir à se décider.

— Je n'en sais rien, dit-elle franchement.

— On pourrait aller voir un conseiller conjugal.

— Ça ne va pas être facile d'en trouver un ayant eu l'expérience de notre cas.

— Je suis prêt à tenter le coup.

Elle baissa les yeux sur ses doigts qui trituraient son alliance. C'est alors qu'elle réalisa qu'elle ne l'avait pas retirée. Elle releva la tête.

À présent, il pouvait lire ses pensées. Et c'est ce qu'elle souhaitait. Il sourit. À nouveau, elle sentit son cœur bondir dans sa poitrine. Son expression se fit plus grave.

— À partir de maintenant, fini les secrets, dit-elle.

Traduit par Dorothée Zumstein

Les bons amis de Minnie Chaundelle

NOREEN AYRES

L E nom de Cisroe Perkins a un certain poids, à ce qu'on dit.

Mais il arrive qu'on se demande si c'est pour le meilleur ou pour le pire qu'on doit travailler à se faire un nom chaque jour qui voit le soleil se lever.

C'est ce qui s'est passé avec une dame appelée Minnie Chaundelle.

Minnie Chaundelle était une belle et grosse femme aux cheveux ondulés plaqués sur le crâne comme du cuivre repoussé. Ils devaient leur couleur à son petit ami coiffeur de même que l'incisive plaquée or de Minnie était un cadeau que lui avait fait le dentiste de son quartier. Le dentiste ne lui facturait pas ses services, pas plus que Minnie les siens et, grâce à cet aimable arrangement, Minnie pouvait continuer à sourire de toutes ses dents.

C'est à la suite d'un appel téléphonique que j'ai fait la connaissance de Minnie Chaundelle Bazile. Elle voulait qu'on retrouve son frère.

Je demande toujours à rencontrer mes clients en tête à tête. Elle m'a répondu qu'elle ne voulait pas se taper toute la traversée de la ville en bagnole même pour un type aussi super que moi. Qu'est-ce

287

qui vous fait croire que je suis un type super ? je lui
ai demandé. C'est ce qu'on dit, elle a répondu.

Gross Street, en allant vers Dallas. Il y a une maison de correction pour garçons d'un côté et une
école pour attardés mentaux, m'a-t-elle expliqué. Et
de l'autre côté, un cimetière. Personne n'y vient
plus, même pour mourir. Si je prenais la bonne rue
après le cimetière je la verrais sur sa véranda. Si je
prenais la mauvaise rue je ne la verrais pas.

C'était le premier jour de beau temps après une
période de grosse pluie et le soleil tapait déjà très
fort quand j'ai tourné la clé dans ma serrure. Les
moustiques restaient plaqués aux murs de la maison, les pattes écartées, abrutis eux aussi par la
chaleur.

J'habite du côté de Neartown, à une portée de
fusil du centre de Houston. Les truands et les vieux
politiciens en parlent toujours comme de la Quatrième Circonscription. De mon bureau au
deuxième étage, je vois des arbres verts comme des
brocolis et des gratte-ciel aux couleurs turquoise,
rouille, blanc de craie et argent. Je regarde les vieux
à la peau noire comme de la toile goudronnée qui
traversent pour se parler, les mains enfoncées dans
les poches comme s'ils comptaient leur monnaie et,
de temps en temps, un gamin qui passe à bicyclette
en zigzaguant entre les trous de la chaussée. Je
pourrais m'offrir quelque chose de mieux, mais il
faudrait que je travaille plus, et je posséderais plus,
et plus on possède, moins on est libre.

Je suis arrivé par Clay Avenue et j'ai ralenti pour ne pas achever ma vieille Plymouth marron qui gémissait sur la chaussée encore plus défoncée que celle de ma rue. Un vieux chien noir, la queue rabattue sous le ventre, a couru le long de la voiture en me fixant de ses yeux jaunes comme des pennies.

À gauche, il y avait quatre maisons en bois perchées sur des socles de béton gris. Des salopettes marron étaient accrochées la tête en bas sur une corde à linge tendue en travers d'une véranda comme des cadavres de types pendus pour l'exemple.

Devant et sur la droite, six petites maisons plantées dans l'herbe et tellement décolorées qu'on avait l'impression de voir au travers. Un trotteur pour bébé était appuyé contre un arbre, avec tout autour une telle quantité de gadgets rouillés qu'on avait envie d'y aller jeter un coup d'œil, comme aux puces. Et sur la véranda de la maison voisine, une femme assise dans une balancelle, comme elle l'avait dit.

Je me suis garé et j'ai franchi un fossé à sec rempli de cosses de noix pécan écrasées. Quand j'ai vu pour de bon Minnie Chaundelle, et sans vraiment m'en rendre compte, j'ai respiré un grand coup avant qu'elle me voie. Elle avait un téléphone portable bleu vif à l'oreille et portait une robe violette rehaussée de broderies orange. Sa jupe s'étalait d'un bout du siège à l'autre. Et elle avait aux pieds des chaussons tissés de fil d'or comme ceux des dames japonaises.

— Ms Bazile ?

Elle a dit : « À un de ces quatre, Allysene », et elle

a raccroché. À son allure et à sa corpulence, on lui donnait trente-cinq ans, mais quelqu'un m'avait dit qu'elle venait tout juste d'en avoir trente.

J'ai tendu la main.

— Cisroe Perkins.

Sa peau était moite de chaleur et luisait comme du miel brun. Elle m'a fait signe de m'asseoir sur un tonneau recouvert d'un coussin rouge et on a bavardé au milieu de ses fougères et de ses bégonias rampants. Un parfum connu, sucré et agréable, flottait dans l'air épais. Il se mêlait à celui du jasmin planté à côté de la maison, qui s'y trouvait si bien qu'il s'était transformé en arbre.

— Mon frère s'appelle Verlyn Venable. Il a vingt-quatre ans et ses couches lui tombent toujours sur les genoux.

J'ai sorti un carnet pour prendre des notes en hochant la tête et j'ai pris mon air de celui qui sait tout sur tout.

— Il avait un bon boulot, elle a continué. Un *bon* boulot. C'est moi qui le lui avais trouvé, par un ami. Ça marchait comme sur des roulettes, et paf, le voilà qui disparaît. Ils lui doivent un mois de salaire, mais ils savent pas où il est passé. La patience a des limites, Mr. Cisroe. Z'ont déjà mis une petite annonce dans le journal pour le remplacer.

Ce qu'elle disait était inquiétant, mais sa voix aurait calmé un pitt-bull accroché à votre pantalon.

— Quand avez-vous vu votre frère pour la dernière fois, Ms Bazile ?

— L'est passé ici la semaine dernière, m'a demandé de lui garder quelque chose. Je lui ai demandé : « Pour combien de temps ? » Et lui :

« Oh, un jour ou deux. » Y'a six jours de ça maintenant. Six jours que je suis sans nouvelles.

Elle a chassé quelque chose d'une chiquenaude sur l'accoudoir de son siège. La chose a heurté le mur avant d'atterrir dans l'une de ces boîtes en plastique blanc marquées U.S. POST OFFICE que les gens rapportent chez eux pleines de courrier quand ils ont pris de longues vacances. Il m'a semblé que celle-là était pleine de cosses de noix pécan. Je lui ai demandé si elle avait officiellement signalé la disparition.

— Z'avez pas vu un autocollant BACK THE BLUE [1] sur mes volets, pas vrai, mon chou ? Oh, ils sont pas tous à jeter, les flics. Mais on en voit assez comme ça !

Le bouton placé au centre du coussin rentrait dans mon derrière osseux. J'ai changé de position pour y échapper et j'ai demandé :

— C'était quoi, son boulot, à votre frère, avant qu'il s'en aille ?

— Minute. Faut d'abord que je sache si vous êtes dans mes prix.

— Je me fais payer vingt-cinq dollars de l'heure. Les frais de téléphone, de fax, les droits à acquitter pour consulter des dossiers dans les administrations, tout ça vient en plus.

— Va falloir faire cuire un sacré paquet de noix pour payer tout ça.

Elle m'a expliqué qu'elle allait gauler les noix de pécan dans le cimetière et qu'elle donnait vingt-cinq cents par seau à un gamin de la rue pour les lui ramasser. Elle en faisait ensuite des confiseries à

_____
1. Soutenez la police (*N.d.T.*).

vendre dans les instituts de beauté et les tournois de tir pour sept dollars cinquante les deux cornets. C'était avec ça, et avec ce que l'Oncle Sam lui versait pour son dos en mauvais état, qu'elle me paierait. Un dos en mauvais état pour s'être trop souvent couchée dessus, peut-être — m'avait dit la même personne —, mais ce que fait une belle fille pour gagner sa vie, c'est pas à moi d'en juger.

— Alors, ça prendra combien d'heures, d'après vous ?

— Il y a des gens que je retrouve en une heure. D'autres, jamais. Mais je ne fais rien payer pour jamais. Je vous fournirai un décompte bi-hebdomadaire — deux fois par semaine.

— Je suis peut-être gironde, Mr. Cisroe Perkins, mais je suis pas idiote.

— Je tiens simplement à clarifier...

— Clarifiez, clarifiez. Vous avez de l'instruction, je le vois bien, elle a dit, avec un sourire de chatte.

— J'ai fait deux années d'études après mon service militaire, je n'appellerai pas ça de l'instruction, Ms Bazile.

Mais je ne pense pas qu'elle m'ait entendu. Elle s'appuyait du coude sur le bras de sa balancelle en posant l'index sur son front et le pouce sur sa joue. Elle s'approchait puis s'éloignait de moi en se balançant, et un parfum sucré émanait d'elle.

— À vrai dire, ça ne devrait pas prendre trop longtemps pour retrouver ce garçon. Il doit traîner au Slick Willie ou au Sugarland, ou...

J'ai attendu sans rien dire, mon calepin à la main. Il y avait chez cette femme quelque chose qui me hérissait les poils de la poitrine. J'écoutais, j'écoutais attentivement, mais je l'imaginais à l'intérieur, m'offrant une tasse de thé.

— Ou alors il est quelque part dans le bayou, en train de se baigner au milieu des mocassins [1], elle a dit, en tirant sur la corde de la balancelle. C'est un gamin, Mr. Cisroe. Un petit crétin. Il se prend pour Eddie Murphy avec son gilet pare-balles. C'est ça qui m'inquiète : il a rien dans la cervelle.

Minnie Chaundelle est entrée dans la maison pour prendre ce que son frère lui avait laissé. Elle s'est retournée sur le seuil et m'a demandé si je voulais une tasse de thé. J'ai répondu avec plaisir, et je suis resté sur la véranda à ressasser tout ce que je savais déjà de Minnie Chaundelle depuis mon coup de téléphone à Stinger Gazway. Stinger traîne partout dans la Quatrième et dans la Cinquième Circonscription. S'il y en a un qui sait tout sur tout le monde, c'est lui. Il m'avait dit que Minnie avait été mariée à un certain Sparrel Bazile, qu'elle avait porté en terre deux ans auparavant. En revenant de son travail à deux heures du matin, Sparrel s'était trouvé sur la voie rapide au même moment qu'un type qui rentrait chez lui après une soirée bien arrosée. Je me demandais si la vie lui avait réservé d'autres chagrins comme celui-là, et j'espérais être capable de lui en épargner un nouveau à propos de ce frère disparu.

Les nuages sombres qui remontaient du Sud bouchaient le ciel. L'atmosphère était si lourde qu'on

---

1. Mocassin : serpent des marais à la morsure mortelle, commun dans les États du Sud (*N.d.T.*).

aurait pu y enfoncer le poing. Minnie est revenue, avec sur un plateau deux verres de thé glacé, du sucre, du citron, des petites cuillères et des serviettes du Wataburger. Je l'ai aidée à poser le plateau sur la boîte de la poste, et elle a dit : « Voilà » en faisant un signe de tête pour me montrer un cahier à couverture cartonnée comme ceux qu'on achète pour prendre des notes pendant les cours. J'ai pris le cahier sur le plateau.

Sur l'étiquette de la couverture on lisait : *Brickner Deposit*, puis le nom d'une entreprise et une adresse sur West Loop. En tournant les pages, j'ai vu des textes tapés à la machine et des schémas et des graphiques décrivant une opération de forage à Terebonne Bay dans le Golfe.

Minnie m'a demandé comment j'aimais le thé, puis elle a fait le mélange et elle a remué la cuillère.

— Ça veut sûrement dire quelque chose quand on est branché nature, a-t-elle dit, en regardant le cahier, mais moi, j'y comprends rien. Verlyn m'a dit de le montrer à personne, même pas au type qui lui avait procuré son boulot, alors je l'ai pas montré. Sauf à vous maintenant.

— On dirait que vous vous méfiez de votre ami, celui qui a embauché votre frère ?

Elle a détourné les yeux, comme un petit chien malade qui se planque derrière une chaise, et elle a dit :

— C'est pas comme ça que les choses devraient se passer en ce monde, mais ça arrive.

Elle a fait claquer le bas de sa robe, puis elle a remué dedans pour se mettre à l'aise. La balancelle s'était remise en mouvement, lente et paresseuse comme une barque sur la mer, mais Minnie fronçait les sourcils.

J'avais déjà décidé qu'on retrouverait Verlyn Venable pour une centaine de dollars.

Je n'avais pas très envie de prendre l'autoroute à quatre heures et demie, moment où elle est le plus chargée, pour me lancer sur les traces de Verlyn Venable à Sugarland. J'ai préféré bifurquer vers l'est à deux rues du magasin d'alimentation Kroger's sur Montrose Street, avec l'idée que j'y trouverais peut-être Stinger. Et il y était, dans un box côté boulangerie, en train d'étaler de la moutarde sur un bretzel avec une cuillère à café.

Je lui ai demandé si le frère de Minnie était du genre à s'attirer des ennuis.

— Non, pas ce garçon-là. Ça lui ressemble pas, à moins qu'il soit tombé dans la drogue depuis. Il faisait du foot à l'époque où mon gamin habitait ici avec sa mère. Ses parents sont morts jeunes, mais c'était des gens honnêtes, je peux le dire. Évidemment, y'a Minnie et tous ses mecs. Mais bon sang, ça va, ça vient, avec elle, et elle se fait pas payer. C'était comme ça quand je l'ai connue, en tout cas.

À l'autre bout de la salle un type couleur café était assis sans rien dire, les genoux dépassant dans le passage, en face de sa petite amie. Elle avait une plaie à la joue et des cercles verts et jaunes autour d'un œil.

— Si c'est pas une honte, j'ai dit, en les regardant.

Stinger a suivi mon regard et il a mordu dans le bretzel, se mettant de la moutarde sur la barbiche. Il a avalé et il a dit :

— Chacun est libre de garder ses chaussettes

sèches ou de pisser dans ses bottes et de pleurnicher après parce qu'elles sont mouillées.

C'était pas vraiment un homme à principes, Stinger, mais quand il parlait, il fallait le prendre au sérieux.

— Verlyn a une copine qui loge près de la voie rapide, a-t-il dit. Je peux pas te donner le numéro, mais je peux t'y conduire.

Stinger a ouvert la portière de sa camionnette, a jeté un coup d'œil à droite et à gauche, puis a plongé la main derrière le siège, où il a de la place pour son artillerie. En le voyant courber les épaules j'ai compris qu'il venait de glisser son P.38 à sa ceinture, sous la chemise. Il a encore regardé aux alentours, puis il a refermé la portière, et on est partis. Pour la moitié supérieure il portait une chemise brune et une casquette de footballeur. Pour la partie inférieure un pantalon marron et des sandales rouges, et il se déplaçait comme si tous ses tendons étaient raides après qu'on l'ait laissé trop longtemps pendu à un portemanteau.

Il avait récupéré cette arme un jour où, en rentrant chez lui après avoir collé du papier peint chez quelqu'un, il avait vu un type qui brandissait un pistolet sur sa véranda et ses enfants qui le regardaient faire. Et Stinger de s'arrêter et de marcher sur l'abruti, la main tendue comme s'il avait une peau à l'épreuve des balles, en lui disant : « Je vois que tu veux te débarrasser de ce truc-là, mon gars. » Une femme qui avait assisté à la scène l'avait ensuite racontée partout.

On roulait avec les vitres baissées. Mais il faisait

tellement lourd que ça ne servait pas à grand-chose. Des éclairs jetaient des lueurs au sud comme un tube au néon qui va mourir. On avait parcouru la moitié de la rue quand on a vu une fille pieds nus, vêtue d'un short gris et d'un haut noir à dos nu, arriver en courant à notre rencontre au beau milieu de la chaussée.

— C'est elle, a dit Stinger. Bitsy. La copine à Verlyn.

Elle avait des cheveux bruns et bouclés, des bras et des jambes blancs et bien en chair. Elle s'est jetée sur ma portière et on a vu une rose tatouée sur le renflement de son sein gauche quand elle s'est penchée à l'intérieur. « Y'a un type avec un couteau ! Un type avec un couteau ! » Je lui ai conseillé de nous attendre au Popeye's Chicken, où il y a de la lumière.

Stinger a dit :

— Allons jeter un coup d'œil.

On a trouvé l'immeuble et on a vu à travers une clôture grillagée deux types minces, torse nu, qui fumaient près de la piscine. Le Blanc portait un pantalon noir, l'autre un short ocre, et il avait une épaule enveloppée dans quelque chose de blanc qui laissait passer une tache de sang, comme une grosse rose rouge.

— Il est vivant, a dit Stinger, mais il a morflé.

Verlyn aurait pu être une panthère dorée, avec ses yeux jaunes et ses fortes mâchoires. Tout en tirant sur sa cigarette il gardait un œil sur la porte d'accès à la piscine. Je lui ai dit que j'étais un ami de sa sœur. Il a hoché la tête, sans faire de commentaire.

C'est le Blanc qui a parlé. Il avait les cheveux tondus assez ras pour laisser voir les petits clous qui dessinaient une pointe de flèche dans la peau de son crâne. Je suis pas très facile à impressionner, mais j'avais du mal à en détacher les yeux. Il a expliqué qu'il était en train de regarder un match avec Verlyn et la fille au moment où ce camé était sorti de la chambre du fond.

— De ma propre chambre ! Encore heureux, mec, qu'il était pas complètement défoncé !

Verlyn ne l'a pas contredit. Il regardait fixement quelque chose qu'aucun d'entre nous ne voyait.

J'ai tendu ma carte et je leur ai dit que s'ils avaient encore des problèmes, n'importe lesquels, ils n'avaient qu'à m'appeler. J'ai ajouté, pour Verlyn, qu'il pourrait appeler sa sœur, aussi. Son expression a changé et il a dit :

— Vous gardez tout ça pour vous, d'accord ?

— Pas de problème.

On est sortis de cette cour, Stinger et moi, en voyant arriver les voitures bleu pâle de la police. Pas la peine de leur faire perdre leur temps, ni le nôtre.

À notre retour dans le parking de Kroger's, les nuages commençaient à crever et l'air était plus vif, plus léger.

— Merci, mec, j'ai dit.

— Y'a pas de quoi, mon grand.

Stinger s'est coincé une boulette de Bandits sous la joue avant d'ouvrir la portière, puis il a foncé vers sa camionnette sous les grosses gouttes qui s'écrasaient sur sa chemise comme si on lui avait tiré dessus avec un silencieux. Et il courait recroquevillé sur lui-même comme s'il avait pu échapper à la pluie en se faisant plus petit.

Moi, je me disais que Minnie Chaundelle serait reconnaissante d'apprendre que son petit frère était sain et sauf. Peut-être qu'elle me donnerait quelques noix pécan dans un cornet en papier, ou qu'elle mettrait une tarte au four rien que pour moi.

Il était près de six heures et la pluie tambourinait si fort que j'avais peur que la capote se crève. On y voyait aussi bien à travers mon pare-brise qu'à travers une feuille de papier paraffiné.

Pourtant, quand je suis arrivé à Gross Street et que j'ai garé ma voiture, la pluie a cessé comme par miracle. J'allais sortir de la voiture quand j'ai vu un grand type en complet léger sortir de la sienne de l'autre côté de la chaussée et enjamber le caniveau pour aller chez Minnie. Une fois sur le porche, il a refermé son parapluie et a tiré sur les pans de sa veste avant de sonner. La porte s'est ouverte, puis la porte-moustiquaire, et Minnie l'a accueilli avec un grand et doux sourire. Elle était auréolée par la lumière jaune venant de l'intérieur, et j'ai cru sentir l'odeur des noix pécan en train de cuire dans le sucre.

Je suis reparti.

Le lendemain matin, à sept heures, mon téléphone sonnait. J'ai tendu la main pour prendre un verre d'eau sur la commode et j'en ai sifflé un peu avant de répondre. C'était Verlyn.

Je l'ai retrouvé au Starbuck's, sur West Gray Street.

Il avait un pantalon vert olive, un polo vert tendre, des mocassins caramel et pas de chaussettes. Un anneau d'or à l'oreille et au doigt une chevalière de l'Université du Texas. Il faisait un temps agréable et on est restés dehors pour boire du café et du jus de fruits et manger des croissants, ces croissants qui me mettent toujours en rogne parce qu'ils sont toujours rassis.

Il a dit qu'il avait appelé sa sœur, l'avait réveillée et s'était excusé d'avoir disparu, sans lui laisser le temps de reprendre ses esprits et de crier trop fort après lui. Par moments, il pliait un peu l'épaule avec une grimace. Chaque fois qu'une voiture passait, il la suivait longuement des yeux.

— Tu vas te décider à me dire qui est le connard qui a une dent contre toi ?

— Une abeille ne se sauve pas.

Il a ramassé du bout du doigt le sucre en poudre qui était tombé sur le papier et l'a posé sur sa langue.

— Tu peux répéter ça ?

— Une abeille, si on lui met une tape, elle vous fonce dessus.

Je lui ai dit que c'était pas malin de chercher des ennuis. Qu'il fallait penser aux autres, à Minnie Chaundelle par exemple.

Il a soufflé sur son café.

— Je dois aller chercher un ordinateur que j'ai laissé au bureau. Je préférerais ne pas y aller seul.

Je travaille pour toi maintenant ? Voilà ce que

j'avais envie de demander : j'étais pas complètement idiot, ce type avait de l'argent à dépenser.
Mais je me suis contenté de dire :

— Et ton copain, Tête à Clous, il peut pas t'accompagner ?

— William ? C'est pas un truc pour lui. (Il a
balancé une bonne grosse miette à un merle et il a
ajouté :) Si ça se trouve, cette machine est dans la
vitrine d'un décrochez-moi-ça à l'heure qu'il est. Ils
m'avaient demandé d'apporter mon propre ordinateur, ces radins.

— Je vois pas de véritable délit dans tout ça.

Il s'est penché en avant, sa poitrine a heurté le
rebord de la table.

— En fait, pour certains de ces forages en terrain
vierge, les installations ne coûtent pas tellement
cher. Mais ils rassemblent le plus d'investisseurs possible parce qu'ils pensent déjà à financer le forage
suivant. Ils disent qu'ils forent « en terrain difficile », comme s'ils allaient faire des trous sur la lune.
C'est comme ça qu'ils s'en sortent quand ils trouvent rien, vous comprenez ? Personne peut vraiment leur en vouloir. Le problème, c'est : que faire
quand on trouve du pétrole, mais *pas assez* pour
payer tout le monde ? Un tas de braves gens mettent leur argent là-dedans, des gens comme mes
tantes à héritage, si j'en avais. Et ils se font avoir
jusqu'au trognon.

Un magnolia jetait des ombres mouvantes sur son
visage. J'ai pensé à cet instant qu'une seule chose
manquait à ce visage de jeune homme — la jeunesse.

— Ça fait trois jours que t'as pas mis les pieds

à ton bureau, et maintenant tu veux y aller pour récupérer ton ordinateur ?

Verlyn a changé de position sur son siège.

— J'ai travaillé pendant plus de cinq ans pour une agence d'intérimaires. Comme ils avaient un poste à pourvoir d'urgence, je me suis présenté. Je sais bien que c'est pas très correct vis-à-vis des gens de la Mitchell Corp, mais ce qu'ils font est bien pire. Ils savent que je suis furieux. Je veux voir le grand patron. Je pensais que ça serait facile. Ce que j'avais pas pensé, c'est qu'ils m'enverraient un mec avec un couteau.

— Celui-là, on n'est pas certains qu'il venait de leur part.

— Moi, je le suis.

— En général, les gens ferment les yeux et passent à autre chose.

— Demain j'irai trouver le district attorney.

— Ça, tu ferais peut-être bien d'y réfléchir à deux fois.

— Quand on est intelligent, on reste pas à remâcher ce genre de saloperies. On avale ou on crache.

— Moi, ce qui me tracasse, c'est ce que je vais pouvoir raconter à Minnie Chaundelle.

— Je me mets à votre place.

L'ombre d'un sourire est passée sur son visage.

On est allés jusqu'à une tour en bordure du West Loop et on a pris un ascenseur entièrement vitré qui s'élevait au-dessus du bayou, où une douzaine de formes grises traçaient leur sillage dans l'eau verte — des tortues qui pointaient la tête au bout de leur long cou, ou des bébés alligators. La sueur perlait autour des lèvres de Verlyn.

— Personne te tirera dessus, ici, mon garçon, j'ai dit.

Il a fait rouler son épaule blessée, avec un petit sourire.

— On peut parier à un contre cent, pas vrai ?

J'ai attendu, adossé au mur en me curant les ongles avec mon canif, dans une salle divisée en petites cellules, et Verlyn est entré dans un bureau. J'ai pas tardé à entendre une voix s'élever :

— Tu me plantes comme ça ? Merci beaucoup ! Prends tes affaires, et va-t'en d'ici !

Quelqu'un a passé la tête dans la travée entre les cellules, puis l'a rentrée. Je me suis déplacé pour jeter un coup d'œil à l'intérieur du bureau et j'ai vu un petit type avec une grosse tignasse et une figure toute rouge. Le type m'a aperçu et m'a regardé fixement, puis il a fait un geste de la main en direction de Verlyn, comme pour lui dire : Je t'ai déjà oublié, mec.

Une fois dans la voiture Verlyn a ouvert son ordinateur portable et l'a allumé pour chercher ses fichiers.

Quels fichiers ? Il n'y avait plus rien dans la machine.

Il a lâché un juron en frappant la portière du poignet, puis il s'est calmé et a paru se résigner.

— Si on allait chercher le cahier que tu as laissé chez Minnie Chaundelle ?

Il a répondu : Plus tard, peut-être, il avait besoin

de dormir un peu, et il m'a lancé un regard malicieux.

— Ça lui plaît bien, à Bitsy, un homme blessé.

En rentrant chez moi, j'ai appelé Minnie pour lui dire que son frère allait peut-être venir la voir, et peut-être avec moi, mais que j'étais pris par un boulot en début de soirée.

— Ah, mon chou, quel soulagement ! Passez quand vous voudrez, je serai vraiment heureuse de vous payer ce que je vous dois.

Je me suis demandé si elle se balançait sur sa véranda tout en me parlant. Je me suis demandé si elle avait fini de préparer ses pralines à la noix de pécan.

Après avoir raccroché, j'ai jeté un coup d'œil dans ma penderie pour voir ce qu'il me restait comme chemises propres, je me suis préparé une poêlée de gombos et de saucisses avec des poivrons rouges et un reste de nouilles, puis j'ai fait une sieste et j'ai rêvé d'un bayou au bord duquel j'habitais quand j'étais gamin, et d'un papillon jaune qui se posait sur un buisson à côté de la maison, et de l'odeur du jasmin, des pommes et des pins.

Cet après-midi-là, j'ai fait quelques recherches sur cette entreprise de forage. La Mitchell Corporation accumulait des plaintes contre elle depuis des années. J'ai retrouvé les antécédents judiciaires du directeur général, du président, du vice-président et du directeur des opérations, Guy Grundfest, le type à la figure toute rouge que Verlyn était allé trouver dans son bureau. Le président avait été condamné par un tribunal administratif deux ans auparavant. Le vice-président avait un casier judiciaire vierge, mais Grundfest, lui, avait deux condamnations pour des agressions, à El Paso et à Houston, et une pour chèque sans provision du côté de Huntsville. Un nom a attiré mon attention, sans que je sache pourquoi : celui du directeur général : Ray Wayne Wooley. Ray Wayne Wooley. Plus j'essayais de me le sortir de la tête, plus il s'accrochait, comme une sangsue du bayou.

Il me restait une heure avant de me préparer pour ce boulot dont j'avais parlé à Minnie. J'ai appelé Stinger.

— Tu connaîtrais pas un certain Ray Wayne Wooley ?

— Non, absolument pas.

— Ça te dit vraiment rien, ce nom ?

— Rien du tout.

— Bon. Et les boîtes qui forent des puits de pétrole, tu connais ? Verlyn bossait pour une société qui a peut-être fait des affaires assez glauques, mais il a pas l'air tout à fait décidé à lâcher ce qu'il sait.

— Faut peut-être qu'il mijote encore un peu dans son propre pétrole.

— Je voudrais savoir ce que je peux faire pour empêcher ça.

— Tu voudrais surtout retourner chez Minnie Chaundelle pour goûter ses friandises, oui !

J'ai entendu son rire rocailleux et j'ai vu briller ses yeux à l'autre bout du fil.

— Bien vu, frère. Mais d'ici-là je tiens pas à ce qu'un abruti s'amuse à découper ce gamin en rondelles.

— Attends que je me renseigne. Tu seras au parking des occasions ce soir ?

— Oui. Tu peux m'appeler sur mon portable, si tu veux me joindre.

— Je sais pas, il se peut que j'aie besoin d'une voiture. Je viendrai peut-être.

J'ai appelé un journaliste dont j'avais fait la connaissance à un congrès d'enquêteurs judiciaires dans le temps, un petit Blanc assez minable du nom de Jobar Wilson, mais qui se faisait appeler Buck. Il suffisait de le voir pour comprendre à quel point il en avait besoin [1], mais j'oubliais toujours de lui faire ce plaisir. Il ramait pour pondre un papier sur les orchestres de blues qui devaient se produire au festival du 10-Juin, organisé chaque année pour célébrer le jour où le Texas avait appris la libération des esclaves.

Buck, donc, a confirmé ce que m'avait raconté Verlyn à propos des boîtes de forage qui vendaient les puits de pétrole à un trop grand nombre de gens, et qui ne pouvaient pas rémunérer leurs investisseurs parce qu'elles n'en retiraient pas assez d'argent.

— Le type fore un puits et annonce qu'il n'y a rien trouvé. Qu'est-ce que ça peut lui faire, si ces pauvres crétins ne récupèrent pas leur mise ? C'est pas lui qui produit et qui raffine. Lui, il creuse.

— Eh bien, j'ai dit. Y'a des escrocs partout.

Avant de raccrocher, j'ai encore posé une question.

---

1. Buck : familier pour dollar, mais aussi jeune Indien, jeune Noir, jeune homme de caractère (*N.d.T.*).

— À propos, Jobar, est-ce que le nom de Ray Wayne Wooley te dit quelque chose ?

Il y a eu un silence, puis il a répondu :

— Ça se pourrait, Cisroe. Mais je préférerais vraiment que tu m'appelles Buck.

— Excuse-moi, mon vieux. Allons-y pour Buck.

Je l'ai entendu taper sur un clavier.

— Ray Wayne Wooley, il a dit. C'est le frère de Brant Wooley, le district attorney. J'ai vu son nom dans les potins mondains, l'autre jour.

J'ai appelé Verlyn, plusieurs fois. Ou bien il n'avait pas de répondeur, ou bien il ne l'avait pas branché. Si ce gamin connaissait le rapport entre le patron de la Mitchell Corp et le district attorney de la ville, il était plus gonflé que je l'aurais cru. Ou plus bête.

À six heures je me suis relevé pour aller faire mon boulot. C'était pour un mec plein aux as qui s'était offert une superbagnole d'occasion et soupçonnait le vendeur d'avoir trafiqué le compteur kilométrique. Il m'avait demandé d'aller me proposer comme vendeur pour essayer de le démasquer — il se fichait de ce que ça lui coûterait, c'était pour le principe. Je lui avais dit que je tenterais le coup une semaine, mais comment savoir si seulement je pourrais me faire embaucher ? Il s'était mis à rire, de sa voix grinçante comme un clou qu'on arrache. « Pour un petit malin comme vous, c'est pas un problème. Si c'en était un, les poules auraient des dents ! »

Dans ce métier, on fait pas mal de choses pour un dollar.

Je me suis donc retrouvé dans le parking des occasions de North Shepard, planté devant l'entrée dans une chemise trop empesée, à écouter de la musique de blues dans le casque branché sur une radio que j'avais accrochée à ma ceinture. De temps en temps, je tournais le bouton pour couper le son, je prenais mon portable et je faisais le numéro de Verlyn.

Deux couples sont arrivés, m'ont fait perdre mon temps et sont repartis. Je m'apprêtais à faire une pause-pipi quand j'ai aperçu la camionnette verte de Stinger. Il est sorti et a mis ses lunettes de soleil pour se protéger des projecteurs. En arrivant à ma hauteur, il a dit :

— Viens avec moi si ça t'intéresse, Cisroe. Ils l'ont chopé, ton petit mec.

Verlyn Vincent Venable, vingt-quatre ans. Des rêves, du caractère, une histoire, de l'intelligence, de la beauté. Et tout ça bon à quoi ? À nourrir les asticots.

D'après la version officielle, il avait loupé un virage sur l'Allen Parkway, la route à trois voies qui longe le bayou. Stinger avait une autre idée, et moi aussi.

Mais c'est seulement le lendemain matin qu'on a eu confirmation. Buck Wilson a joint quelqu'un qu'il connaissait à la morgue. Le rapport d'autopsie disait qu'une seule balle de calibre 9 avait envoyé des morceaux de la calotte crânienne de Verlyn dinguer au-dessus des eaux noires du bayou qui charriait la pleine lune sur son dos cette nuit-là.

J'ai balancé une chaussure à travers la vitre de la fenêtre de ma chambre.

J'avais l'âme pleine de fureur et de tristesse. Mon cœur se serrait à la pensée de Minnie, cette grosse fille adorable accablée de chagrin.

Je m'apprêtais à aller chez elle quand Stinger m'a téléphoné pour me dire qu'il avait déjà appelé là-bas et qu'une de ses amies lui avait répondu. Il avait entendu d'affreux gémissements, et il pensait que dans des moments pareils c'était d'une autre femme que les femmes avaient le plus besoin.

En fait, on ne pouvait rien de plus pour Minnie Chaundelle. J'avais retrouvé son frère rapidement et c'était tout ce que j'étais censé faire. Pourtant j'étais malade à l'idée que j'aurais pu tenter quelque chose pour empêcher qu'on l'envoie dans l'autre monde.

Je ne suis pas allé chez Minnie mais j'ai pensé à elle et à ce pauvre garçon toute la journée. Au bout d'un moment, je me suis rappelé ce que Stinger avait dit à propos des gens qui pissent dans leurs bottes et qui pleurnichent, et aussi ce que Verlyn lui-même avait dit — tu craches ou tu avales, mais tu ne remâches pas. Et j'ai décidé de retourner jeter un coup d'œil à ce calepin que le garçon avait confié à Minnie.

Au moment où je partais, Stinger est arrivé. Je suis resté à côté de sa camionnette pour discuter. De l'autre côté de la rue, des types manipulaient des plaques de tôle pour refaire un toit. La lumière grise, crue, qui filtrait entre les nuages donnait un air vraiment dur et méchant au visage de Stinger. Il a dit :

— On l'aura.

— Qui ? On n'en a pas la moindre idée...

— Ça, c'est sûr.

— Ça pourrait être Grundfest, évidemment. Il a déjà commis des agressions. Ça pourrait être un grand fumier comme Ray Wayne Wooley. Ou un sous-fifre, une petite frappe comme celle qui a planté son couteau dans l'épaule du gamin. Comment savoir ?

— Il est mort, le petit, Cisroe. Il aurait peut-être fait quelque chose de bien en ce monde.

— Je le sais. Mais il y a quand même des choses qu'on peut faire.

— Sûr.

— Légalement.

— Connerie, a dit Stinger. (Il a tourné la poignée de la vitre côté passager et l'a descendue, juste assez pour cracher. Puis il a pris une chaussette blanche dans sa poche et il s'est essuyé la bouche avec.) Qui va expliquer ça à Minnie Chaundelle ? Toi ?

Après le dîner on a filé chez Minnie. Une femme du nom d'Ardath Mae y était déjà. Elle avait des fils d'argent dans les cheveux et un air de dévote et j'ai pensé que c'était ça qui rendait Stinger timide tout d'un coup. Ardath Mae a dit que Minnie était sortie avec une autre amie pour s'occuper des obsèques de Verlyn.

— Cette petite est *complètement* démolie. Je me demande comment elle va s'en sortir.

J'ai demandé si je pouvais aller chercher quelque chose dans la chambre de Minnie. Ardath Mae a regardé Stinger avant de me répondre d'un hochement de tête. En sortant de la pièce, je l'ai entendue qui disait :

— Alors, qu'est-ce que tu deviens, Mister G. ? Ça faisait une sacrée paye, hein ?

La chambre de Minnie était pleine de cadres et de vases incrustés de perles et de cosses de noix de pécan, et il y en avait encore des colliers qui formaient un rideau devant la penderie, comme au temps des hippies. Il m'a pas fallu plus d'une minute pour trouver le calepin de Verlyn sous une boîte à chaussures en haut de la penderie. Quand je suis ressorti, Stinger et Ardath Mae étaient tout près l'un de l'autre. J'ai montré à Ardath ce que je voulais emporter et je lui ai demandé d'en informer Minnie. Elle a froncé les sourcils, mais elle a dit d'accord, et j'ai vu sa main lâcher celle de Stinger, qui était cachée dans un pli de sa jupe.

De retour chez moi, j'ai posé une bouteille de JW Black sur la table, j'ai pris des verres et un bac à glaçons, des piments forts et des bretzels, et j'ai commencé à lire la liste des actionnaires de la Mitchell Corp à Stinger. Il hochait la tête, buvait une gorgée de whisky, et laissait passer les noms, les yeux à moitié fermés. Il y avait onze noms, avec en face de chacun une somme allant de deux cent cinquante mille à plusieurs millions de dollars. Quand je suis arrivé au neuvième, Stinger a ouvert les yeux.

— Répète-moi celui-là ?

Houston est riche en pétrole et en clubs pour messieurs seuls — Centerfolds et Baby Dolls, La Nude et Peter's Wildlife, Ricks et quelques dizaines d'autres. Pour trouver celui où nous allions, il fallait savoir qu'il était là. Un cube de faux marbre avec des arches faiblement éclairées. Deux palmiers en façade et pas la moindre enseigne, mais je me rappelais en avoir vu une, ça m'était revenu quand Stinger m'avait demandé de lui répéter ce nom — Barsekian's Lounge.

On a trouvé une place au fond du parking. Dans l'ombre, sur le côté, un vigile en uniforme noir était assis dans son cart de golf, aussi immobile qu'une silhouette en carton, et les cercles blancs de ses lunettes lui donnaient l'air d'un personnage de bande dessinée.

Une fois dedans, j'ai demandé Mr. Barsekian à un type aux cheveux teints et à la figure comme un bloc de béton. Bloc de Béton nous a examinés de la tête aux pieds et vice versa, nous a demandé nos noms, et s'est fondu dans la foule.

Armen Barsekian avait été l'un des plus gros bookmakers de la Troisième Côte avant de se retirer à la demande des *federales*. Peut-être qu'il voulait désormais se refaire une virginité dans des activités licites, en s'associant à des grosses pointures sur le marché juteux des hydrocarbures. S'il était bien le A. Barsekian dont le nom figurait dans la liste des investisseurs du calepin de Verlyn, il avait peut-être voulu, tout simplement, faire fructifier un compte dans l'opération Brickner Deposit. Mais cet Armen Barsekian, sauf erreur de ma part sur la personne, était aussi un homme auquel on évitait de se frotter de trop près, à moins d'avoir un goût particulier pour les urgences des hôpitaux.

Bloc de Béton est revenu en disant que M. Barsekian pouvait recevoir Stinger. Mais que je devais attendre au bar. J'ai commencé à râler puis je me suis dit que Stinger, avec sa peau plus claire que la mienne et son gabarit plus léger et ses cheveux plus gris serait peut-être moins effrayant que Cisroe Perkins pour un vieux Blanc amorti.

J'ai donc filé au bar et j'ai commandé une brune à une fille aux nichons tellement rebondis qu'ils avaient l'air prêts à éclater en balançant des jets de mousse sur toute la compagnie. Elle portait une jupe à faire hurler un mec sans même qu'il s'en rende compte.

C'était assez mélangé comme clientèle, bien que clairsemé. J'ai cru reconnaître un flic dans le type qui souriait à une danseuse entortillée dans un boa rose vif, et je me suis dit qu'il fallait bien que chacun prenne son plaisir là où il le pouvait. La musique n'était pas trop envahissante, juste ce qu'il fallait tout de même, et je n'ai pas tardé à éprouver une terrible envie de rencontrer quelqu'un de chaud et de parfumé qui m'offrirait de la gentillesse et un cœur compatissant.

Quand Stinger est revenu, j'en étais à ma deuxième bière. Il a donné une tape sur sa barbe en pointe, puis il a hoché la tête en montrant la porte du bureau, et il a dit :

— C'est fait.

— Et c'est en de bonnes mains.

Armen Barsekian était un homme influent. Il faut, parfois laisser l'eau couler selon sa pente naturelle. Et voici ce que ça a donné :

Vincent Verlyn, le petit frère de Minnie Chaundelle, avait fait le grand saut un mercredi soir. Le vendredi suivant, à quelque distance du Katy, un chien de chasse qu'on dressait à rapporter dans un étang des marais découvrit Guy Grundfest, directeur général des opérations à la Mitchell Corp, en plongeant dans les eaux boueuses. Quant à Ray Wayne Wooley, il fut victime d'un malencontreux accident qui le laissa avec les deux jambes brisées à la hauteur des genoux, alors qu'il faisait du ski nautique sur le lac Houston, un samedi à minuit après avoir — d'après ses dires — un peu trop bu. Jobar « Buck » Wilson n'avait jamais vu quelqu'un d'aussi secoué et terrorisé que Wooley, mais celui-ci, bien que pressé de questions par les policiers, s'en tint obstinément à sa version des faits.

Le lundi, je suis parti à Chicago, pour des raisons professionnelles, et je suis resté quatre jours absent. À mon retour j'avais d'autres choses à faire, si bien que je n'ai pas pu me rendre chez Minnie Chaundelle avant le samedi suivant.

Quand j'ai descendu Gross Street, il faisait un soleil à rayer les diamants. La radio annonçait quarante-trois degrés et un taux d'humidité tout aussi catastrophique, et je me disais que ça serait pas plus mal, vu ce temps poisseux, si Minnie Chaundelle n'était pas chez elle. Elle n'est pas venue ouvrir la porte. Alors je suis passé derrière la maison pour regarder vers le cimetière à travers le rideau de chênes verts et j'ai aperçu son adorable silhouette tout en rondeurs qui, de là, semblait aussi minuscule que celle d'un enfant, debout à côté d'une tombe.

J'ai marché à travers les broussailles, prudemment à cause des serpents. J'ai marché entre les stèles brisées et empilées et d'autres qui étaient renversées comme si un tracteur les avait bousculées. Je ne me pressais pas, je regardais les tombes, pour que Minnie Chaundelle me voie et ne soit pas surprise par cette intrusion. Certaines stèles s'étaient enfoncées si profondément qu'on lisait à peine les noms au ras de terre : ces morts-là étaient morts deux fois.

J'ai vu le tertre dégagé devant lequel se tenait Minnie. À la tête était plantée une pierre noire et brillante avec le nom de Verlyn, et ses dates de naissance et de mort. Minnie a tourné vers moi un regard triste et profond comme le fleuve Chagrin. J'ai tendu un doigt vers la main qui pendait le long de son corps et elle l'a pris et l'a serré comme si nous étions tous deux happés par des sables mouvants.

— C'est pas la vraie pierre. On en mettra une autre plus tard.

— Je sais que c'est ce qu'il pouvait y avoir de mieux.

Elle a hoché la tête, les lèvres serrées, et elle s'est appuyée contre moi en s'essuyant les yeux de la paume de la main.

— Y'aura marqué : « Un rayon de soleil aurait suffi. Mais il y a eu toi. »

— C'est vraiment bien, ça, Minnie Chaundelle.

Une rafale a projeté la jupe de Minnie en avant, puis a filé sur les broussailles et s'est engouffrée

315

sous les arbres comme pour nous montrer un nouveau chemin. Nous sommes restés là sans bouger,
Minnie et moi, tête contre tête, nos bras accrochés
l'un à l'autre, comme de vieux amants enfermés
dans des souvenirs trop douloureux pour qu'on les
nomme. Au bout d'un moment, je suis retourné
avec elle à sa maison, où j'ai continué à la consoler.

Plus tard ce soir-là, j'ai quitté mon bureau pour
regarder au-dehors. Le clair de lune bleuissait l'appui de la fenêtre, saupoudrait les toits et la pointe
des arbres de la même lumière froide. J'avais de
la peine pour ces hommes tombés dans le piège
malpropre de la cupidité, et pour les faibles qui les
laissaient faire, et pour ces femmes qui n'étaient
coupables de rien et qui les attendaient quelque
part.

Au moment où je déboutonnais ma chemise pour
me mettre au lit en humant le doux parfum de Minnie que j'avais encore sur moi, une larme, une
seule, est tombée à mes pieds sur le plancher. Elle
disait ma honte et ma surprise devant ce que j'étais
en train de devenir, en laissant à d'autres le soin de
s'occuper de mes affaires, si bien que je ne pouvais
pas mentir en toute sincérité à une femme éplorée
et lui dire que Cisroe Perkins travaillait du mieux
qu'il le pouvait pour que justice soit faite.

Et je me suis juré de faire mieux la prochaine
fois.

Traduit par Pierre Girard

Oncle Harry et la sorcière

ANGELA ZEMAN

Q U'EST-CE que tu en penses ? demanda Rachel d'une voix enjouée.
Mais Mme Risk comprit, au froncement de sourcils qui accompagnait ces paroles, que Rachel n'était pas d'humeur à supporter la contradiction.

Prenant soin de dissimuler son amusement, elle balaya du regard la rue bordée de boutiques, les yeux brillants. Elles sentaient sur leur nez et leurs mains encore froids la caresse du soleil de mai qui, comme chaque matin, recouvrait d'un vernis doré le toit des maisons. Parcourir la promenade de planches longeant le front de mer du village de Wyndham-by-the-Sea constituait l'une de ses occupations matinales favorites. Le bruit de leurs pas scandait joyeusement leur marche, les bottes de Rachel émettant un battement plus sonore et plus sec que les pantoufles de Mme Risk. Toutes deux étaient plutôt grandes et leurs démarches s'accordaient à merveille.

Rachel n'était pas seulement bien plus jeune, elle était aussi beaucoup plus ronde que l'autre femme. Elle était comme à son habitude vêtue d'un jean et d'une chemise en coton. Sa masse de boucles brunes retombait en queue de cheval sur son dos. Quant aux cheveux raides de Mme Risk, ils se soulevaient et claquaient comme un drapeau noir effiloché dans le vent venant de la baie.

Elle se décida enfin à répondre :

— Si c'est l'or qui t'intéresse, je te conseille d'acheter le métal lui-même. Tu posséderas quelque chose que tu peux toucher, et même porter, dont la valeur ne pourra qu'augmenter avec le temps. Mais acheter à terme ? C'est de la pure spéculation, ma grande. Des gains éventuellement élevés, mais des risques encore plus importants. À la Bourse, la perte peut dépasser l'investissement.

Rachel poussa un grognement d'impatience.

— Je ne peux pas me permettre d'investir dans des babioles.

Mme Risk tenta de l'interrompre, mais Rachel l'ignora.

— Dis, tu te rappelles qu'à l'hôpital St Boniface, ils m'ont commandé les fleurs pour leur gala de charité de la semaine prochaine ? Eh bien, quand je toucherai ce chèque, non seulement je pourrai payer mon loyer et mes factures à temps, pour la première fois depuis que j'ai ouvert la boutique, mais en plus il m'en restera une partie. De quoi saisir l'occasion de faire un petit bénéfice. Mel Arvin, l'agent de change, dit que...

— Pouah ! Si cet homme me disait que les poissons vivent dans l'eau, je ne le croirais pas !

— Oui, fit Rachel d'une voix triomphante. Mais à Harry Fitch, tu lui ferais confiance ?

— Tout à fait. Mais qu'est-ce que Harry connaît au marché à terme de l'or, ou à la Bourse en général ?

Mme Risk tourna son visage vers le soleil et huma l'air. La mode du café était arrivée à Wyndham, et l'alléchant parfum des grains torréfiés flottait dans l'air salé.

— Il passe son temps à vendre de l'or.

— Il vend des pièces d'or anciennes. Ça n'a rien à voir. Dis, ça ne te dirait pas de remplacer l'infusion par un bon café, ce matin ?

— Pas maintenant. Il a dit que si je passais tôt, on pourrait en parler. Et, par ailleurs, je te signale que certains de ses machins en or sont neufs. Il a dit qu'il pourrait m'expliquer comment fonctionne le marché mondial. Un métal *noble*, c'est ainsi qu'il a appelé l'or. En tout, il n'y en a que trois.

— L'or, le platine et l'argent. Mais c'est l'or qui possède l'histoire la plus ancienne.

— Comment tu sais... oh, laisse tomber. De toute façon tu sais toujours tout, j'avais oublié.

Rachel gloussa. Ayant à peine un peu plus de vingt ans elle pouvait encore le faire de façon charmante. À cause de ce gloussement, elle ne remarqua pas les sons qui provenaient de la Maison Dallour, spécialiste du timbre et de la monnaie de collection. Mme Risk fit pivoter Rachel, l'entraînant en arrière, ce qui eut pour effet de transformer le gloussement en gémissement étouffé.

Elle poussa Rachel vers la vitrine de l'agence immobilière, à côté de la porte ouverte de la boutique. Elle lui montra du doigt des photos aux couleurs passées, où l'on voyait des maisonnettes à louer pour l'été (probablement déjà réservées pour la saison à venir) et lui fit signe de se taire.

Rachel ignora l'ordre et grommela :

— Si tu veux que j'investisse dans l'immobilier, il faudra m'en parler plus gentiment.

— Écoute !

Décontenancée, Rachel se colla elle aussi contre la vitrine, et écouta. Puis elle se redressa.

— Oh, c'est tante Marguerite.

Mme Risk se retint de pouffer.

— Et dire que *moi*, on m'appelle une sorcière !

L'esprit non conformiste de Mme Risk — que Rachel partageait — ainsi que son étrange aptitude à voir ce qui échappait le plus souvent aux autres lui valaient de passer pour une sorcière aux yeux des habitants de Wyndham. La plupart la craignaient — situation dont elle profitait sans vergogne. D'autres étaient intrigués, et quelques-uns l'acceptaient comme elle était. C'est parmi ce dernier groupe, très restreint, qu'elle choisissait ses amis. Après que Mme Risk eut empêché Rachel de commettre un fatal geste de désespoir, cette dernière avait elle aussi été « choisie » par son aînée. Sans être consultée, ce qui était typique de Mme Risk.

Au bout de deux ans d'une amitié parfois épineuse, Rachel avait commencé à se désigner comme l'apprentie sorcière de Mme Risk. Et il n'était pas toujours certain qu'elle plaisantât.

De l'intérieur de la boutique leur parvenait le son d'une voix haut perchée et moqueuse. À chaque seconde elle augmentait en volume et en intensité :

— Et ne t'avise pas de me dire que ça ne sert à rien, espèce de vermisseau. Après tout ce que j'ai fait pour toi, c'est normal que tu me sacrifies un peu de ton énergie, non ? C'est à moi que tu dois ta soi-disant carrière. Je t'ai bien acheté cette boutique, non ? Sans moi, tu aurais fini... Si je n'avais pas... Harry ! Où est-ce que tu vas ? Ne te détourne pas quand je te parle ! Tu dormirais dans le hall des immeubles, voilà où ! Alors, comme je te l'ai déjà dit, je veux une description détaillée de chaque fichu timbre ou pièce de ce magasin, qui en indique la valeur, la nature et la provenance. Et n'essaie pas de t'en tirer avec tes abréviations à la noix. Je n'y comprends rien. Souviens-toi juste d'une chose : personne n'emploiera jamais un bon à rien comme toi. À part moi. Ce que c'est que d'avoir bon cœur ! Mmmm, et puis ça me permettra aussi de garder l'œil sur toi. Si tu as trafiqué les livres de comptes, je le saurai bien assez tôt. En tout cas, commence par garder la boutique ouverte le soir. Il faut faire davantage de ventes ou je ne pourrai plus me permettre de te garder comme employé. Parce que tu me coûtes cher, vu que je te laisse habiter l'appartement à l'étage. Je pourrais en tirer un loyer, si je voulais.

— Ouais. Tu parles d'une faveur ! murmura Rachel, à l'adresse de Mme Risk. Elle le laisse habiter ce trou à rats de studio de manière à ce qu'il lui serve de chien de garde vingt-quatre heures sur vingt-quatre et sept jours sur sept. Elle fait tout ce qui est en son pouvoir pour l'empêcher d'aller gagner un meilleur salaire ailleurs. Il ne peut même pas se payer trois repas par jour. Et il n'a pas la sécu. Tu te rappelles sa grippe de l'année dernière ? Si le Dr Giammo ne l'avait pas soigné gratuitement, il serait mort à l'heure qu'il est !

La voix poursuivait, lancinante :

— Et je te préviens que je ne veux plus voir ces sales gosses traîner dans la boutique ! Et pendant que tu y es, astique un peu tout ça ! Ça se dégrade ici. Comme toi.

Elle s'esclaffa.

— Au fait, reprit-elle. Ça me rappelle un truc. Fais nettoyer le smoking que je t'ai acheté l'automne dernier. Tu vas m'accompagner au... eh, où est-ce que tu vas ! Reste là ! C'est bientôt le gala de St Boniface. Tout le monde y sera. Cette vieille chauve-souris de Velma, j'ai entendu dire qu'elle irait avec sa sœur ! C'est pas la meilleure ? Cette bouffonne n'est même pas capable de se dégoter un cavalier.

Elle gloussa. Puis son ton se fit enjoleur :

— À présent, cesse de faire des caprices. Fais confiance à maman, tu ne le regretteras pas. Maman t'aime tant. Est-ce que j'aurais fait un testament où je te lègue tout, si ce n'était pas le cas ? Allez, maintenant, fais-moi un bisou.

Suivit un bruit de succion.

Mme Risk s'engouffra dans la boutique et claqua si brutalement la porte derrière elle que les vitres du bâtiment entier vibrèrent. À l'intérieur, une femme corpulente, vêtue d'une robe voyante en jersey fleuri, s'écarta brusquement de la chétive silhouette à cheveux bruns grisonnants qu'elle semblait sur le point d'engloutir.

— Eh ! Qu'est-ce que...

Un sourire forcé se dessina sur sa grimaçante face de dogue lorsqu'elle eut identifié les visiteurs importuns. Levant un bras, elle tapota sa chevelure aux bouclettes maintenues en place par des épingles, dévoilant un sombre cercle de sueur sur sa robe, au niveau de l'aisselle. Sur son visage luisant, la poudre formait une couche épaisse qui retombait en petits paquets sur la masse gélatineuse de son décolleté.

— Madame Risk ! Quel plaisir, mais aussi quelle surprise, de vous voir de si bon matin.

Ayant vite estimé nulle l'importance sociale de Rachel, Mme Dallour l'ignora.

— Je m'étonne que vous ne fassiez pas la grasse matinée, au lieu de vous agiter comme nous autres, pauvres filles obligées de travailler. Les siestes sont si réparatrices pour les femmes de votre âge.

Elle plongea la main dans son sac à main et alluma une cigarette.

— Et comment vous débrouillez-vous, par une chaleur pareille, pour que le noir, sur vous, paraisse si... euh... frais ?

Mme Risk, qui avait presque vingt ans de moins que son interlocutrice, portait habituellement de longues robes de gaze noire en été et de la laine en hiver.

Mme Dallour éventa son triple ou quadruple menton humide de sueur. Derrière elle, Harry, l'air dégoûté, se détourna et fit mine d'arranger des piécettes dans une coupelle, sous la vitrine du comptoir. Rachel lui fit un clin d'œil, ce qui lui procura visiblement un peu de réconfort.

Mme Risk regarda la femme.

— Pour ce qui est de vos commentaires au sujet du gala, sachez que Velma Shrafft — qui est une bonne amie à moi et une personne de valeur — est suffisamment sûre d'elle-même pour ne pas avoir besoin d'un cavalier lorsqu'elle souhaite se rendre quelque part.

Les joues de Mme Dallour virèrent au pourpre. Elle se mit à jacasser, tout en exhalant la fumée.

— Oh, il se fait tard. Je dois me dépêcher. Il faudrait qu'on déjeune ensemble, un de ces jours. Je vous appellerai.

Elle vira de bord, comme un grand navire déglingué, répandant dans son sillage de fétides odeurs corporelles. Rachel frissonna.

Elle passa le reste de l'heure à parler de la relative stabilité de l'or sur les marchés mondiaux avec un Harry Fitch sans entrain.

Comme elles s'en allaient, Rachel déclara :

— Quelqu'un devrait faire bouillir tante Marguerite dans la graisse de sa figure crasseuse.

— Pourquoi diable les gens appellent-ils cette femme « tante » Marguerite ? C'est notre première rencontre, mais j'ai souvent entendu parler d'elle. Et je n'ai jamais compris pourquoi elle était ainsi surnommée.

— Parce que tout le monde l'appelle, *lui*, oncle Harry. Je crois que c'est par ironie qu'on l'appelle « tante », vu qu'ils sont liés tout en étant le contraire l'un de l'autre. Personne ne peut la souffrir, mais tous adorent oncle Harry. Il attire les gosses comme un aimant. Ils passent des après-midi dans sa boutique à écouter ses histoires de pièces et de timbres. C'est de là que lui vient son surnom — des gamins.

— Oui, et j'ai entendu dire que nombreux sont les parents et les professeurs contents de son influence.

Elles poursuivirent leur promenade en silence. Puis Rachel dit :

— Harry s'est inscrit dans mon cours de poterie, il y a quelques semaines de ça. C'est là que j'ai fait sa connaissance.

— Pourquoi est-ce qu'il reste avec... avec cette personne ?

— Eh bien... Je ne sais pas, mais on dit que chaque fois qu'il veut partir, elle lui balance cette histoire d'héritage à la figure. Elle est son aînée de plus de vingt ans, et il a donc une grosse chance de le toucher un jour. C'est vrai, ceci dit, qu'il a vécu dans la rue. Il me l'a avoué lui-même. C'est un ancien du Viêt-nam et il n'a pas su revenir à une vie normale jusqu'au jour où elle l'a mis dans cette boutique. Les timbres et les pièces anciennes, c'était sa passion avant la guerre. Il m'a dit que la paisible vie de Wyndham et son amour pour les pièces et les timbres ont transformé son existence. Et qu'il ne peut oublier ce qu'elle a fait pour lui.

— Voilà qui explique beaucoup de choses, répliqua pensivement Mme Risk.

— Eh bien, je dirais qu'il a vraiment mérité son héritage, depuis le temps. Il devrait assassiner cette vieille gargouille, éructa Rachel.

Mme Risk la fixa en plissant les yeux.

— Ton passé serait-il en train de se répéter ? Prends garde aux drames que tu souhaites voir s'abattre sur tes congénères.

— Mmmm. Le vrai drame, c'est qu'il y a une femme formidable dans notre cours. Elle s'appelle Christa. Lui et elle...

Mme Risk leva la main.

— Je t'en prie. Ça suffit comme ça.

Rachel poussa un long soupir.

— Il est temps que j'aille ouvrir la boutique, de toute manière. On se voit plus tard. Mel Arvin m'a promis de me donner davantage d'informations sur l'achat d'or à terme, aujourd'hui. Tu verras, je fais le bon choix.

— Je n'en doute pas, ma grande, dit Mme Risk d'un ton distrait. À propos, ce n'est pas ce soir, ton cours de poterie ?

— À sept heures. Pourquoi ?

Sans daigner répondre, Mme Risk s'éloigna sur la promenade de planches, ombre noire dans la lumière du soleil.

Ce soir-là, à sept heures, quand Mme Risk pénétra dans l'atelier de poterie, elle fut saluée par des cris unanimes :

— Allez-y ! Prenez de la terre !

Elle déclina l'invitation, mais s'installa sur un tabouret afin d'observer la scène. La grande pièce était pleine d'hommes et de femmes qui, assis jambes écartées devant des tours en mouvement, plongeaient les mains dans la terre humide, s'éclaboussaient les uns les autres d'eau boueuse, examinaient leurs essais de vernissage et surtout... riaient. Randy, une grande femme au rire contagieux, débordante de talent et de vitalité, passait rapidement d'un élève à l'autre. On entendait, en fond sonore, de paisibles airs de jazz, tandis que l'atmosphère embaumait le vernis, la glaise et le café.

Mme Risk était stupéfaite par la métamorphose d'Harry : cet homme charmant, qu'elle voyait parler à tous avec animation, était à des années-lumière de la personne blême et désespérée qu'elle avait rencontrée le matin même.

Elle ne tarda pas à repérer Christa. Harry était

petit et frêle, mais Christa était encore plus petite. Elle avait la peau blanc ivoire, une belle et abondante chevelure bouclée blond cendré, et les yeux marron-vert. Sa silhouette joliment potelée donnait à sa féminité un charme juvénile et félin. Lorsqu'elle s'adressait à Harry, il paraissait aussitôt redoubler d'assurance. Et, aussi sensibles que des compteurs Geiger soumis à des particules d'uranium, chacun trahissait l'approche de l'autre en devenant de plus en plus rose, couleur qui s'atténuait progressivement sitôt qu'ils s'éloignaient à nouveau.

Lorsque tous se furent retirés, à l'exception de Rachel et de Mme Risk, Randy éclata de rire.

— Ne sont-ils pas mignons ? Et tout le monde les apprécie tant que personne ne les taquine, ce qui est vraiment étonnant. Ils sont plutôt directs, d'ordinaire.

— Qu'est-ce que tu sais au sujet de Christa ? demanda Mme Risk.

— Oh, répondit Randy, elle fait du secrétariat chez un médecin, dans le village voisin. Elle a deux petites filles, âgées de quatre et six ans. Son mari l'a abandonnée pendant qu'elle accouchait de la seconde. Bob l'a aidée à s'occuper du divorce. Elle m'a confié un jour qu'elle était jeune et bête au moment où elle s'est mariée. Elle a ajouté que, désormais, elle était vieille et sage, et assez solide pour ne plus jamais tomber amoureuse. Aussi solide qu'une aile de papillon !

— Et aussi belle, ajouta Mme Risk, dans un sourire. Au fait, qu'est-ce qu'Harry est en train de fabriquer ? Il m'a l'air plutôt habile pour un débutant.

— Il est bon, approuva Randy.

— Harry fait des pots de fleurs, dit Rachel. Il a la main verte, et c'est peu dire. Il a rempli de plantes cet affreux appartement. Il est vraiment doué.

— Ce n'est pas ce que toi aussi tu es en train de faire, ma grande ? Des pots de fleurs ? demanda Mme Risk, tandis que son regard passait de la chose informe, sur le tour de Rachel, au pot parfaitement symétrique d'Harry.

— Oui. Je voudrais les vendre dans ma boutique, si j'arrive à être assez bonne. C'est plus difficile qu'il n'y paraît.

— Je vois ça.

Rachel grimaça.

— Tu veux essayer ?

Mme Risk haussa les sourcils.

— Merci ma grande, mais je crois qu'il faudrait que je commence par prendre des cours, et la liste d'attente de Randy est bien assez longue comme ça.

— Mmm... bien sûr.

Mme Risk se dirigea vers la porte.

— Dis-moi, Randy, Bob est déjà rentré ? Si ça ne te dérange pas, j'aimerais passer le voir. Il faut que je règle un petit problème d'ordre juridique. Quant à *toi*, ajouta-t-elle à l'adresse de Rachel, à demain matin.

— J'en ai de la chance !

Le lendemain matin, juste après le thé, une Rachel intriguée suivit Mme Risk jusqu'à la boutique de pièces anciennes. Elles trouvèrent Harry plongé dans l'étude de tas de papiers, aussi pâle et déprimé que la veille. Mme Risk en déduisit qu'il avait commencé à faire l'inventaire exigé par tante Marguerite.

— Pour ce qui est du marché de l'or..., commença Rachel, avant d'être interrompue par Mme Risk.

— Harry ! s'exclama celle-ci, j'ai trouvé la pièce la plus bizarre... Bien sûr, pour ce que j'y connais, ça pourrait tout aussi bien être un jeton de téléphone.

Rachel étouffa un rire.

— Mais il est possible qu'elle soit très ancienne, reprit Mme Risk. Dessus, on peut lire...

Mme Risk s'interrompit et foudroya des yeux Rachel dont l'envie de rire lui faisait émettre des petits couinements.

— Mais ce n'est pas le moment d'en parler, je vois que vous êtes occupé. Je sais ce qu'on va faire ! Ça vous arrive d'aller au Harrington's Dock, pour y contempler le coucher du soleil ? C'est tellement beau, ça domine la mer. Une petite pause vous fera le plus grand bien. J'apporterai un bon vin, et vous pourrez examiner ma trouvaille.

— Six heures et demie, ça vous convient ? demanda Harry, soudain plus joyeux.

— C'est précisément ce que j'allais vous proposer. À plus tard, alors.

Aussitôt, Mme Risk saisit Rachel par le bras et l'entraîna à l'extérieur.

— À l'avenir, épargne-moi ces bruits déplaisants, ma grande. J'ai craint que tu ne laisses échapper des paroles embarrassantes.

— Que je dise, par exemple, que tu t'y connais plus en pièces anciennes que tu ne le prétends ? Pourquoi donc ferais-je une chose pareille ?

— Bah, *comparée* à Harry, je n'y connais pas grand-chose.

— Oh, je vois. Tu as donc exprimé une semi-vérité. Et non un bon vieux mensonge.

Mme Risk couva la jeune femme d'un regard affectueux, puis flaira l'air.

— J'ai une envie irrésistible de café au lait. Tu te joins à moi ?

Rachel éclata de rire.

— Fais attention. Tu risques de perdre le goût des infusions. Je peux venir moi aussi, ce soir ?

Une ombre passa sur le visage de Mme Risk.

— Il ne vaut mieux pas, ma grande. Ton ami Harry préférerait sans doute qu'aucun de ses amis n'assiste à notre entretien.

Rachel s'immobilisa, surprise. Au bout d'un moment, elle hocha gravement la tête.

— Très bien. À demain, alors.

À six heures et demie ce soir-là, Harry arriva au Harrington's Dock. Au-dessus des tables en rangs serrés, les parasols claquaient au vent. Le soleil rougeoyant embrasait l'eau de ses derniers rayons en s'enfonçant dans la baie. Les mouettes rasaient les flots, à la recherche de nourriture. Presque tout le village s'était rassemblé là pour saluer le jour déclinant.

Mme Risk quitta une table occupée par deux hommes en costume strict et fit signe à Harry de se joindre à elle, à la table d'à côté. Une bouteille de vin et des verres y étaient disposés.

— Quel beau moment à partager avec ses amis ! s'exclama-t-elle.

Elle insista pour qu'il se détende avant de procéder à l'examen de la pièce. Ils parlèrent de son vin

— un cabernet qu'il déclara trouver exceptionnel —, commandèrent un petit quelque chose à manger et discutèrent du temps qu'il faisait. Il ne tarda pas à éclater de rire et Mme Risk retrouva l'homme qu'elle avait observé à l'atelier de Randy. Ils venaient d'entamer leur second verre, quand une voix, forte et parfaitement claire, s'éleva de la table de derrière. Mme Risk se tut, et Harry fit de même.

— C'est moi qui ai établi les testaments de presque tous les habitants du coin, mais je suis content de n'avoir rien eu à voir avec celui-ci.

C'était la voix de Bob Blume, ami et avocat de Mme Risk. Cette dernière se demanda si Harry avait jamais rencontré Bob, qui était aussi populaire, au village, que son épouse Randy. Mais rien, dans l'attitude d'Harry, n'indiquait qu'il connaissait Bob. Il semblait simplement attendre que les deux hommes aient fini de parler, afin que Mme Risk et lui soient en mesure de reprendre leur propre conversation.

Le deuxième homme, qui était plus âgé, répliqua en respirant bruyamment.

— Je me contente de faire mon boulot.

— Cependant, vu que tu es chargé de ses affaires, il faut que tu saches qu'elle sous-paie ce type, en lui faisant miroiter cet héritage, histoire de le garder sous sa coupe. C'est de l'exploitation pure et simple. Il est son esclave, en somme.

Il servit à l'homme plus âgé un autre verre.

— Si je pouvais tout dire au gars, je le ferais. Tu le sais bien. Mais ça ne se fait pas. Question de déontologie.

Se penchant en avant, Bob s'exclama :

— Je comprends qu'il soit immoral de révéler ce qu'il y a DANS un testament. Mais pour ce qui est de révéler ce qu'il ne contient PAS, Leon, je ne vois pas où est le problème.

En entendant le nom « Leon », Harry écarquilla les yeux. Dès lors, il se concentra sur leurs propos, tout en conservant une expression impénétrable. Mme Risk demeurait silencieuse.

— Qu'est-ce que tu veux dire, ce qu'il ne contient *pas* ?

— Ce qu'il ne contient *pas*. Tu pourrais, par bonté d'âme et par respect pour un type vraiment chouette, aller voir cet employé et lui dire : « Mon gars, vous n'êtes pas dans le testament. » Je veux dire, je pourrais déclarer la même chose à chacun des habitants de la région sans révéler que cette misérable garce a légué jusqu'à son dernier sou à son infect neveu. C'est juste ?

Le pied de son verre se brisa entre les doigts d'Harry. Sans paraître se soucier du vin répandu éclaboussant la table comme du sang, il se leva. Sa chaise de plastique se renversa derrière lui. Surprises, quelques personnes levèrent les yeux.

L'homme plus âgé regarda Bob pensivement.

— Tu sais, je vais réfléchir à tout ça. Vraiment. Ça peut être une bonne idée, de donner sa chance à ce pauvre gars.

Harry quitta la jetée en toute hâte. Il ne salua même pas Mme Risk et, dans sa fuite éperdue, semblait aveugle à ce qui l'entourait.

Mme Risk soupira. Bob posa sur elle un regard inquiet. Elle lui tapota la main.

— Je te remercie, mon chou. Je sais que c'était difficile.

Bob jeta un coup d'œil à son collègue, qui piquait du nez dans son cinquième verre de vin, et haussa les épaules.

— Leon aura tout oublié demain.

Il jeta sa serviette sur la table.

— Il vaut mieux que je le raccompagne.

Mme Risk approuva. Elle resta jusqu'à ce que le soleil ait tout à fait disparu, puis rentra chez elle.

Au cours des semaines suivantes, Mme Risk se tint au courant des faits et gestes d'Harry. À sa grande surprise, il ne quitta pas son emploi.

Rien ne semblait avoir changé, à part le fait qu'il commença soudain à venir deux fois par semaine, au lieu d'une, au cours de poterie de Randy.

Un matin, Mme Risk reçut un coup de téléphone de Rachel.

— Tu ne vas pas en croire tes oreilles ! Oncle Harry a demandé à Christa de l'épouser, hier soir au cours. Tu aurais dû voir sa joie ! Qu'est-il donc arrivé à Harry, depuis le mois dernier ? Tante Marguerite va avoir une attaque quand elle apprendra la nouvelle !

— Ce qui, je n'en doute pas, te briserait le cœur, répliqua sèchement Mme Risk.

Et, lorsqu'elle raccrocha, elle n'avait pas du tout l'air gai.

C'est alors qu'advint l'incendie.

Mme Risk se trouvait dans la foule qui regardait les pompiers arpenter le théâtre de l'incident, noirci et encore fumant. On avait aidé oncle Harry à se mettre à l'abri de l'autre côté de la rue. Là, il respirait grâce à un ballon d'oxygène, entouré d'amis inquiets.

Après un accès de rage à la vue de sa propriété endommagée, Marguerite avait, dans un geste théâtral, croisé les bras sur sa poitrine imposante. Elle déambulait comme une ivrognesse, bousculant au passage les pompiers en plein travail. Les médecins présents lui prirent poliment le pouls, puis la poussèrent à l'écart. Rachel dit, en fronçant les sourcils :

— Il n'y a pas eu un seul incendie ici, depuis l'arrivée d'oncle Harry. Ça fait combien de temps, au juste ? Dix ans ?

Marguerite, vexée de constater que sa détresse laissait tout le monde indifférent, se mit à proférer des menaces à l'égard du « débile qui a laissé un truc pareil arriver », en d'autres termes : Harry. Cela lui permit de récolter l'attention souhaitée, mais pas la compassion. Son auditoire, composé en majeure partie d'amis d'Harry, la fusilla du regard.

Le chef de l'escouade demanda à Harry s'il avait une idée de ce qui avait provoqué l'incendie.

— J'imagine que quelqu'un a dû jeter une cigarette mal éteinte dans une corbeille, sans que je le remarque. Après tout, les timbres ne sont que du papier, et dans un vieux bâtiment comme ça, il ne faudrait pas longtemps pour...

— Dans ce cloaque, le feu a probablement pris avant même qu'on puisse voir la fumée, dit Jesus.

Il dirigeait la cordonnerie voisine, et était obsédé par les produits inflammables.

— Et pour peu que cette personne ait fumé dans ta boutique, il t'était facile de croire que ce que tu sentais, c'était l'odeur de la cendre, ajouta Rachel.

Le chef demanda :

— Mais qui aurait idée de fumer ici ? Il y a partout des pancartes INTERDIT DE FUMER.

Les traits d'Harry prirent une expression penaude. Il ne répondit pas.

La pensée traversa l'esprit de Mme Risk une demi-seconde avant les autres. Puis, suivant son exemple, tous les regards se posèrent sur tante Marguerite. Elle se figea tandis qu'elle s'apprêtait à allumer une cigarette.

— Quoi ?

Elle leur tourna le dos.

Le chef alla discuter avec ses hommes. En passant devant tante Marguerite il grommela quelque chose à propos d'insalubrité, de risques d'incendie, de conditions de sécurité désastreuses et d'un contrôle sanitaire. Le visage de tante Marguerite blêmit sous l'épaisse couche de poudre.

Au cours des semaines suivantes, la boutique reçut l'attention qu'elle méritait depuis des années. Harry et elle partaient sur un nouveau pied, qui allait devoir permettre aux affaires de progresser. Les dommages n'avaient pas été si importants que ça. L'assurance remboursa les pertes en marchandise — en l'occurrence une série de timbres rares — et Harry cessa de tousser.

Lorsque Mme Risk apprit qu'une seule série de timbres — parmi tous les trésors de la boutique — avait été détruite, elle passa le reste de l'après-midi dans un salon de thé, à méditer devant un cappuccino glacé. Il était environ six heures quand elle décida de rendre visite à Randy dans son atelier. Ses élèves n'arriveraient qu'une heure plus tard, et les deux femmes pourraient donc s'entretenir tranquillement.

Une fois là-bas, elle pria Randy de lui montrer les derniers pots de Harry. Elle les examina avec attention, puis posa des questions à son amie.

— Oh mon Dieu, marmonna-t-elle en l'écoutant tandis qu'en elle-même, la vérité se faisait jour.

Aussitôt après, Mme Risk se précipita à l'appartement d'oncle Harry. À l'expression de surprise qu'afficha le visage de l'homme tandis qu'elle se tenait plantée sur le seuil, elle répliqua :

— Harry, le temps est venu, pour vous et moi, de faire plus ample connaissance. Vous me permettez d'entrer ?

Harry la regarda avec perplexité, puis l'invita à le suivre à l'intérieur.

— Ça vous dit de prendre le café avec moi ? Je suis désolé d'avoir oublié de m'occuper de votre pièce. Vous l'avez avec vous ?

— Je vous remercie, j'ai eu ma ration de café pour la journée. Non, je n'ai pas apporté ma pièce. À vrai dire, cette histoire m'était complètement sortie de la tête. En fait, je suis venue vous féliciter pour vos récentes fiançailles, un peu tardivement, je l'admets.

Une fois le seuil franchi, elle resta figée, éblouie par la vivacité des couleurs.

— Rachel m'avait dit que vous aviez la main verte, mais j'étais loin de m'attendre à ça ! Vous avez transformé votre foyer en un véritable jardin !

Il hocha tristement la tête.

— Les plantes sont tout de même en pots.

— Fabriqués par vous, à ce que je vois. Je reconnais votre patte. Du beau travail, mon cher. Vous en avez des vides, que je puisse les regarder de plus près ?

— Bien sûr. Tenez.

Il lui en tendit trois, l'un après l'autre.

— Vous avez été très productif, ces dernières semaines.

Il haussa les épaules, puis se retourna pour prendre le café bouillant sur la plaque chauffante.

Elle l'observa tandis qu'il versait de la crème dans sa tasse. Il avait les épaules voûtées et l'air plus dépité que jamais. Un homme fiancé à une femme telle que Christa devrait avoir l'air plus épanoui, songea Mme Risk.

Elle reposa les trois pots qu'il lui avait tendus, en ramassa un autre sur une table voisine, le souleva et dit, d'un ton joyeux :

— J'aimerais tant posséder l'un de vos pots, Harry. Celui-ci est adorable. Je peux vous l'acheter ?

— Vous voulez rire, répondit-il, tête baissée. Je vous en fais cadeau. Vous...

Il leva alors les yeux, regarda le pot qu'elle avait en main et devint blême.

— Non, pas celui-ci. Il est raté. Je ne veux pas que vous...

— Permettez-moi d'insister, c'est celui-ci que je veux. Quoique..., dit-elle en ramassant sur le sol un autre pot, ce grand-là est aussi très joli. Oh, ça alors, vous avez inséré des petits bouchons décoratifs à la place des trous d'évacuation de l'eau. Comme c'est malin. Je suppose qu'il me suffit d'appuyer dessus, si je veux rouvrir les trous.

— C'est juste.

Il se pencha pour lui retirer les pots des mains, mais elle les maintint hors de sa portée. Puis, avec un soupir, elle les reposa.

Il la fixa, les bras ballants.

— Vous avez raison, dit-elle. Il n'est pas poli de choisir son propre cadeau. J'oublie les bonnes manières. Lequel souhaitez-vous m'offrir ?

Mais avant même qu'il ait eu le temps de répondre, elle poursuivit :

— Vous êtes libre, demain soir ? Avec Rachel, nous voudrions vous inviter à dîner chez moi, histoire de fêter votre prochain mariage. J'en ai déjà parlé à votre délicieuse Christa, et elle a accepté. Apportez-moi n'importe quel pot, ce sera pour moi un témoignage de notre amitié naissante. Car vous voyez, j'ai vraiment beaucoup d'estime pour vous, mon cher. Vous nous avez procuré tant de bonnes choses depuis que vous vous êtes installé dans notre village.

Harry se laissa brusquement tomber sur un siège, l'air déprimé.

Elle se dirigea vers la porte.

— Et six heures et demie est une heure idéale. En mai, c'est un des meilleurs moments de la journée.

Lorsque Harry se gara dans la clairière de la sorcière, le lendemain, il fut contrarié de constater que, bien qu'il fût en avance, Christa, ses deux petites filles, Rachel et un homme plus âgé étaient déjà là, assis dans de vieilles chaises de métal, sur la pelouse, devant la maison. Les fillettes coururent à sa rencontre et le traînèrent jusqu'à une chaise en le tirant par les jambes. Christa s'installa dans l'herbe, à côté de lui. On voyait que toutes trois l'aimaient très fort et, pourtant, il paraissait broyer du noir.

— Vous connaissez déjà la plupart des gens présents, dit Mme Risk en souriant, faisant mine d'ignorer son désarroi.

Elle lui tendit un verre de vin rouge et, en échange, il lui remit son cadeau d'une main tremblante : le pot qu'elle avait choisi la veille, le bouchon décoratif en moins. La plus jeune des fillettes grimpa sur ses genoux et se blottit contre lui.

— Merci, Harry. Comme c'est gentil de votre part de m'offrir justement le pot que j'avais choisi. J'en prendrai toujours bien soin.

Les yeux d'Harry étaient embués de larmes.

— J'ai enlevé le bouchon. Le... le trou est vide, mais je voudrais vous expliquer...

Mme Risk lui tourna le dos.

— Qui veut un autre verre de vin ?

Elle s'empressa de faire passer la bouteille.

— Harry, mon cher, je voudrais vous présenter un vieil ami à moi, entrepreneur à la retraite, Aisa Garrett. Il possède, entre autres, la North Shore Industries Corporation, qui est située sur le front de mer, au village. Je suis sûre que vous voyez de quoi je veux parler.

Henry approuva sans réelle conviction. Il avait l'air absent. Mme Risk lui tapota la main et poursuivit :

— J'espère que vous m'excuserez, je n'ai pas pour habitude de m'immiscer dans la vie des gens, mais...

Cette déclaration provoqua un fou rire chez Rachel et Aisa. Christa sourit, mais parut décontenancée. Harry jetait autour de lui des regards perplexes.

Lorsque le calme fut revenu, Aisa s'adressa à son tour à Harry, gloussant toujours :

— Ce qu'elle veut dire par là, c'est que, sans pour le moins du monde se mêler de votre vie ou de la mienne, elle a décidé que ma société devait investir dans une petite activité secondaire, en s'associant avec un partenaire digne de confiance... c'est-à-dire vous.

Harry fronça les sourcils.

— Je ne vois vraiment pas...

— Écoute ce qu'Aisa a à te dire, Harry, interrompit Christa d'une voix ferme.

Harry la regarda, stupéfait.

— Voilà toute l'affaire, commença Aisa, avant de proposer à Harry de co-gérer un commerce de pièces et de timbres, à des conditions exceptionnellement avantageuses, lui permettant de devenir un jour le seul propriétaire de la boutique.

Après être resté un instant bouche bée, Harry bredouilla :

— Mais pourquoi ?

— Ce n'est pas à moi qu'il faut demander ça.

— Vous vous intéressez aux timbres et aux pièces ? Vous les collectionnez ?

— Pas le moins du monde. Il se trouve que mon hobby, c'est la pêche.

Rachel était aux anges.

— En d'autres termes, vous serez seul maître à bord, Harry.

Elle s'empara d'une assiette pleine d'amuse-gueules, qu'elle proposa à la compagnie.

— Le dîner sera prêt dans un petit moment. Encore de la limonade, les filles ?

La conversation s'engagea, dans la petite clairière

dominée par les grands chênes dont le tout nouveau feuillage printanier miroitait et bruissait dans
le vent soufflant depuis le détroit de Long Island
tout proche. Le soleil couchant baignait le cottage,
derrière eux, d'une douce lumière dorée. Harry
s'enfonça plus profondément dans sa chaise, un
bras passé autour de l'enfant, et but son verre à
petites gorgées. Pour un homme entouré d'affection, et à qui la chance tendait les bras, il paraissait
anormalement tendu et malheureux.

Enfin, il posa son verre sur la souche polie faisant
office de table basse. Plongeant la main dans sa
poche, il en sortit une bourse dont le contenu produisait un tintement étouffé. Ce bruit fit rire la fillette.

Tous se turent et levèrent les yeux.

Harry se mit à parler, d'une voix étranglée par
l'émotion :

— Il m'est impossible de m'associer avec qui que
ce soit. J'ai fait une énorme... j'ai fait quelque chose
de terrible. Plus tard, ce soir même, je vais tout
avouer à Marguerite. Christa, nous ne pouvons pas
nous ma...

Mme Risk l'interrompit discrètement et, d'un
doigt, désigna sa maison :

— Les filles, vous voyez la jolie chatte noire qui
se tient devant la fenêtre ? Elle attend que vous
alliez jouer avec elle.

Une fois que les fillettes se furent éloignées, les
adultes reprirent le fil de la discussion.

Mme Risk se tourna vers Harry.

— Un homme aussi intelligent que vous... je suis
sûre que vous saurez trouver le moyen de... de resti-
tuer les objets manquants, sans qu'il vous soit néces-

saire de tout gâcher. Au fait, comment est-ce que vous vous y êtes pris, pour le vol ? Tante Marguerite ne s'est rendu compte de rien.

Harry rougit :

— Ça s'est passé il y a environ un mois.

Une fois de plus, Mme Risk lui coupa la parole :

— Après que nous ayons bu un verre au Harrington's Dock ?

Harry hocha la tête.

— Le lendemain. Un jeune homme est passé à la boutique. Son oncle, qui venait de mourir, lui avait légué une collection de pièces.

Il agita à nouveau la bourse.

— La voilà, cette collection. Elle vaut beaucoup d'argent, mais lui s'intéressait davantage aux timbres. Nous avons donc procédé à un échange.

Il haussa piteusement les épaules.

— Je n'ai pas enregistré la transaction.

— Ah, dit Mme Risk, et vous avez ensuite laissé passer un peu de temps, par prudence. Puis l'incendie a eu lieu.

Harry fit oui de la tête.

— L'incendie, en effet. J'ai brûlé des petits morceaux de papier et fait croire à tout le monde qu'il s'agissait des timbres que j'avais en réalité donnés au jeune homme. Ce, afin de justifier leur disparition. J'ai gardé — ou plutôt volé — les pièces. Lorsque je fabriquais des pots de fleurs, je faisais des trous d'évacuation d'un diamètre légèrement supérieur à celui de chaque pièce. Puis j'ai acheté ce type de glaise qui sèche à l'air. J'en ai joliment entouré les pièces et je les ai placées dans les trous. On aurait dit des bouchons décoratifs. Aux yeux de tous sauf aux siens, ajouta-t-il, honteux, en désignant Mme Risk.

Puis il jeta un regard à Christa qui écoutait calmement son récit.

— J'étais désespéré, conclut-il tristement.

— Ça fait des années qu'elle vous traite comme un esclave et vous, vous étiez amoureux.

— Oui, je n'ai pas voulu penser aux conséquences de mes actes. Au fond, je ne voulais pas penser du tout. J'imagine que j'ai vu là un moyen de me venger.

Mme Risk se pencha vers l'homme brisé et sourit :

— Votre vengeance n'a en tout cas pas nui à Marguerite. La compagnie d'assurances lui a remboursé la valeur des timbres.

Il se tassa encore davantage sur sa chaise.

— Oui, à ça non plus je n'ai pas réfléchi. J'ai surtout trompé la compagnie d'assurances qui, elle, ne m'avait rien fait.

Christa se leva, l'embrassa sur le sommet du crâne, et se rassit.

— Si quelqu'un comprend la colère et le désespoir, c'est bien moi.

Rachel haussa les épaules.

— Moi aussi.

Aisa fit un grand sourire.

— C'est le lot de chacun d'entre nous, jeune homme. Nous sommes tous passés par là. Combien de temps cela vous prendra-t-il de tout remettre en ordre ?

— Pardon ?

Mme Risk éclaira sa lanterne :

— Combien de temps cela vous faudra-t-il pour

343

faire en sorte que les timbres réapparaissent ? Les pièces aussi, bien entendu. Voulez-vous que l'on vous aide à établir un plan ?

— Et s'il découvrait quelque part, dit Christa, une facture égarée, ou un truc dans ce goût-là ? Il pourrait prétendre que, dans le choc causé par l'incendie, il avait oublié l'histoire des timbres. Il pourrait réaliser après coup que les timbres n'ont par conséquent pas été brûlés. Et révéler le nom du jeune homme, qui sera en mesure de confirmer que l'échange a bien eu lieu. Réintroduire discrètement les pièces dans la boutique ne devrait pas être trop difficile, non ? Et puis la compagnie d'assurances se fera rembourser par tante Marguerite la somme versée, et celle-ci récupérera ses pièces. Ça pourrait marcher, non ?

— Christa ! s'exclama Harry, stupéfait.

Elle éclata de rire.

Mme Risk huma l'air et déclara :

— Je crois que notre poulet rôti nous appelle. Il est temps de passer à table.

Lorsqu'Harry et sa nouvelle famille furent partis, Rachel observa Mme Risk et Aisa, à moitié assoupis dans leurs fauteuils. La clairière, éclairée par la lune aux trois quarts pieine, était passée d'une dominante verte et dorée à l'argent et au gris foncé.

— Non mais, regardez-vous tous les deux ! s'exclama Rachel d'un ton contrarié. De quoi vous avez l'air ! Le bon Dieu et sa femme !

— Cet homme est une mine d'or, répliqua Aisa. Regarde comme il a bien travaillé pour cette femme pendant toutes ces années.

— Ce n'est pas de ton argent que je parle, c'est de son délit.

Mme Risk sourit, les paupières toujours baissées.

— La justice est capricieuse, et va rarement là où elle devrait aller. Un coup de pouce par-ci, par-là, n'a jamais fait de mal à personne. Harry est un homme bon. Il avait besoin d'un petit rappel à l'ordre, c'est tout. Sa conscience ne lui aurait pas laissé un moment de répit et ça lui aurait gâché la vie.

Elle rouvrit les yeux et regarda Rachel.

— Avoue qu'au fond, tu es aussi satisfaite que nous de la conclusion de cette affaire !

— Mmm... Ça se pourrait. Pourtant si tu veux mon avis, la vraie justice ce serait que tante Marguerite soit punie d'avoir malmené Harry pendant tout ce temps.

— N'en demande pas trop, ma grande. N'oublie pas qu'elle lui est venue en aide lorsqu'il était au plus bas.

Mme Risk referma les yeux, mais pas avant que Rachel n'y ait perçu une lueur caractéristique.

Un peu plus tard, Rachel fit la vaisselle en sifflotant. Le lendemain, elle demanda à Aisa ce qu'il voulait dire en déclarant qu'Harry était une mine d'or.

Aussitôt après le mariage, en juin, d'Harry et de Christa, Rachel appela Mme Risk au téléphone.

— Tu te souviens de ton commentaire, au sujet de la justice capricieuse ? Eh bien, je viens d'entendre dire que tante Marguerite n'a jamais informé la compagnie d'assurances de la réapparition des timbres et de l'échange avec les pièces. Qu'est-ce que tu en dis ?

— Oh, mon Dieu ! dit Mme Risk. Tromper son prochain, quelle vilaine habitude !

— Et elle s'en serait tirée si un coup de téléphone anonyme n'avait alerté l'expert de la compagnie d'assurances. À en croire la rumeur publique, on l'a inculpée pour escroquerie !

Rachel éclata de rire.

— Tu crois que c'est vrai ? demanda-t-elle.

— Fais-moi confiance, ma grande. C'est vrai.

Traduit par Dorothée Zumstein

Notes sur les auteurs

On retrouve dans tous les romans policiers de Sally Gunning la beauté sauvage de la côte du Massachusetts, où elle vit elle-même. Comme on retrouve de livre en livre (six à ce jour) le personnage de Peter Bartholomew, propriétaire d'une petite entreprise aux prises avec une succession de meurtres. Dernier roman paru aux États Unis : *Deep Water.*

Joseph Hansen fait un retour remarqué à la fiction en mettant en scène le personnage de Bohannon dans sa nouvelle *La promenade du veuf.* Hansen est surtout connu comme l'auteur d'excellents romans policiers dont le personnage central est David Brandstetter, un détective homosexuel. Les aventures de Brandstetter, héros complexe et attachant, font vivre ce milieu bien à part de la Californie du Sud, avec ses décors admirablement décrits, ses personnages hauts en couleur et ses intrigues riches en rebondissements. Hansen a déjà une dizaine de romans à son actif, et on ne peut que souhaiter longue vie à la série des « Brandstetters ». *Jack of Hearst* est le dernier titre paru. Une douzaine de titres ont été traduits en français dont *Un pays de vieux* (Rivages-Noir, 1993) et *Le livre de Bohannon* (Rivages-Noir, 1995).

Sarah Shankman était déjà un écrivain connu quand elle a débuté dans la littérature policière sous le pseudonyme d'Alice Storey. Mais ses romans ont connu un tel succès qu'elle ne publie plus désormais... que sous son propre nom. Les aventures de son héroïne, Samantha Adams, journaliste d'investigation à Atlanta, ont déjà fait l'objet de six romans. Puis Sarah Shankman s'est lancée dans une nouvelle série dont l'action se situe à Nashville. Son dernier ouvrage a pour titre *I Still Miss My Man, But My Aim Is Getting Better*.

Avec Jenny Cain, l'héroïne de ses livres, Nancy Pickard se livre à une observation pénétrante de la vie d'une petite ville de la Nouvelle-Angleterre, confrontée à une série d'affaires criminelles. Ses romans ont reçu de nombreux prix (Anthony, Agatha et Macavity Awards) et ont été sélectionnés pour le prestigieux Edgar Award. Ses nouvelles, tout aussi appréciées, sont parues dans des anthologies comme *Vengeance Is Hers* et *A Woman's Eye*. Elle est elle-même l'éditeur de plusieurs anthologies, dont la plus connue est *Women on the Edge*. Ont été traduits en français : *Jenny et le vandale* et *Trois morts pour Jenny* (J'ai lu, 1998).

Comptable installée à Waukegan, dans l'Illinois, Eleanor Taylor Bland a créé avec son personnage de Marti MacAlister la première détective afro-américaine. Ses textes sont récemment parus dans

Women on the Case, édité par Sara Paretsky, autre écrivain de l'Illinois. Au nombre de ses romans, on citera *Keep Still* et *Done Wrong*.

Brendan DuBois fait vivre dans ses romans et ses nouvelles la campagne désolée de la Nouvelle-Angleterre. L'une de ses nouvelles, *The Dark Snow*, qui figure dans plusieurs des meilleurs recueils de l'année, a été sélectionnée pour l'Edgar Award 1996. Lewis Cole, son héros, lutte contre le crime et la corruption sur la côte de la Nouvelle-Angleterre, où il vit. Parmi les derniers titres publiés, citons *Dead Sand* et *Black Tide*.

Lui aussi lauréat de l'Edgar Award, Edward D. Hoch est l'un de nos meilleurs auteurs de littérature policière. Nouvelliste de grand talent, il figure depuis 1973 au sommaire de tous les numéros du prestigieux *Ellery Queen's Mystery Magazine*. Quand il n'écrit pas, il édite des recueils, et c'est à lui que l'on doit plus de vingt volumes du *Year's Best Mystery and Suspense Stories*. Une anthologie de ses nouvelles a été publiée en français sous le titre *Les chambres closes du Dr Hawthorne* (Rivages-Mystères, 1997).

Peu d'auteurs sont capables de situer des romans policiers dans une ville et de se l'approprier aussi complètement que Loren D. Estleman. Detroit, sous sa plume, est la capitale de l'industrie automobile du passé, du présent et du futur, où riches et pauvres luttent pour survivre avec une égale opiniâtreté. Sa jungle urbaine est sillonnée de rues inquiétantes et dangereuses, que le détective privé traverse à ses risques et périls. Estleman s'appuie sur sa formation littéraire et journalistique et sur l'expérience accumulée en travaillant pour un certain nombre de journaux pour écrire des romans qui relèvent à la fois du policier et du western. Le dernier a pour titre *Never Street*. Une dizaine de titres ont été traduits en français dont *La soutane en plomb* (Gallimard — Série noire, 1990) et *La menteuse est sans pitié* (Gallimard — Série noire, 1991).

Noreen Ayres a publié trois romans dont le personnage principal est une femme, médecin légiste du nom de Samantha « Smokey » Brandon. Le dernier s'intitule *The Long Slow Whistle of the Moon*. Diplômée de l'université avec une maîtrise d'anglais, elle a reçu plusieurs prix pour son œuvre de fiction et de poésie. Avant de se consacrer à l'écriture, elle a exercé de nombreux métiers, notamment comme professeur de reliure, étiqueteuse et nettoyeuse de poissons. Elle est également l'auteur de *Fathers & Daughters*.

Angela Zeman est connue comme l'auteur des aventures de Mrs. Risk, vieille dame excentrique, détective éternellement flanquée de son assistante, Rachel. Elles ont à leur actif un certain nombre d'enquêtes menées avec succès du côté de Long Island et dont les récits sont tous parus dans l'*Alfred Hitchcock's Mystery Magazine*. Elle est également publiée dans *Mom, Apple Pie,* et *Murder*. Elle siège au Board of Directors for the Mystery Writers of America, et a écrit l'histoire de cette institution dans son ouvrage *The Fine Art of Murder*.

Suite du © de la page 6

La Cabane au fond des bois (The Perils of Pond Scum) © Sally Gunning 2000

La promenade du veuf (Widower's Walk) © Joseph Hansen 2000

D'amour et d'eau fraîche (All You Need Is Love) © Sarah Shankman 2000

J'ai peur dans le noir (Afraid of the Dark) © Nancy Pickard 2000

Un si long voyage (Go Quietly into the Day) © Eleanor Taylor Bland 2000

Une histoire de famille (Sibling Rivalry) © Brendan DuBois 2000

Les Amis de Haggard (The Haggard Society) © Edward D. Hoch 2000

Pour le meilleur et pour le pire (Something Borrowed, Something Black) © Loren D. Estleman 2000

Les bons amis de Minnie Chaundelle (Delta Double-Deal) © Noreen Ayres 2000

Oncle Harry et la sorcière (The Witch and Uncle Harry) © Angela Zeman 2000

*La composition de cet ouvrage
a été réalisée par Nord Compo,
l'impression et le brochage ont été effectués
sur presse Cameron
dans les ateliers de **Bussière Camedan Imprimeries**
à Saint-Amand-Montrond (Cher),
pour le compte des Éditions Albin Michel.*

*Achevé d'imprimer en janvier 2000.
N° d'édition : 18617. N° d'impression : 000106/4.
Dépôt légal : février 2000.*